유리
상자

유리 상자

초판 1쇄 찍은 날 § 2004년 4월 30일
초판 1쇄 펴낸 날 § 2004년 5월 10일

지은이 § 한시윤
펴낸이 § 서경석

편집장 § 문혜영
편집 § 이종민 · 신혜미
마케팅 § 정필 · 강양원 · 이선구 · 김규진 · 홍현경

펴낸곳 § 도서출판 청어람
등록번호 § 제1081-1-89호
등록일자 § 1999. 5. 31
어람번호 § 제5-0017호

주소 § 경기도 부천시 원미구 심곡1동 350-1 남성B/D 3F (우) 420-011
전화 § 032-656-4452 팩스 § 032-656-4453
http://www.chungeoram.com
E-mail § eoram99@chollian.net

ⓒ 한시윤, 2004

ISBN 89-5831-100-2 03810

hungeoram romance novel

유리상자

한시윤 지음

"이긴 내 집이 아니에요." "그래, 맞아, 우리 집이지." "당신 집이지요." 인회는 현희의 말을 고쳤다. 그리고 내 생애 가장 끔찍했던 이 년을 보낸 곳이기도 하니요. 곳 잡아입고 쉬어. 조금 있으면 간병인이 올라와서 짐을 풀어줄 거야. 뭐 먹고싶은 것은 집에 어? 필요한 것은? 집에 가고 싶어요. 해검이 출터 자동 인형지검 그녀는 점에 가고 싶다고만 중일거렸다. "당신은 집에 돌아 온 거야! 그러니까 쓸데없는 소리는 그만둬! 도대체 왜 이러는 거야? 여기가 당신 집이고, 당신 방이야! 당신은 이제 집으로 돌 아온 거라고." "여긴 내 집이 아니길요. 단 한 순간도 내 집인 적이 없었는걸요." "당신은 내 아내고 이 집의 안주인이야. 그것말 고 여기가 당신 집이라는 이유를 댈 들어봐야잖어!" 중희이 분부해서 고함을 내질렀다. "난 당신 아내가 아니에요." "뭐!" "그 러니 이 집의 안주인도 아니고, 이 집이 내 집일 이유도 없죠. 그렇지 않나요?" 그 과거의 외롭고 긴인했던 기억이 모두 돌아오 는 것을 느끼며 인회가 조용히 말했다.

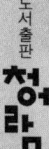

도서
출판
청어
람

유
리
상
자

부
서
지
다

유리로 만든 상자 안에서 밖을 보면 무엇이든 볼 수 있다.
하지만 만질 수도, 가까이 다가갈 수도 없다. 그저 꿈꿀 뿐.

인희는 물끄러미 작은 상자 하나를 바라보았다. 반투명한 푸
른 유리로 만들어진 상자는 흠 하나 없이 깨끗하게 보였다. 하
지만 그건 단지 세공 때문이다. 상자를 자세히 보면 가는 금이
상당히 많이 나 있다는 것을 알 수 있다.

"너는 나와 똑같구나."

인희가 유리 상자를 살며시 만지며 중얼거렸다. 금이 잔뜩 가
버렸지만 세공 때문에 아무도 금 간 것을 모르는 유리 상자처

럼, 그녀도 마찬가지로 작은 금이 여러 개가 나 있었지만 아무
도 알지 못했다.

"형수, 뭐 하세요?"

밖에서 시동생이 부르고 있었다. 그녀는 예의 바르고, 부드러
운 미소를 지으며 자신의 흰 드레스를 다시 한 번 바라보았다.

"저 쳐들어갑니다!"

"나가요."

그녀는 흰 드레스를 입고 천천히 바깥으로 나갔다. 반지 말고
는 아무런 장식도 하지 않은 채였다.

"우와!"

이층 계단 밑에 서 있던 준휘는 서둘러서 형제들을 불렀다.
거실과 현관을 우왕좌왕하던 서씨 형제들은 그 목소리에 계단
쪽으로 모였다.

"우리 형수 멋지지 않아? 그렇지?"

"정말 멋진데?"

바람둥이로 이름을 날리는 준영이 휘파람을 불며 중얼거렸
다.

"야, 형수가 무슨…… 정말 아름다우신데요?"

셋째인 준휘가 말을 건넸다. 부드러운 미소와 다정한 말에 인
희의 얼굴은 붉어졌다.

"예?"

"작은형은 좋겠다. 수지맞았네? 이럴 줄 알았으면 내가 형수

를 에스코트한다고 하는 건데."

준영이 억울하다는 듯 징징거리는 목소리로 중얼거렸다. 그 모습을 보고 인상을 찡그리던 큰 시동생인 준우가 그녀에게 손을 내밀며 무뚝뚝하게 중얼거렸다.

"동생들의 말에 동감입니다. 그럼 가실까요?"

준우의 손은 따뜻하고 다정하게 느껴졌지만, 그녀가 원하는 손길은 아니었다. 인희는 미소를 지으며 그 손을 잡았다. 그리고 그들은 인희를 앞에서, 뒤에서 모시며 파티장으로 향했다.

어쩌다 보니 일한의 제갈 회장의 생일과 아들의 결혼 기념일이 겹쳐 버렸다. 이런 일은 이례적인 일이라 나이 든 회장과 곧 일한을 책임질 큰아들의 취향을 이모저모로 반영해, 제갈 회장의 별장에서 열린 파티는 낮에는 나이 든 어른에 맞는 한식 뷔페였고, 느지막한 저녁부터는 젊은이들을 위한 가든파티 비슷한 자리가 된 것이다.

준휘가 조용히 속삭였다.

"긴장 푸세요, 형수. 우리가 있는 한은 아무도 형수를 못 건드려요."

"네."

아무리 생각해도 이런 자리에 데리고 나온 것은 시기상조가 아닌가 싶은 준휘였다. 하지만 큰형과 형수가 결혼한 지 벌써 일 년 반 가까이 되었고, 그동안 형은 형수를 남들에게 소개시키지도, 정식적인 자리에 데리고 온 적도 없었다.

그들의 형수는 착하고 온화한 성품의 사람이었다. 인내심도 남의 배였고. 그렇기 때문에 성격 다른 그들 형제 대부분의 사랑을 받고 있었고, 폭군인 아버지의 유일한 보루가 되어주고 있는 것이다. 그런 형수에게 형은 심했다. 결혼한 지 일 년 반이 다 되어간다. 어떻게 아내를 제대로 바라보지도 않고 산단 말인가? 아무리 결혼이 자기 뜻이 아니었다고 하더라도 이런 형수에게 화풀이를 하면 안 되는 것이다.

이번 자리는 그들이 형수를 남에게 소개하는 자리였다. 먼저 큰형의 자연스러운 인정을 받고 천천히 남들에게 형수를 소개하고 싶었기에, 형이 참석하면서 많은 사람들이 참석할 만한 장소로 이 파티를 결정한 것이다.

아무리 무뚝뚝한 형이라도 이 많은 사람들 앞에서 형수를 들이대면 모른 척하지는 않을 거라는 계산에서. 아니, 모른 척하더라도 그들이 밀어붙이면 될 일이다. 적어도 이 상류층 사교계라는 곳에서 형수가 인정받기를 큰형 외에 나머지 형제들은 원했다.

"잠시만요."

물론 그러려면 큰형을 먼저 찾아야 했다. 이곳에서 가장 영향력이 있을 만한 작은형에게 형수의 에스코트를 맡긴 채 나머지 형제들은 정원까지 사용한 넓은 파티장을 뒤지며 큰형을 찾기 시작했다.

"네."

준우는 인희의 한쪽 팔을 잡은 채 기대기 쉬운 테라스 구석으로 에스코트하고 있었다. 집 안과 집 밖을 이어주는 연결 통로인데다 한쪽으로는 움푹 패인 구석이 있어 집 안팎을 몰래 보기에는 좋은 장소였다.

"서 이사!"

"선배님?"

준우는 선배이자 대명그룹의 회장인 정일의 부름에 그녀를 에스코트하다 말고 고개를 돌렸다.

"잠시 나 좀 보면 안 되겠나? 할 얘기가 있어서 그러는데."

준우는 주변을 둘러보았다. 둘이나 되는 동생들이 어떻게 된 일인지 단 한 명도 그의 눈에 띄질 않는다.

"저……."

"잠시면 되네. 왜, 그 광양의……."

빌어먹을, 그가 평소에 신경 쓰던 일이었다. 결국 그를 따르기로 결심을 굳힌 준우는 형수를 프랑스 창이 달린 테라스 구석으로 데려갔다.

"여기 얌전히 계세요. 금방 올 테니까."

"네."

어쩐지 불안했지만 준우는 대수롭지 않게 생각했다. 이렇게 사람이 많은데 무슨 일이 생길까 하고. 하지만 이런 때에 꼭 무슨 일이 생기는 법이다.

한참 동안 사람들의 웅성거리는 소리, 파티의 시끄러운 음악을 듣고 있던 인희는 소음을 피해 테라스를 통해 밖으로 나왔다. 하지만 무대를 바깥까지 넓힌 터라 바깥도 시끄럽긴 마찬가지였다. 인희는 인상을 찡그렸다. 애초에 그녀는 별로 오고 싶어하지 않았다. 그녀를 부추겨 오게 만든 것은 시동생들이었다. 솔직히 이런 드레스를 입고 오고 싶지도 않았고, 높은 구두 역시 불편했다.

앉을 자리라도 찾기 위해 두리번거리던 그녀의 눈에 작은 온실이 보였다. 유리로 만든 온실은 무척이나 고요해 보였다.

잠깐만 있다 오자, 인희는 결정을 내리고는 온실로 향했다. 그리고 온실의 유리 문을 열고 안으로 들어가 꽃 향기를 맡았다.

"멋진 곳이네?"

인희가 얼굴 가득 미소를 띠며 중얼거렸다. 그 모습이 너무나 아름다워 보인다는 것을 스스로는 자각하지 못했다. 그리고 그 조용한 온실에 또 다른 사람들이 있다는 것도 인식하지 못했다.

조용한 곳을 찾았다는 즐거움에, 그리고 희귀한 꽃들이 잔뜩 보인다는 사실에 인희는 온실 안을 천천히 걸으며 꽃에 관심을 쏟았다. 그때 익숙한 목소리가 들렸다.

"……없어."

"상관이 없긴 왜 없어요. 솔직히 말하면 나도 이제는……."

"조금만 기다려 봐."

잘 들리지는 않았지만 목소리는 뚜렷하게 알 수 있을 것 같았다.

그가 이 온실에는 왜……?

호기심을 이기지 못하고, 인희는 문 근처에 선 약간 큰 열대 관상수 뒤에 숨어서 목소리가 들리는 쪽을 바라보았다.

남편이 서 있었다. 그녀의 남편 준혁이.

준혁은 검은 드레스가 잘 어울리는 한 여자와 서서 뭔가 진지한 이야기를 나누고 있었다. 그리고 곧 그녀의 어깨를 잡아 끌어안고 툭툭 두드렸다.

맙소사.

그들의 포옹이 길게 이어질수록 인희는 뭔가가 자신을 갉아먹는 것 같은 기분이 들었다.

여자가 있었단 말이지? 바보같이 나만 몰랐던 걸까?

아니, 그녀는 알고 있었다. 알고 있었지만 지금껏 그녀의 눈에 보이지 않는 남편의 직접적인 행동이 없다는 것으로 위안 삼아 그냥 그에게 여자가 없노라고 스스로에게 다짐했을 뿐.

멍한 표정으로 한 걸음 뒤로 물러나던 그녀는 무언가와 부딪쳤다. 놀라 뒤를 돌아보니 어떤 남자의 손이 자신의 팔을 붙잡고 있는 것을 보았다.

"이런, 이런. 이거 꽤나 귀여운걸?"

어디서나 있을 법한 망나니인 듯싶었다. 징그러운 미소를 띠며 바라보는 눈길이 무서워 인희는 그의 손길을 뿌리치려 했다.

"꽤 괜찮은 몸매인데? 어차피 어떤 녀석의 일일 파트너로 온 거겠지. 어때, 나와 함께는?"

"시……."

말도 꺼내기 전에 그가 우악스럽게 그녀의 입에 억지로 키스를 하기 시작했다. 역겹고, 싫었다.

"아야!"

인희는 버둥거리면서 그의 혀를 물었다.

"이게!"

"싫어……."

모르는 사람, 그리고 그 번들거리는 신경 거슬리는 눈. 공포에 사로잡힌 인희는 천천히 뒷걸음질쳤다. 문이…… 문이…….

"그래, 어디 해보자 이거지!"

그 우악스러운 손길이 그녀를 밀쳤다. 그러자 그녀는 잠시 붕 떠오르는 듯한 느낌과 함께 무언가가 자신의 살을 찢는 듯한 느낌에 소리를 질렀다.

"아아악!"

그 능글한 인간이 그녀를 거칠게 밀어버리자 그녀가 뒤에 있던 유리 문과 함께 밀리며 쓰러진 것이다.

"어, 어라?"

주위를 두리번거리던 그는 쓰러져 있는 그녀를 뛰어넘어서 어딘가로 도망가 버렸다. 그녀의 비명에 온실 안에 있던 준혁과 함께 있던 여자가 뛰어왔다.

"맙소사, 이게 무슨 일이지? 잠시만요, 알리고 올 테니까."

곧 사람들이 줄줄이 모여들기 시작했다. 구름같이 달려오는 사람들 사이로 인희는 온실 안쪽에 서 있는 키 큰 자신의 남편을 응시했다. 그의 시선이 그녀를 향하는 듯하다가 금세 사라져 버렸다. 잠시 그녀에게 머물렀던 눈은 다시 그녀를 바라보지 않았다.

앞장서 달려오던 사람들 중 끼어 있던 준휘가 깨어진 유리 위에 쓰러진 인희를 보고 기겁을 해서 뛰어와 그녀를 안아 들었다.

"괜찮아요, 형수? 도대체 이게……?"

"어떤 남자가…… 덮치려고……."

인희의 눈은 공허했다. 그녀의 말투에는 그 어떤 감정도 실려 있지 않았다. 준휘가 그녀를 고쳐 안으며 중얼거렸다.

"죄송합니다. 저희가 조금 더 신경을……."

인희의 눈은 준휘를 보고 있지 않았다. 인희의 눈은 공허하게 떠져 멍하게 한곳을 응시하고 있었다. 사건에 대해 묻는 사람들에게 대답하고 있는 준혁을.

"어떻게 된 건가?"

"모르겠습니다."

모르겠다고? 모르겠다고 했어. 뭘 모른다는 걸까?

그녀의 세상이, 그녀 안에 남아 있던 마지막 무언가가 산산조각나는 느낌을 받으며 그녀는 천천히 눈을 감았다. 준휘가 그녀를 살짝 흔들었다.

"형수, 괜찮으세요?"

"네."

"형에게 알려야겠어요. 세상에, 상처가 꽤……."

"……세요."

"네?"

"알리지 마세요."

"형수."

준휘가 놀란 눈으로 그녀를 불렀다. 인희가 공허한 눈에 힘을 실어 말했다.

"절대로 알리지 마세요. 알겠죠?"

"형수."

"다른 도련님들께도 그렇게 알려둬요. 알겠죠?"

너무, 너무나 단호한 말이기에 준휘는 고개를 끄덕일 수밖에 없었다. 그런 형수의 모습은 처음이었기 때문이다.

"이제 됐어요."

무언가가 깨지는 소리가 들려왔다. 그리고 인희는 정신을 잃었다.

제1장 녹아버리다

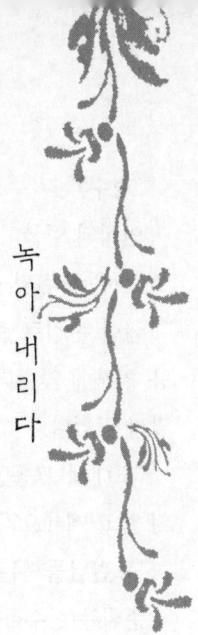

녹아
내
리
다

피곤에 의해 늘어진 몸으로 인희는 천천히 진료실 밖으로 나오고 있었다. 요즘 들어 더 더욱 피곤해지고, 호흡에 곤란을 느꼈다. 그녀의 몸이 참을 만큼 참아서 아우성을 치고 있다는 것을 그녀 자신이 누구보다도 잘 알고 있었다. 몽롱한 표정으로 복도를 걷던 그녀는 누군가와 부딪쳤다.

"죄송합니다."

"……!!"

처음에 준휘는 자신과 부딪친 여자가 누군지 알지 못했다. 그러나 그녀의 작고 부드러운 목소리를 듣는 순간 누구인지 재빨리 알아챘다.

"형수?"

인희의 얼굴이 새하얗게 질려왔다.

"작은 도련님⋯⋯."

급한 손길로 준휘는 형수의 손을 잡아끌어 가장 가까운 휴식용 의자에 앉혔다. 이 년 반 만에 보는 형수의 얼굴은 창백하게 말라 있었다.

"도대체 그동안 어디 가 계셨어요? 모두들 얼마나 걱정했는지 알고 계세요?"

"도련님들께는⋯⋯ 정말 죄송해요."

준휘는 형수를 살폈다. 창백한 얼굴, 홍조 어린 볼. 그리고 섬세함이 지나쳐 바스러질 것 같은 모습. 어쩐지 느낌이 좋지 않았다.

"연락은 했어요."

"그 말 같지 않은 별거 통지서 말입니까?"

인희는 무심하게 자신의 손을 내려다보고 있었다.

"어쨌든 그렇게 가실 줄은 아무도 생각 못하고 있었어요. 어쩌자고 그런 식으로 떠나신 거예요?"

준휘는 형수를 바라보았다. 지독히도 감정이 없는 공허한 눈.

"형수."

준휘는 간절하게 속삭였다. 항상 미소 짓던 입술은 굳게 다물어져 있었고, 포개져 있는 손은 다소곳했지만 힘이 깃들여 있었다. 그리고 얼굴빛만큼이나 창백하고, 파리한 손목은 부러질 듯

아슬아슬해 보였다.

준휘는 갑자기 큰형에 대한 분노가 솟아올랐다. 삼 년이 다 되어간다. 형은 형수가 집을 나가 이렇게 될 동안 도대체 뭘 하고 있었는가? 남편이라는 사람은 삼 년 동안 형수를 찾지도 않지 않았던가?

"돌아가 볼게요."

"얼마나 안 좋으신 겁니까?"

준휘는 직설적으로 물었다. 사고 이후 병원을 질색하던 형수였다. 그런 형수가 자신의 악몽을 떠올리는 종합 병원에 오다니, 뭔가 있는 것이다.

"괜찮아요."

인희가 지나치게 부드럽게 말했지만 준휘는 그것을 믿지 않았다. 인희가 빙긋 웃었다.

"오랜만에 만나뵈어 정말 기뻤어요."

차마 집으로 돌아오라고 말할 수 없었다. 그 작고 섬세한, 그러나 온기가 없어 마치 인형 같은 모습을 눈앞에 두고, 형이 형수에게 무슨 짓을 했는지, 무슨 짓을 하고 있는지 알고 있는 그로서는. 하지만 적어도 연락처를 알아야겠기에 벌써 저만치 병원 입구에 가까워진 형수를 향해 달려갔다.

점심 약속 후에 잠시 동생의 얼굴이나 볼까 하고 병원 문을 들어서던 준혁은 창백하고, 마른 여자가 자신의 옆을 지나쳐 막 떠나려던 택시를 잡자 돌아서서 그녀를 바라보았다. 깔끔하게 목 선까지 처리한 단발머리, 어쩐지 우아해 보이지만 약하게 느껴지는 몸놀림. 그는 무심코 그녀를 주시했다. 맙소사! 그녀였다. 인희가 병원에 와 있었다.

갑작스러운 만남에 놀란 그는 자신의 옆을 그대로 지나쳐 가는 인희를 바라보고 있었다. 병원에 다닌다는 것은 알고 있었지만, 설마 오늘 이 시간에 검진을 받고 돌아갈 줄은 생각도 못하고 있었다.

'말랐구나.'

그것이 준혁이 가장 먼저 한 이성적인 생각이었다. 원래가 작은 체구에 깨질 것 같은 정도로 섬세하고 우아한 몸을 가지고 있던 인희였지만, 지금은 뼈대가 그대로 보일 것 같을 정도로 마른 몸이었다. 그리고 그 심하게 마른 몸으로 그를 그대로 지나친 그녀의 모습에 그의 심장을 아플 정도로 내려쳤다. 그 지경이 되도록 뭘 했냐고 소리를 지르고 싶었다. 그리고 그 마른 몸을 안아서 쉬게 해주고 싶었다.

하지만 찰나의 순간, 기회는 사라졌다. 그는 떠나는 택시를 멍한 눈으로 바라만 보았다.

"기다려요, 형수!"

저쪽에서 달려오는 준휘의 모습이 보이자 준혁은 인상을 찡그렸다. 문 앞에 서 있는 준혁을 발견한 준휘도 역시 인상을 썼다.

"도대체 뭐 하고 서 있는 거야! 분명 이 앞을 지나갔을 텐데!"

"무슨 소리야?"

"그냥 보냈단 말이야?"

평소 같지 않게 흥분하며 우왕좌왕하는 동생의 어깨를 잡고 준혁은 최대한 태연하게 되물었다.

"누굴?"

"미쳤어? 왜 형수를 그냥 보내?"

멍하게 서 있는 준혁을 다그치듯이 준휘의 말이 그를 내리찍었다.

"아까 병원 문 나서는 여자 봤지, 단발머리에 베이지 색 투피스 입은. 그 사람 형수였어. 무척 말랐더군, 게다가 얼굴도 창백하고. 어떻게 지냈는지는 모르지만 좋게 지내지는 않으신 거야. 어떻게, 어떻게 머리 모양 좀 바뀐 정도로 형수를 못 알아볼 수 있어, 형?! 그러고도 형이 형수 남편이라고 할 수 있어?!"

"인희……?"

"그래! 이러니 형수가 형에게 질린 것도 당연하지."

역시 그녀였다. 차마 그렇게 난리를 치는 동생에게 자신이 이미 인희를 알아봤지만 그냥 보냈다는 이야기는 할 수 없었다. 준혁은 고개를 숙였다.

"뭐 했어? 나 같으면 당장 잡았을 거야."

평소의 온화한 성격답지 않게 자신을 다그치는 동생의 모습을 대하는 준혁의 입가에 쓸쓸한 미소가 돌았다. '당장 잡았을 거야 라.

하지만 그는 그녀를 잡을 수 없었다. 너무 갑작스러웠던 것도 갑작스러웠던 거지만, 그녀를 그렇게 무작정 잡기에는 아직 마음에 맺힌 것이 너무 많았기 때문이다. 너무도 초췌해 보이던 인희의 모습을 떠올리며, 준혁은 조용히 주먹을 세게 쥐었다. 손에 지나치게 힘이 들어가 힘줄이 일어섰다는 것도 깨닫지 못한 채.

불안해 보이는 모습으로 병원을 나서던 형수의 모습을 떠올리며 준휘는 형수가 병원에 온 이유를 알아야겠다는 생각이, 그리고 지금껏 어디서 어떻게 지냈는지 알아내야겠다는 생각이 굳어졌다. 적어도 시동생으로서, 오래된 오빠로서 그것이 도리였으니까.

병원 원무과에 들러 형수에 대한 인적 사항을 알아낸 준휘는 담당의를 찾아갔다.

"박인희? 아아, 그 고집스러운 아가씨 말이군."

담당의인 닥터 박이 사람 좋은 얼굴로 말했다.

"어떤 관계인가?"

"형수님이시죠."

준휘가 기운 빠진 어조로 대답했다. 닥터 박이 인상을 찌푸렸다.

"그렇다면 자네 형님은 왜 그렇게 아내에게 관심이 없으신 거지? 솔직히 말해서, 어째서 이렇게 늦었는지 이해할 수 없어. 이미 판막에 난 구멍이 위험 수위까지 벌어졌어. 다행히 중기부터 상태를 알게 되었고 그동안 내 말에 따라 관리를 잘해왔지만, 이젠 한계야."

"그 정도로 심각합니까?"

준휘가 다급한 어조로 물었다.

"원래 AR(대동맥판 폐쇄 부전증―Aortic Regurgitation:심장 판막증의 일종, 류마티열, 대동맥 질환의 확장 등이 원인이 되어 생기는 병으로 협심증과 호흡 곤란 등의 증상을 나타낸다)이라는 것이 증상이 잘 나타나지 않는 병 중 하나이긴 하지. 그렇다고 해도, 중기에 발견되다니 발견이 좀 늦었어. 초기에 발견했더라면 지금보다 상태도 훨씬 나았을 거야. 게다가 수술 날짜도 너무 아슬아슬해."

"아슬아슬하다니 무슨 말씀입니까?"

준휘가 재우쳐 묻자 닥터 박이 한숨을 쉬었다.

"자네가 어떻게든 말려보라고. 저 정도로 동공이 커졌다면 지금 당장 수술을 해도 늦지 않아. 하지만 다음 달 말까지는 안 된다고 죽어도 우기지 뭔가. 도대체가 말이야. 처음 정신과 닥터 윤이 저 환자를 데려왔을 때만 해도 말이야……."

"잠깐, 정신과 닥터 윤이라뇨?"

준휘가 닥터 박의 말을 중간에서 가로채며 물었다. 닥터 박이 이상하다는 듯 물었다.

"자네, 몰랐나? 삼 년 전 겨울까지만 해도 그 아가씨, 닥터 윤 담당 환자였는걸. 만일 진료를 받다가 심장 마비가 오지만 않았어도 내가 맡는 일은 없었을지도 모르지."

준휘는 연달아 듣는 충격적인 소식에 숨이 막힐 지경이었다. 형수가 정신과 치료를 받았단다. 삼 년 전 겨울부터 심장병에 걸렸었단다. 그런데도 형수는 그런 자신을 추스르며 서씨 집안과의 연락을 단절하고 살았던 것이다.

"삼 년 전 겨울…… 부터였다고 하셨습니까?"

"그렇지. 어쨌든 내 의사 생활 이십오 년에 저런 고집불통 환자는 처음이야. 도무지 바늘 끝도 들어가지 않으니 말이야. 자네가 설득 좀 해보게. 누구나 목숨은 하나야. 그걸 그렇게 아슬아슬하게 위기 선상에 놓고 있다는 것 자체가 이해가 안 가."

닥터 박의 진료실을 나온 준휘는 지금까지 자신이 들은 이야기를 정리해 보려 애썼다. 그러니까 형수는 처음에는 정신과 치료를 받기 위해 이 병원을 다녔고, 그 다음에는 심장병 치료를 위해 이 병원을 다녔던 것이다. 그것이 사실이라면 그동안 마주치지 않았던 것이 오히려 이상할 지경이었다.

삼 년 새에 몸이 상할 대로 상해 버린 형수의 모습을 떠올리며 준휘는 공중전화를 찾았다. 그 지경이 되도록 아무에게도 연락을 하지 않았다면, 뭔가 이유가 있을 게 분명했다. 전화 수화기를 들어 원무과에서 알아낸 형수의 전화번호를 누르며, 그는 도대체 이유가 무엇일까 생각했다.

「네, 박인희입니다.」

"저예요, 형수."

「작은 도련님이시군요.」

"저 잠깐 보실 시간 있으세요?"

「이 번호를 어떻게 아셨는지는 묻지 않겠어요.」

인희가 무감정한 목소리로 말했다. 수화기 너머로 들려오는 그 목소리에 준휘는 몸을 떨었다. 이게 그 상냥하고 부드러운 형수의 목소리란 말인가? 마치 사무 보고를 하는 듯한 감정이 배제된 이 목소리가? 어째서 형수의 목소리가 이렇게 변해 버렸을까?

"저, 전 되도록 오늘 뵙는 것으로……."

익숙지 않은 목소리에 준휘는 말까지 더듬고 있었다.

「지금 가면 점심 시간이 되겠군요. 그래요, 병원으로 가지요. 단.」

어쩐지 강한 단호함이 서린 '단'이라는 조건부의 목소리에 준휘는 움찔했다.

「그 자리에 그 사람이 함께 있다거나 그 사람이 이 만남에 대해 아시는 그런 만남이라면 전 없던 것으로 하겠습니다.」

"예."

그가 아는 형수는 이렇게 단호하고 냉정한 사람이 아니었다. 나이는 어렸지만 입가에는 부드러운 미소를 띠며 자신보다는 남을 배려하는 마음 따스한 사람이었다. 그런 사람이었으니 폭군 같은 아버지의 마지막 이 년간을 지켰고, 자신을 외면하는 남편과 이 년 남짓을 살 수 있었던 것이다. 그가 아는 형수는 살아 있는 보살이었다.

형수가 어쩌다가 이렇게 변했을까?

준휘의 미간에 주름이 잡혔다.

"제가 형수를 뵙자고 한 이유를 아시겠죠?"

"제 연락처를 알아내기까지 하신 걸 보니 짐작은 되네요."

"형수 몸 상태 말인데 언제부터였죠?"

아무 말 없이 찻잔을 만지는 인희의 모습에 준휘는 애가 탔다.

"돌아오세요. 지금은 몸을 쉬시고 최상의 컨디션으로 만드셔야 해요. 그러려면……."

"전 돌아가지 않아요."

고집스러운 대답이 인희의 작은 입에서 나왔다. 준휘는 한숨을 내쉬었다.

"형수, 아실 것 아니에요? 지금 형수의 몸은……."

인희가 그의 말허리를 잘랐다.

"제 몸인데 제가 모르겠어요? 지금껏 알아서 잘 버텼으니 이번에도 잘 버텨줄 거예요. 너무 걱정 마세요, 도련님."

"제발 형수 자신을 위해서라도 집으로 돌아오세요."

"아직까지 제 집은 없어요."

준휘는 안타까운 눈으로 형수를 바라보았다. 집이 없다는 말이 얼마나 가슴 저리게 들리는지 형수는 모를 것이다. 그리고 그 말을 할 때의 형수의 눈에 서린 솔직함이 얼마나 마음 아프게 하는지도. 아무리 고통스러운 기간을 살았다 해도 거의 육 년을 살아온 집이 자신의 집이 아니라 부정하다니.

"그 사람, 알고 있나요?"

알렸냐는 우회적인 질문이었다. 준휘는 고개를 설레 저었다. 인희의 입가에 미소가 서린다.

"잘하셨어요. 알리지 마세요."

"형수, 형은 형수 남편이에요. 그러니까 알 권리가……."

"그 사람은 제 남편이던 적이 없었던 분이에요. 저도 그분의 아내였던 적이 없습니다. 우리는 남남이지요."

인희의 입가에 흐르는 자조적 미소. 그것을 보았을 때에야 준휘는 어린 나이에 형수가 겪었던 그 모든 일들이 실은 그녀에게 지옥이었음을 알았다.

"형수."

"하지만 그 명목상의 결혼도 이점은 있었어요. 제게 많은 도련님을 선물로 주었으니."

인희가 싱긋 웃었다.

"가족이 없었던 저에게 도련님들의 존재는 든든한 오빠와 원군이었어요. 도련님들과 제대로 알게 되었다는 하나만으로도 그 결혼은 제게 이득이었죠. 그리고 그 사람은 결혼으로 제 주식을 가져 회사에서의 발언권이 커졌으니 이익이 되었던 것이 겠죠."

준휘는 숨을 훅 들이켰다. 설마……. 형이 그것 때문에 결혼을 했다는 것을 형수가 모르고 있다고 믿었었다. 그런데…….

"아버님이 따로 그 사람에게 압력을 넣으셨다는 것도 짐작하고 있어요."

형수는 그가, 그리고 형들과 동생들이 생각했던 것보다 더 똑똑하고 상황을 잘 읽어낼 줄 알았다. 준휘는 한숨을 쉬었다.

인희는 커피 잔 안의 커피를 말끄러미 바라보며 말을 이었다.

"그런 관계이니 이미 필요 가치가 떨어진 지금에 와서는 허물어져야 마땅한 관계인지도 모르죠. 그런데 굳이 제가 아프다는 것을 그 사람이 알아야 할 이유가 있는지 궁금하네요."

준휘는 한숨을 쉬었다. 형수가 그렇게 생각하는 것도 당연했다. 단 한 번도 남편에게 제대로 된 관심을 받아본 적이 없는 형수였다. 인정 또한 받지 못했을뿐더러 아버지 장례식장에서 유언장 공개 때는 아버지의 유언으로 인해 남편의 폭언을 들어야만 했던 것이다. 하지만 이상한 건 보통의 여자였다면 이혼을 했겠지만, 어찌 된 일인지 그의 형수는 별거 통지를 했음에도 아직 이혼은 하지 않고 있었다.

"형수."

"만일 그 사람에게 제 병에 대해서 한마디라도 하신다면 전 당장 병원과 집과 직장을 옮기겠어요. 언제든 그렇게 할 수 있으니까 알리시든 그렇게 하지 않으시든 마음대로 하세요."

형수는 한다면 하는 사람이었다. 준휘는 그것을 알고 있었고, 단호한 형수의 말에서 그것을 느꼈다. 그리고 형수의 지금 건강 상태로는 혼자 생활 환경을 바꾸는 그런 중노동을 한다면 그녀의 건강이 견디지 못할 거라는 것도 알았다.

"그럼 이걸 약속해 주세요, 되도록 빨리 컨디션을 최상으로 만드셔서 수술 날짜를 잡으신다고."

"그럴 거예요."

걱정 어린 시동생의 눈을 바라보는 인희의 눈동자가 부드러워졌다.

"형수."

설득해 봤자 소용없다는 것을 준휘는 알았다. 오히려 모든 진실을 알면서도 이 년간을 견뎌준 형수가 정말 보살, 아니, 생불로 보일 지경이었다. 이러니저러니 말은 해도 형수가 결혼 생활 동안 형을 사랑했다는 것은 진실이었으니.

"알아야겠어요."

설득은 그만뒀지만, 형수가 언제부터 이 지경이었는지 궁금했다. 도대체 언제부터 이 상태가 되도록 스스로를 채찍질하며 견뎌왔는지.

"제가 못난 탓이죠."

인희가 조용히 말했다.

"형수가 못난 탓이 아니라는 것은 제가 잘 알아요. 형수가 집을 나간 다음에 무슨 일이 있었는지, 어쩌다 집을 떠나자마자 병원에 드나들게 되신 건지 말씀해 주세요."

인희는 다정한 시동생의 염려 섞인 고집스러운 눈동자를 바라보다 한숨을 쉬었다. 저런 눈을 하고 있는 서씨 집안 남자는 무슨 일이 있어도 뒤로 물러서지 않았다.

"처음엔 악몽을 약간 꿨어요."

인희가 담담히 말했다.

"별로 꾸고 싶지 않아서 잠을 자지 않았는데, 함께 사시는 교수님께서 저에게 병원에 같이 가면 어떨까 하시더라고요. 그래서 병원에 다니기로 마음먹었는데, 생각해 보니 이 병원이 편할 것 같더라고요."

준휘는 눈을 질끈 감았다. 형수가 이 병원에서 등의 상처를 수술했다는 사실을 잠시 잊고 있었던 것이다.

"괜찮아요. 의사가 그쪽은 더 이상 쑤시지 않을 거라고 했거든요."

"형수."

"괜찮다고요."

인희가 그 문제에 대해선 더 이상 말을 건넬 수 없을 정도로 단호하게 말했다. 준휘가 그녀의 눈을 똑바로 바라보았다.

"왜 연락을 하지 않으셨죠? 불면증은 그렇다 치죠. 하지만 심장병이 걸렸다는 것을 아셨다면 그때라도 연락을 주셨어야죠."

답답하고, 속상한 마음에 준휘가 원망을 담아 묻자 인희는 아무 말 없이 그의 눈을 피했다. 준휘는 저절로 한숨이 새어 나왔다.

"그렇게 괴로우셨다면 애초에 왜?"

"제가 선택했으니 후회는 안 해요. 다만 더 이상 모든 것을 견딜 수 없다는 생각이 들었거든요."

그렇게까지 마음의 상처가 심했다는 것은 몰랐다. 물론 자신의 형 때문에 적지 않게 마음의 상처를 받았다는 것은 알고 있었지만, 자신의 몸이 엉망이 될 정도에도 형이나 다른 사람들에게 연락을 하지 않았다는 것은 그만큼 형과 연관되고 싶지 않다는 것을 뜻했다. 그렇게까지 자기 자신을 몰아붙인 형수를 보고 있자니, 형수에 대한 안쓰러움이 솟았다.

형과 결혼한 다음 거의 없는 것과 마찬가지의 무관심한 취급을 받고, 큰 사고를 당해 대수술을 했을 때도 형은 형수의 곁을 지켜주지 않았다. 게다가 형수를 그렇게 끔찍하게 아끼던 아버지가 돌아가시고, 유언장이 공개가 되었을 때 내뱉은 형의 형수에 대한 그 격렬하고 순수한 증오가 섞인 심한 말들. 아무것도 모르는 스물두 살의 여자가 겪기에는 심한 마음고생이었다. 누구나 이렇게까지 정신적으로 몰아붙여지면 견디기 힘들 것이다.

형수를 그런 식으로 만든 형에 대한 분노가 타올랐다. 불면증으로 고생할 정도로 형수의 마음에 상처를 입히고, 자신이 심각한 병에 걸렸다는 것을 알고 있어도 남편에게 연락할 마음조차

나지 않게 만들고, 바로 옆에서 스쳐 지나가도 아내를 알아보지도 못하는 그런 형에게.

"몸을 아끼세요. 닥터 박이 많이 걱정했어요, 수술하지 않고 거의 삼 년 가까이 그냥 놔둬서 심장이 더 이상 견디지 못한다면서."

"괜찮아요. 견딜 만하니까."

인희가 말했다. 사실 처음 경미한 심장 마비로 쓰러졌던 이 년 반 전보다는 자신의 병을 받아들이는 것도, 몸을 추스르는 것도 훨씬 견딜 만해졌다. 사실 시동생이 이렇게까지 안달할 정도로 상태가 나쁜 것은 아니었다. 문제라면 수술비가 당장은 마련하기 힘들다는 정도였지만, 그것도 지금 준비하는 전시회가 생각만큼 잘된다면 어렵지 않을지도 몰랐다.

괜찮다고? 견딜 만하다고? 도대체 뭐가 그렇단 말인가?

아무렇지도 않은 어조로 조용히 이야기를 마치고 커피숍을 나가는 형수를 보고 갑자기 준휘는 담배가 무척 피우고 싶어졌다.

머리가 지끈지끈 아프기 시작했다. 아무래도 병원을 잘못 선택한 것 같았다. 설마 하니 시동생이 그 병원에 있을 줄은 생각도 못했다. 게다가 집으로 들어오라고 완강히 설득할 줄도. 하지만 시동생의 말이 옳다. 몸을 최상의 컨디션으로 만들어야 수술 날짜를 잡을 수 있었다. 그녀의 주치의도 그렇게 말했고. 할 일은 태산 같은데 몸이 말을 듣지 않았다.

지끈거리는 머리를 문지르며 그녀는 일산에 있는 작업실로 들어갔다. 이 작업실은 까다로운 그녀의 스승, 유지혜 교수의 화실이었다. 그리고 이번에는 자신이 직접 주선한 애제자의 전시회를 위해 이 화실을 아주 흔쾌히 빌려주셨다.

인희는 전시회에 생각이 미치자 한숨이 나왔다. 그녀는 전시회에 내놓을 작품을 아주 신중하게 골랐고, 그런 까다로운 그녀의 눈에 찬 작품은 얼마 되지 않았다. 결국 전시회를 위해 그림을 그리는 꼴이 되어버렸지만, 지금처럼 복잡한 상황에서는 그게 더 낫게 느껴지기도 했다.

그림을 그릴 동안만은 그 세계에 온전히 몰입할 수 있었다. 그리고 온갖 걱정을 다 털어낼 수 있었다. 법적으로만 결혼했던 그 시절, 그녀는 수많은 괴로움과 걱정과 외로움을 그림에 모조리 쏟아냈고, 그 결과 그 그림들 중 하나가 이 년 전에 국전에 입상되었었다.

그 이후 그림은 그녀를 붙잡아주었다. 그녀와 유 교수를 연결해 준 것도 그림이었고, 유 교수의 제안으로 각종 해외 미술전에 나갈 작품을 그리며 견문을 넓히고 전시회를 할 정도로 이름을 낼 수 있었던 것도 그림 때문이었다. 법석 떨며 난리를 치는 성격은 아니지만, 그녀가 가장 힘들 때 있을 곳을 마련해 준 유 교수와의 인연은 그녀의 그림 때문에 생겨난 것이었다. 때문에 그녀에게 있어 그림을 그리는 행위와 그림 자체는 소중하고 또 소중했다.

작업복으로 갈아입고 캔버스에 붉고 푸른 물감으로 붓 자국을 남기던 그녀는 허기가 짐과 동시에 어지럼증을 느꼈다. 그러고 보니 점심때에 아무것도 먹지 않았다. 힘겹게 자리에서 일어난 인희는 자신이 그린 그림을 위아래로 꼼꼼히 살폈다. 지금껏 그린 그림들 중 색감이 가장 마음에 들었다. 이 정도면 되었다고 생각한 그녀는 몸을 씻고 옷을 갈아입었다.

뻐근한 목을 이리저리 돌리던 인희는 작업실 밖으로 나와 크게 숨을 들이쉬고 내쉬었다. 그냥 자고 싶었다. 하지만 지금 하고 있는 일을 마치지 않으면 곤란했다.

화실 한쪽에 있는 냉장고를 연 인희는 한숨을 쉬었다. 요즘은 그래도 좀 잘 챙겨 먹고 있다고 생각했는데, 아니었나 보다. 냉장고는 그녀가 즐겨 마시는 생수 이외에는 텅 비어 있었다. 시계를 본 그녀는 시간이 늦었다는 데 생각이 미쳤다. 이 시간에 어디서 담백한 음식을 배달시킬 수는 없을 것이고, 그렇다고 뭔가를 만들어 먹기에는 그녀 자신이 너무 지쳤다는 사실도 알고 있었다. 시동생을 만난 것은 생각 외로 기력을 소모하는 일이었다.

애원하듯 자신을 바라보던 시동생의 모습을 떠올리며 인희는 쓴웃음을 지었다. 정도, 연민도 너무 많은 사람이다. 가까운 사람에게 좋지 않은 일이 생길 때는 자신의 일처럼 발벗고 나서주는 사람이다. 그녀가 결혼하자마자 버림받고 홀로 남겨졌을 때에도 가장 많이 신경을 써주었던 사람이다. 그리고 그런 그의 정과 연민은 이제 자신의 형에게 돌아선 모양이다.

자신이 주식에 대한 사실을 알고 있다는 데에 놀라서 얼굴이 하얗게 질리던 시동생의 모습도 떠올랐다. 사실 평생 모르고 살아도 좋았을 일이었고, 차라리 그것이 상처가 덜했을지도 모른다는 생각이 들긴 했다. 하지만 차라리 속은 시원했다. 그 사실을 알지 못했다면 남편을 이해할 수도 없었으리라.

피곤함으로 인해 반쯤 졸면서 그녀는 어째서 아버지와 똑같은 사람과 사랑에 빠졌을까, 다시 생각해 보았다. 일이 먼저고, 가정은 뒷전인 사람. 자신의 목적을 위해서 달리면서 주변은 둘러보지도 않는 사람. 물론 그것이 고의는 아니겠지만, 그런 식으로 달려가며 주변을 둘러보지 않으면 그가 달리면서 만들어 놓은 사건을 알지도 못하고 지나가는 것이다.

도대체 왜.

스스로 너무 궁금해 지금껏 몇 번을 생각하고 또 생각하던 주제를 다시 한 번 머리 속에 곱씹으며 인희는 피로에 서서히 항복했다.

*

그녀가 서 회장 댁과 인연을 맺게 된 것은 칠 년쯤 전, 아버지의 죽음 이후였다. 사실 그녀에게 있어서 이미 아버지의 존재란 희미해질 대로 희미해져서 아버지의 갑작스러운 죽음이 그녀에게 가져다 준 영향은 아주 적었다.

하지만 열여덟의 소녀가 홀로 장례식을 준비하고 떠안는다는 것은 힘들었다. 아버지 쪽으로는 친척이 하나도 없었던 데다 어찌 된 일인지 그녀는 아주 어린 시절부터 외가 친척들에 대한 기억은 하나도 없었다. 요즘 같은 세상에 그야말로 천애의 고아라는 말이 딱 어울리는 사람이 되어버린 것이다.

몇 사람 들르지 않는 병원의 빈소를 지키고 있었던 인희는 아무 생각 없이 꼿꼿이 서 있었다. 눈물도 나지 않았고, 슬픈 느낌도 들지 않았다. 단지 아쉬웠을 뿐이다. 아버지에게 하고 싶은 이야기가 많았다. 묻고 싶은 것도 많았다. 대답을 하지 않으면 듣지 않아도 좋았지만. 하지만 아버지는 그녀가 그 말을 다 쏟아내기도 전에 죽고 말았다. 그것도 너무나 어처구니없이.

죽을 때 정도는, 휑하고 자주 들어온 적 없는 집이라도 집에서 죽는 것이 나았을 것이다. 회사 사무실의 책상에서 밤샘을 하다 말고 죽어 비서에 의해 전화가 오는 것은 별로 좋은 하루의 시작이 아니었다. 물론 아무 생각 없이 출근했다가 시신을 발견한 비서보다는 나았지만.

"그러니까 박 이사님."

그녀가 빈소에 있는 낯선 아버지의 사진을 보고 조용히 중얼거렸다.

"몸이 좋지 않으면 차라리 집에 들어왔으면 좋았잖아요. 그럼 적어도 기분이 불편한 사람은 나 하나로 족했을 텐데. 왜 죽으면서 다른 사람에게 쓸데없는 폐를 끼치는 거예요. 네?"

한숨이 나왔다. 어차피 지금 이것저것 이야기해 봐야 죽은 사람이 들을 리 없었다. 물론 죽지 않았다 해도 그녀의 말 같은 건 들어주지 않았을 테지만.

병원에 설치된 빈소라 주변의 빈소를 분주히 돌아다니는 사람들이 빈소 입구에 상당히 많았다. 굳이 주변을 둘러보면서 비교해 보지 않아도 될 일이었다. 그녀 아버지의 빈소에는 하루에 서너 사람이 들락거려도 많은 정도였다.

"일만 죽어라고 하니까 이렇게 되는 거 아니에요. 가끔은 사람도 만나고 그러지 그랬어요?"

인희가 또다시 중얼거렸다. 무척이나 무미건조한, 지나가는 듯한 어조였다.

삼 일간의 지루하고 조용한 장례식의 끝은 그런 식으로 지나가는 듯했다. 하지만 그렇게 하릴없이 중얼거리고 있을 때, 바로 그가 나타났다.

"실례합니다. 이곳이 박주호 이사님의 빈소가 맞습니까?"

"예, 들어오세요."

그녀를 본 그는 놀란 듯했으나 곧 정신을 수습했다.

"삼가 고인의 명복을 빕니다. 얼마나 상심이 크시겠습니까?"

그가 그녀의 손을 잡고 말했다. 그녀는 어리둥절한 표정으로 그의 손이 주는 온기를 느끼며 그를 올려다보았다.

이 사람 진심이야.

그녀는 그 때문에 놀랐다. 지금껏 빈소를 찾아온 그 어떤 사람들도 진심이 아니었다. 인사도 하지 않고 건성으로 절만 드린 채 떠나는 사람도 있었다. 남겨진 사람의 입장은 생각하지 않고 그냥 빈말. 예의상의 인사치레만 훌쩍 건네고 사라지는 사람들과 이 사람은 달랐다.

"도대체, 다른 사람은 없는 겁니까?"

그가 분노가 섞인 질문을 던졌다.

"저뿐이에요. 저희 집은 단둘뿐이었고, 이렇다 할 친척도 없으니까요."

그녀가 담담하게 이야기했다. 그의 손이 그녀의 어깨를 감쌌다.

"알겠습니다. 장지로는 언제 출발하지요?"

"아마도 오후쯤. 자세히는 잘 모르겠어요, 지금."

사실 내내 빈소를 지키며 서 있거나 앉아 있느라 지금은 피곤해서 이성적으로 생각할 수 없었다. 단지 병원에서 말해 준 시간 전까지 어떻게든 추슬러서 아버지의 시신과 함께 이곳을 나가야겠다는 생각뿐이었다.

"고인은?"

그가 그녀를 바라보며 물었다.

"화장할 생각이에요."

그게 가장 간단하고 보편적인 방법이기 때문에 그렇게 한다는 말은 뺐다. 그건 별로 중요하지 않았으니까. 그가 다시 물었다.

"영구차와 화장터는 예약하셨습니까?"

"예."

어찌어찌라는 말 역시 뺐다. 그것도 병원에서 알려준 곳으로 전화해서 처리한 것이다. 이런 일을 당한 것도, 주변에 죽은 사람이 있었던 일도 없었는지라 경황이나 절차 같은 것은 그녀에게 존재하지도 않았다.

"어디지요?"

"기억나지 않아요. 아마도 병원에서 지정해 준 곳일 거예요."

"같이 가지요."

그는 그녀의 손을 잡고 안내 데스크로 가서 이런저런 것을 한참을 문의했다. 정작 들어야 할 당사자였던 그녀는 그저 머리 속이 하얗게 빈 채 어떤 말도 귀에 들어오지 않았다. 안내 데스크에서 수차례 질문을 하던 그가 그녀의 손을 놓지 않은 채 몇 군데에 전화를 걸더니, 그녀에게 미소를 지어 보였다.

"영구차와 화장터의 예약 시간을 좀 변경했습니다."

"아, 예."

그 뒤로는 그가 모든 것을 장악했다. 시신을 영구차에 싣는 것을 감독한 것도, 자신의 차에 그녀를 태워 화장터까지 데려다준 것도 그였다. 그녀는 그저 인형처럼 그가 하는 대로 따라갔을 뿐이다.

화장터에서 한 줌 재로 변하는 아버지를 보면서도 그녀는 울지 않았다. 단지 아버지에게 꼭 하고 싶었던 질문을 하나 던졌을 뿐이다.

"날 기억하고 계셨나요?"

그뿐이었다. 항상 두려워서 던지지 못했던 질문. 하지만 이제는 상관없었다. 더 이상 대답을 두려워할 필요가 없으니까.

아버지가 재가 되는 시간 동안 그는 그녀의 옆에 있어주었다. 유골함을 들고 나오는 그녀에게 그가 물었다.

"제가 손을 대도 괜찮을까요?"

그녀는 말없이 그에게 유골함을 내밀었다. 그는 그것을 들고 재를 뿌리는 곳으로 가서 한 줌 들고 뿌리고는 그녀에게 내밀었고, 그녀는 고개를 저었다. 그는 약간 놀란 듯 눈썹을 치켜 올리더니 계속 들이밀었고, 그녀는 고개를 저었다. 그가 조용히 말했다.

"나중에 혹시라도 후회를 남기지 않기 위해서라고 생각해요."

아버지에 대해 후회가 있을 수 있을까?

그녀가 냉소적으로 생각했다. 아마도 없을 거라고 추측했다. 후회가 있을 거라고 단 한 번이라도 생각했다면 그녀에게 그런 식으로 대하지 않았을 것이다. 그리고 그녀도 사람이었다. 받은 만큼은 아니더라도 조금이라도 같은 태도를 돌려주고 싶었다.

"죽은 사람은 모를 겁니다. 기억은 산 사람의 몫 아닐까요?"

그가 말했다. 그녀는 그의 얼굴을 말끄러미 바라보았다. 지금까지 본 눈 중 가장 따뜻한 눈이다. 그리고 지금껏 그녀가 본 사람 중 가장 그녀에게 따뜻한 말을 해준 사람이다. 인사치레만은 아니었다. 나중에 혹시라도 그녀가 괴로워할지도 모른다고 생각했던 것 같았다.

그런 그의 배려를 무시할 수는 없다는 생각에 그녀는 작게 한 줌 쥐어 유골을 뿌렸다. 그 모습을 지켜보던 그는 나머지 유골을 빠르지도, 느리지도 않은 속도로 뿌려낸 다음 그녀의 어깨를 잡고 자신의 품으로 끌어당겨 토닥였다.

가슴은 넓었고, 규칙적인 심장 소리가 들렸다. 어깨에 놓인 손과 그녀의 몸을 감싼 그의 몸이 너무 따뜻해 지금까지 쌓였던 긴장과 피로가 한순간에 녹아 내렸다.

"괜찮아요."

그가 낮은 목소리로 속삭였다.

"끝났으니까."

그뿐이었다. 그렇게 그녀를 잠시 안아줬던 그는 그녀를 조심해서 집까지 바래다주고 명함을 하나 주었다.

"오늘은 푹 쉬고 내일 이 번호로 연락해요."

그가 어쩔 수 없다는 표정으로 말했다. 그 표정은 일을 떠맡게 되어 하는 수 없다는 짜증스러운 표정이 아닌 머무를 수 없다는 데에서 나온 걱정의 표정이었다.

"폐를 끼쳐서 죄송합니다."

그녀가 정중하게 말하자 그가 그녀의 어깨를 잡고 그녀와 눈을 맞췄다.

"폐라고 생각하지 말아요. 이런 때 혼자라는 것은 말도 안 되는 거니까."

한참을 집을 둘러보며 현관에서 불안한 듯 오가던 그는 어쩔 수 없다는 표정으로 집을 떠났다. 그녀는 명함을 보았다.

태정그룹 기획실장 서준혁.

그녀는 그의 이름을 그렇게 알게 되었고, 그때부터 그를 향한 이루어질 수 없는 사랑을 시작했다. 앞으로 어떻게 될지는 전혀 알지 못한 채.

그의 집으로 들어가게 된 것은 그 후로 며칠 지나지 않아서였다. 아버지가 유언장을 남겨놨다는 것도 몰랐던 그녀는 자신의 후견인이 준혁의 아버지이자 태정그룹의 회장인 서중오라는 사실을 알지 못했다. 때문에 앞으로 자신이 돌봐줄 테니 자신의 집으로 들어오라는 서 회장의 전화를 받았을 때에는 당황했다.

"저, 하지만……."

「너무 신경 쓸 필요 없네. 자네 아버지는 나와 회사 동기로 상당히 절친했던 사이였지. 솔직히 그 친구가 남긴 유언이 아니었데도 친구 딸이 그렇게 혼자 남겨졌다는 것을 알게 되었다면 당연히 뒤를 봐주었을 게야.」

사실 그 당시에 그녀가 그의 말을 거부할 수 있는 방법은 없었다. 무엇보다 그녀는 아직 학생이었고, 세상 물정에 대해 거의 알지 못하는 상태에서 혼자 남았다. 그런 상황에서 서 회장의 제의를 받아들이지 않는다는 것은 바보 같은 짓이었다.

「들어오겠지? 그렇게 말해 준다면 내가 당장이라도 차비를 하겠네만.」

"알겠습니다."

「장례식에 가고 싶었지만 마침 그때 다리를 심하게 다쳐서 갈 수가 없었네. 대신 아들놈을 보냈는데 실례되는 짓을 하지나 않았는지 걱정되는군.」

"아드님이 오셨나요?"

「준혁에게 이야기 들었네. 혼자 힘들었을 게야. 내가 조금만 더 잘 알았더라도 조치를 취해주는 건데.」

아. 이분 아드님이셨구나.

더 더욱 그의 제안을 받아들여야 할 이유가 생겼다. 인희는 망설이지 않고 대답했다.

"전학 수속 같은 것도 있으니 시간을 좀 주세요. 하지만 짐은 내일이라도 당장 옮기고 싶습니다."

그리고 전화를 끊자마자 그녀는 아버지의 방에서 크고 바퀴가 달린 여행용 가방을 찾아 자신의 옷부터 싸기 시작했다.

며칠 후 도착한 서 회장의 집에는 아무도 없었다. 물론 평일

이어서 그런 탓도 있겠지만, 그런 것치고는 너무 조용했다.

"이 방을 쓰면 돼요."

가정부로 생각되는 여자는 냉랭했다. 그저 직업으로 이 일을 한다는 것을 듣지 않아도 단번에 알 수 있는 정도였다. 그걸로 집 안에 있는 사람과의 만남은 끝났다. 가정부는 그녀를 빈방에 남겨둔 채 무례할 정도로 문을 세차게 닫고는 나갔다.

쫓아가서 짐에 대해서 물어볼까 생각하던 인희는 그만두기로 했다. 가정부는 그녀를 귀찮아하고 있었다. 거기에 대고 그 사람을 더 귀찮게 만들 필요는 없지 않을까 하는 것이 그녀의 생각이었다. 게다가 이런 조용하고 냉랭한 분위기는 지금껏 그녀가 익숙해져 있던 분위기였다. 이런 분위기에서는 누구든 자신의 실질적인 일은 자신이 처리해야만 한다. 언제까지 내버려 두면 나중에 곤란한 것은 자신이므로.

어디서부터 어떻게 정리할까 생각하던 그녀의 귓가에 노크 소리가 들려온 것은 그때였다.

"예."

"들어가도 됩니까?"

낯익은 목소리였다. 그녀의 몸과 본능이 동시에 반응했다.

"들어오세요."

그가 들어왔다. 그녀는 뛰는 가슴을 조용히 진정시키려 노력하며 물었다.

"무슨 일이세요?"

"회장님께서 말씀하시길 오늘부터 당신이 이 집에서 같이 산다고 하시더군요."

"돌아가신 분께서 그분을 제 후견인으로 정하셨다는 말을 들었어요. 그분은 저에게 집으로 들어오는 것이 낫지 않겠느냐고 하셨고, 저는……."

침묵이 흘렀다. 왜 그렇게 하기로 했답니다라고 깔끔하게 말을 맺지 못하는지, 그녀는 그런 자신이 혼란스러웠다. 그가 고개를 끄덕였다.

"학생이니 결정 잘하신 겁니다. 저……."

"네?"

"정식으로 저를 소개하지 못했지요? 서준혁이라고 합니다."

그가 손을 내밀었고, 그녀는 그 큰 손을 잡았다. 확실히 육체 노동을 하는 사람의 손은 아니었지만, 그녀의 손에 비해서는 컸다. 그리고 어디서도 느끼지 못한 희미한 온기가 느껴졌다.

"박인희예요."

"알고 있습니다. 회장님께서 아들들을 모아놓고 통보하실 때 알려주셨답니다."

어쩐지 비꼬는 듯한 말투였다. 게다가 아까부터 아버지를 지칭하는 호칭이 어딘지 이상했다.

"인희 씨, 솔직히 여긴 편안히 지내실 곳은 못 됩니다. 남자만 넷인 집인데다 서로 각자 생활한 지는 꽤 오래되었으니까요. 그렇지만 잘 지내셨으면 합니다."

저 사람이 내 이름을 알고 있었구나. 그리고 그가 부르는 내 이름은 조금 더 특별하게 들리는구나.

인희는 무의식 중에 그것을 깨달았다. 그리고 조용히 미소를 지었다. 그의 얼굴 표정이 어떻게 바뀌었다 본래대로 돌아오는지는 미처 알아채지 못한 채.

솔직하고 진심 어린 말과 행동에 인희는 매료되었다. 지금껏 그녀가 살아온 나날들 중 그녀가 진심으로 배려받은 일은 터무니없이 적었다. 하지만 이 남자의 몇 안 되는 행동에 그것을 상당히 보상받는 느낌이었다.

"감사합니다."

도저히 열여덟 살의 소녀라고는 보이지 않는 차분한 절제로 그녀가 대답했고, 거기에 그가 놀란 것도 그녀는 알아채지 못했다. 그가 주변을 둘러보더니 조용히 한마디 했다.

"짐은 언제 옵니까?"

"아마도 내일쯤 올 거라고 생각해요."

"알겠습니다."

뭔가 더 대화를 나누어야겠다는 생각을 했을 때, 방문이 벌컥 열리고 시끄럽게 빈정거리는 목소리가 들렸다.

"어이, 그쪽에 있는 꼬마 녀석이 아버지의 새 제물인 거야?"

"말조심해라."

"조심할 필요가 뭐가 있어? 언젠가는 저 애도 알 것 아니겠어? 아버지가 자기를 왜 이리로 데리고 들어왔는…… 어? 형,

이거 왜 이래? 어어?"

상당히 젊은 호남형의 남자는 준혁에게 이끌려 무작정 방을 나서고 있었다. 방을 나가면서 그가 꽥 소리를 질렀다.

"어이, 너 조심해! 아참, 난 서준영. 이 집 막내고 너보다 두 살이나 많다고!"

"무례하게 굴지 마라."

"이거 놓고 이야기해."

형제끼리의 투덜거림이 멀어지자 인희는 피식 웃으며 문을 닫았다. 저들은 운이 좋았다. 형제자매가 있다는 것은 적어도 투닥거리고 마음을 나눌 상대가 있다는 것이었고, 그 따뜻함을 나눌 사람도 있다는 거였으니까. 아마도 이렇게 냉랭한 집 안은 형제들이 모이면 금세 따뜻해질 것이다.

그렇게 두 사람이 들른 다음, 저녁땐 다른 두 사람이 들렀다. 어딘지 날카롭고 귀족적인 인상이 닮았던 준혁과 준영에 비해, 어딘지 믿음직스러워 보이고 안정된 인상을 가진 남자 둘은 둘째와 셋째인 준우와 준휘라고 했다.

"준영이가 괴롭히지 않았어요? 짓궂은 말을 했다든지."

준휘가 물었을 때 그녀는 그저 고개만 저었을 뿐이다. 준휘가 피식 웃었다.

"분명히 뭘 했군요? 이거야, 함부로 굴지 말라고 그렇게 일렀 건만. 어? 그런데 큰형은?"

"모르겠다."

"큰형이 인사 오지 않은 것에 대해서는 너무 신경 쓰지 말아요. 대학 졸업하자마자 꽤 높은 자리로 입사해서 일을 많이 떠맡았거든요. 그러니까……."

"오셨었어요."

그녀는 두 사람이 놀란 시선을 주고받고 있다는 것을 눈치 챘다.

"하지만 아직 퇴근도 하지 않은 것 같은데."

"아까 오후에 잠깐 들렀다 가셨어요."

두 사람이 의외라는 시선을 주고받았다. 하지만 그녀의 차분한 시선에서 그게 거짓이 아니라고 생각한 모양이다. 준우가 헛기침을 했다.

"흠. 뭐, 형이 그런 인사를 거를 사람은 아니죠. 어쨌든."

"말씀 낮추셨으면 해요."

인희가 또박또박 말했다.

"전 이제 열여덟이에요. 여러분들께 높임말을 들을 연배는 아니라고 생각합니다."

두 사람이 또다시 시선을 맞췄다. 놀랐다는 표정이다. 먼저 말을 건 것은 준휘였다.

"어, 그럼 그렇게 할게. 잘 지내면 좋겠다."

"나도 그렇게 생각한다."

잠시 후 두 사람은 조용히 문을 닫고 나갔다. 닫힌 문 너머로 준휘가 준우에게 속삭였다.

"큰형답지 않은 일이잖아. 물론 새 식구가 이렇게 갑작스럽게 들어온 일도 없었지만, 언제 일을 팽개치고 집에 들어온 일이 있던가?"

"글쎄, 아마 신경이 좀 쓰였겠지. 어쨌든 형 직속 상사인 박 이사님의 딸이니까. 그리고 오늘 아버지가 집에 계셨잖아."

준우의 말에 준휘가 고개를 끄덕였다. 유난히도 아버지에게 신경을 곤두세우는 준혁이기에 준우의 말에도 일리가 있었다.

"어쨌든 묘해. 이제 열여덟이야. 그런데 저 나이에 저렇게 차분하고, 딱 부러지는 아이는 보기 힘들잖아. 열여덟이 아니라 서른여덟이나 마흔여덟이라고 해도 믿겠어."

"하나뿐인 아버지가 돌아가셔서 그런 거겠지. 주변에 큰일이 생기면 사람도 변하기 마련이니까."

"아버지가 저 애에게 무슨 해코지를 하지 않았으면 좋겠어. 저 아이가 박 이사님이 가지고 계셨던 우리 회사의 주식 5%를 가지고 있으니까. 5%면 결코 적은 주가 아니잖아."

준우는 아무 말 없이 고개만 끄덕였다. 사실 갑작스러운 통보는 그들에게는 놀라움과 함께 의문만 더해주었다. 그들의 아버지는 결코 이익을 바라보지 않는 투자는 하지 않는 사람이었다. 분명 저 어린아이에게도 뭔가 바라는 것이 있으리라.

"어쩐지 묘하게 다독여 주고 싶지 않아? 형은 어떻게 생각해?"

"글쎄다."

문밖에서 자신에 대한 이야기가 오가고 있다는 사실은 까맣게 모른 채 인희는 밀려들기 시작한 피로와의 싸움을 포기하고 바닥에 쓰러져 잠이 들었다. 가구 하나도 없고, 이부자리 한 채도 마련되지 않은 빈방에서 그렇게 박인희의 서씨 집안에서의 첫날이 저물어가고 있었다.

제2장

단
단
해
지
다

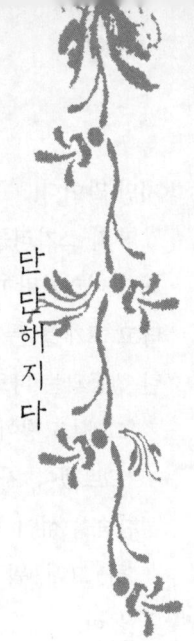

단단해지다

"**누**굴 찾았다고?"

준영이 마시던 맥주를 떨어뜨리며 물었다.

"형수. 흘린 맥주 닦아라."

"그게 정말이야?"

"농담 아니다."

준휘가 인상을 찡그리며 말했다. 도대체 이 녀석에게 말해도 좋은 걸까?

입에서 말을 꺼내는 그 순간까지도 그는 망설이고 있었다. 다른 사람은 몰라도 준영에게 말하는 것이 과연 좋은 걸까 하고 말이다. 저 반응을 보니 역시 말하지 않는 것이 낫을지도 모르지만 말이다.

휴지 쪼가리를 들고 흘린 맥주를 훔치는 준영의 표정은 흘러 내린 머리카락 때문에 어떤지 보이지 않았다. 하지만 맥주를 다 닦고 고개를 든 준영에게서는 준휘의 말을 처음 들었을 때의 놀란 행동과는 다르게 차분한 표정이 엿보였다.

"그래, 꼬맹이 그동안 어디 숨어 있었대?"

"모르겠어. 자세히 이야기를 나눈 것은 아니니까."

한숨을 섞어 준휘가 말하자 준영이 빈정거렸다.

"하! 그래, 뭐 하고 지냈대?"

"몰라."

"한심하긴. 그런 것도 물어볼 생각 못하고 뭐 하고 있었던 거야?"

"물어보고 자시고 할 분위기가 아니었어. 어쨌든 간에 찾아냈다는 것도 다행이라고 생각해."

준영이 한쪽 눈썹을 치켜 올리며 맥주 캔을 입가에 댔다. 눈이 꽤나 가늘어진다.

"얼굴이나 봬줘."

"안 돼."

"왜?"

"몰라서 묻는 거냐?"

준휘가 준영을 뚫어져라 바라보았다. 한참을 준휘의 시선을 맞받던 준영은 고개를 돌렸다.

"지난 일이야."

"정말이냐?"

"농담 아니야, 준휘."

"형. 그리고 네 말은 믿을 수 없어."

준휘가 무심코 준영의 호칭을 고치며, 준영을 살폈다. 준영의 얼굴은 그저 그런 무심함을 담고 있었다.

"너무하는걸? 그래도 하나밖에 없는 동생 아니우?"

"이럴 때만 동생이냐? 어쨌든 안 돼."

준휘가 나름대로 엄한 목소리로 다짐을 두었다. 준영이 그를 의미심장한 눈으로 바라보며 콧방귀를 뀐다.

"댁은 다 불게 되어 있어, 준휘."

동생의 말에 준휘는 약간 뜨끔해졌지만 최대한 아무렇지도 않은 척했다. 어쨌든 모르게 하면 될 일이다. 하지만 그 방면에 있어서 준휘는 동생을 너무 과소평가하고 있었다.

"뭐 먹을래?"

"오빠……."

놀라움이 섞인 목소리로 인희가 준영에게 말했다.

"어떻게……?"

"너 아직도 해물 스파게티 좋아하냐?"

"준영 오빠!"

"아아, 당연히 준휘 닥터의 다이어리를 뒤졌지. 그 인간 깔끔

떠는 거 알고 있지? 네 주소에 별표에다가 빨간 줄까지 그었더
구나."

인희가 키득거렸다. 준영의 장난스러운 말투가 재미있었던
까닭이다. 곧바로 준영이 고개를 숙여 인희의 눈을 바라보았다.

"밥은 잘 먹고 있는 거야? 왜 이렇게 마른 거야?"

"어, 그게……."

"따라와. 스파게티 실컷 먹여줄게."

인희는 한숨을 쉬었다. 겉으로는 유들유들해 보이지만 서씨
집안 형제들 중 가장 고집이 대단한 사람이다. 이 사람과 융통
성을 논하기란 쉽지 않다.

"난……."

"안 먹으면 키스해 버린다."

그리고 농담을 잘 즐길 것같이 보이지만 일단 고집을 부리기
시작하면 입에서 나오는 모든 말은 진담이 되어버렸다. 결국 인
희는 자포자기한 목소리로 물었다.

"뭐 사줄 건데요?"

눈앞에서 포크로 해물 스파게티를 뒤적이고 있는 인희를 보
며 준영은 미소 지었다. 정확히 이 년 칠 개월 만의 만남이었다.
아버지와 크게 싸우고 집을 나간 다음 그는 딱 한 번 한국에 들
어왔을 뿐이다. 그리고 그때 심하게 다친 인희가 퇴원한 뒤 곧
바로 출국했던 그는 아버지의 장례에 참석하지 않았고, 유언장
공개일에도 한국으로 들어오지 않고 계속 해외를 떠돌아다녔

다. 이 깡마른 꼬마가 집을 나갈 때에도 역시 한국에 없었다.

"오빠에겐 연락할 수 있었잖니."

"그냥요."

그냥이 아니겠지, 꼬맹아. 내가 네 속을 못 들여다볼 줄 알았나 보지?

아까 껄끄러워하던 그녀의 표정을 이미 봐버린 뒤다. 그녀의 속을 짐작 못 할 것은 없다. 분명 껄끄럽고, 불편하고, 또 미안해서겠지. 달리 이유가 있어서는 아닐 것이다. 준영은 속으로 한숨을 쉬었다. 미안해서였다. 하지만 자신의 감정에 충실했던 것에는 후회하지 않았다.

"속없는 것, 자존심이었냐?"

"오빠가 미워요."

"나도 네가 밉다. 들어오니 너 찾았다 그래서 보러 왔더니 대꼬챙이처럼 말라서 금방이라도 날아갈 것 같고. 그런 꼴 보면 내가 속 시원하다 그럴 줄 알았냐?"

인희가 피식 웃었다. 한때 그가 몇 롤의 필름을 채우던 그 미소였다.

"아니에요."

"그렇게 고생할 것을 뭐 하러 나가? 오히려 집에 있을 때보다 몸이 더 상했잖아."

인희가 말끄러미 음식 접시를 내려다보며 입을 다물었다. 준영은 자신의 앞에 놓인 봉골레의 조개를 한입에 넣고 씹으며 말을 끊었다.

"보란 듯 잘살아야 할 것 아니냐, 그만큼 고집을 부렸으면."

그리고 이 나를 찼으면 말이지.

그 말은 속으로만 되뇌었다. 농담 반 진담 반의 말이었으나 인희는 분명 진심으로 받아들이고 자신이 아직 괴로워하고 있다고 생각할 것이다. 그러면서 혼자 속으로 끙끙 앓겠지.

"보란 듯 잘살고 싶었어요."

인희가 대답했다. 그리고 침묵이 흘렀다. 준영은 무의식적으로 조개를 짓이기듯 씹고 있는 자신을 발견하며 화를 삭이려 노력했다. 담백한 어조로 말했으면서도, 아니, 그렇기 때문에 더더욱 처연한 느낌이 들었다고 생각한 것은 그의 착각일까? 원래가 감정을 잘 읽을 수 없는 인희였지만 몇 년 만에 만난 그녀는 원래 가지고 있던 조용하고 사라질 것 같은 기묘한 분위기가 더 강조된 듯했다. 그리고 원인은 뻔할 거였다.

"난 형 패주는 그런 시대에 뒤떨어진 짓 같은 거 안 한다."

준영이 조개를 씹으며 내뱉듯 말했다. 인희는 그저 접시만 뚫어져라 바라보다 불쑥 물었다.

"요즘은 뭘 찍고 다녀요?"

"응?"

갑자기 바뀐 화제에 준영은 잠시 생각에 잠겼다 대답했다.

"집, 외양간, 성, 텐트, 카. 하여튼 사람이 살았거나 살거나 하는 곳은 다 찍고 다니지. 넌?"

차라리 이 화제가 더 반가웠다. 아무리 감정에 솔직하고 뻔뻔
스러울 정도로 말을 시니컬하게 하는 그였지만, 껄끄러운 화제
를 오래 잡고 싶지는 않았다.

"나요?"

"그럼, 지금은 안 그리냐?"

인희는 피식 웃었다. 그녀가 그리는 것에서 위안과 삶을 찾는
것처럼 이 사람은 사진을 찍는 것에서 그것들을 찾는 것이다.
묻지 않으면 이상한 것이다.

"작업실을 가끔 사용하긴 해요."

"작업 과하면 못쓴다."

"하지만 지금은 과해도 돼요. 조금 있으면 전시회니까."

말하지 않으려 했던 말이 준영 앞에서 술술 나왔다. 준영이라
면 이해해 줄 것이기 때문이다. 잠시 눈이 커졌던 준영은 금세
고개를 끄덕였다.

"내보일 마음은 생긴 모양이군. 어쨌든 잘 생각했어. 언제?"

"이번 달 15일부터 31일까지. 인사동 M 갤러리예요."

인희가 고분고분 대답했다, 한구석에서는 약간의 두려움을
가진 채.

"봐주진 않을 거다."

"예."

"형들 다 끌고 갈 거고."

"그건……."

"그 인간은 안 데려와. 뭐 좋은 꼴 본다고."

준영이 인희의 걱정을 덜어주는 말을 했다. 인희는 한숨을 내쉬며 계속 스파게티를 뒤적이다 한입 넣었다. 한 시간이 넘었는데 겨우 세 입이다. 그 모습을 물끄러미 바라보던 준영이 한마디 던졌다.

"반 정도만 먹어도 데리고 나간다. 너도 빨리 나가고 싶지?"

정말 자기 멋대로 하는 것이 몸에 밴 사람이었다. 하지만 인희로서는 저 사람을 이길 수 없었다.

결국 그녀는 반 정도 먹은 다음에야 가게를 나갈 수 있었다. 준영은 아무 말 없이 그녀를 화실 앞까지 데려다 주었다.

"챙겨 먹어라. 안 그러면 종종 와서 억지로 먹일 거야."

준영이 진지하게 말했다. 인희는 고개를 끄덕였다.

"좋아, 말을 잘 들어야 착한 꼬맹이지."

"오빠가 싫어."

"투정 부리면 착한 어른이 될 수 없어."

어린애 취급하는 준영이 너무 싫었다. 하지만 자신을 이런 식으로 대하며 편하게 해주려는 준영에게 그녀는 미안한 감정을 가졌다.

"이제 그만 가요."

"저녁 챙겨 먹어."

"오빠답지 않아요."

"아직 널 좋아하니까."

저 말이 사실이라는 것을 인희는 알았다. 그래서 마음 한구석에서 그런 배려가 부담스럽고, 미안하게 느껴진다.

"또 놀러오마."

마치 이웃집에 놀러왔다 떠나는 꼬마처럼, 친근한 인사를 남긴 채 준영은 떠났다.

형 패주는 그런 시대에 뒤떨어지는 짓은 안 하겠다고 인희에게 말한 준영이었지만, 인희의 마른 몸과 잘살 거라고 생각했다는 말에 정말 울컥해 버렸다.

"뭐 하고 계슈?"

그래서 시비 거는 어조로 큰형의 사무실에서 일에 파묻히다시피 하고 있는 형 앞에서 구시렁거릴 준비를 완료한 것이다. 그의 어조에 준혁은 고개를 들었다.

"일하고 있다. 중요한 일 아니면 집에 가서 쉬어라."

감정이 철저히 배제된 목소리를 듣고 준영은 열이 조금 더 올랐다. 그래, 삼 년 만에 찾아낸 마누라가 그렇게 호리호리 말라가고 있는데도 그런 말이 나온단 말이지?

"맨날 그놈의 일, 질리지도 않으슈?"

"내 일이니까."

준혁이 무뚝뚝하게 말했다. 그 말은 사실이었다. 그는 그의 일이 아니면 하지 않았다.

"일이 좋은 것은 아니고?"

"좋기야 하지."

싫다면 아예 덤비지 않았을 일이다. 그리고 싫다면 애초에 아내의 가슴에 못 박는 일은 하지 않았을 것이다. 어찌 보면 결국 그가 하고 있는 일 때문에 아내의 가슴에 못을 박아버렸으니까.

"그럼 단도직입적으로 물읍시다. 아내가 좋으슈, 일이 좋으슈?"

준혁은 살펴보던 결재 서류에서 눈을 떼며 물었다.

"요점이 뭐냐?"

"마누라는 비실비실 말라비틀어지게 놔두고 참 일이 잘 잡히시는구만."

준혁이 천천히 고개를 들었다. 표정만으로는 도무지 그가 준영 자신의 말을 듣기나 했는지 의심스러울 정도로 평소와 같은 냉정한 표정이었다.

"찾아보기나 한 거야? 마누라가 삼 년 동안 그렇게 되도록, 도대체 뭘 하고 있었냔 말이야?"

준혁은 아무 말 없이 다시 고개를 숙였다. 준영은 울컥해서 형의 멱살이라도 쥐고 싶은 것을 겨우 참았다.

"내 말 듣고 있기나 한 거야? 내가 형수를 만났단 말이야. 그리고 그 안된 꼴을 직접 봤단 말이야!"

준혁은 아무 말 없이 자신이 들어오기 전부터 보고 있던 서류에 다시 얼굴을 묻을 뿐이다. 준영은 속에서 울화통이 터졌다.

아무리 아내에게 관심조차 없었던 사람이라고 해도, 조금의 양심 정도는 있어야 하지 않은가. 거의 이 년에 가까운 결혼 생활 동안 아내를 무관심으로 방치해 두고 아내에게 남에게도 하지 않을 모진 말을 해서 결국 집을 나가게 만들었으면, 적어도 아내를 찾는 시늉을 하거나 이런 좋지 못한 소식을 들으면 안타까운 시늉이라도 하면서 맞장구를 치는 것이 도리 아닌가. 그런데 어떻게 저렇게 냉정한 태도로 앉아서 일에 전념할 수 있는지 알 수 없었다.

"찾지도 않았다며?"

준영이 비아냥거림이 섞인 어조로 한마디 툭 던졌다. 처음 준휘에게 사건의 전말을 듣고 큰형에게 던졌던 말보다는 순화된 표현이지만, 비아냥거림은 꽤 강도가 높은 편이었다.

준혁은 아무 말 없이 서류를 넘겼다. 그러나 그 손이 약간 떨리고 있는 것을 준영은 보지 못했다.

"왜 그랬어? 왜 그랬냐고? 내가 준휘 닥터에게 그 말을 듣고 나서 얼마나 열통 터졌는지 알기나 해? 형이 인간이야? 인간이냐고!"

동생이 그렇게 열을 내서 떠드는데 비해 준혁은 조용하고, 차분한 태도로 서류를 검토하고 있었다. 그 모습을 보는 준영은 더 더욱 열이 날 뿐이다.

"내 말 듣고 있어, 이 잘난 회장님?"

결국 한참을 떠든 뒤에 약간 지친 준영의 입에서는 이런 말이 나왔다. 그러나 준혁은 아무 변화 없는 차분한 손길로 다른 서류를 집을 뿐이었다.

"하, 내가 이렇게 입 아프게 떠들어봤자 뭐 하겠어? 어차피 형 관심은 이미 마누라에게서 떠난 지 오래인데."

준영이 비꼬는 어조로 내뱉었다.

"그저 그 꼬맹이만 불쌍하지. 있으나 없으나 아니야. 그렇지?"

동생의 말을 듣는 준혁의 속은 칼로 베어내는 듯 고통스러웠다. 동생의 눈에는 그렇게 보였나 보다. 하기야 그가 뭘 말할 수 있겠는가. 이 년 동안 아내를 홀로 내버려 두고, 그것도 모자라 아버지 유언 공개일에는 못할 소리를 퍼부어 결국 아내가 집을 나가도록 원인을 제공한 인간인데.

"집 나간 마누라 찾은 것은 알아? 당연히 모르겠지. 그리고 그 마누라가 오늘 기절할 것 같은 표정으로 날아갈 듯한 몸을 하고 '괜찮다'라고 말한 것은 알고 있어?"

준혁이 살펴보던 서류가 구겨지도록 힘 주어 잡았지만, 준영은 그것을 알지 못했다. 형의 상태에 일일이 신경을 쓰기에는 너무 화가 난 탓이었다. 준영은 멈추지 않고 쏘아붙였다.

"꼬맹이 집에 갔지. 다 죽어가던데? 그나마 내가 강제로 먹였으니 망정이지, 아마 안 그랬으면 아무것도 먹지 않으려고 했을 거야."

준혁은 속이 타 들어가는 기분이었다. 동생의 말 한 마디 한 마디가 속을 긁고 있었다.

"마누라는 집 나가서 말라 죽어가고 있는데. 나 같으면 일거리 같은 건 눈에도 안 들어올 거야. 물론 형이야 다르겠지. 마누라가 크고 텅 빈 집에서 죽어가는 노인네 수발하고 있는 걸 뻔히 알면서도 한 번 집에 들어와 보지 않은 인간이니까."

준영은 계속 비아냥거렸다. 말해 봤자 무슨 소용인가 하는 기분도 들었지만, 그래도 이렇게 몰아붙이지 않으면 그가 견딜 수 없었기 때문이다.

"꼬맹이 녀석, 한심하게도 남자 보는 눈은 형편없어. 하필 이런 냉혈한을."

준혁은 아무 말도 할 수 없었다. 동생의 말이 속을 후벼 팠지만 달리 대꾸할 말이 없었기 때문이다.

"매일 밤 남편 좋아하는 음식 깔끔하게 차려놓고 기다려, 매번 기념일이며 생일이며 챙겨서 선물 마련해, 한 번 입어보지도 않는 옷 매일 깨끗이 손질해 놓고 있어, 게다가 회사에 도시락까지 챙겨가고. 나 같으면 밸이 꼴려서라도 그 짓 못해. 아니, 안 해."

준혁은 겉으로는 평온한 표정을 유지하면서도 주먹을 꼭 쥐었다. 동생의 입에서 나오는 말들은 죄다 그녀가 보여준 정성들, 그리고 그가 무시해 버린 그녀의 마음이었다.

"내 마누라가 그러면 업고 다니면서 예뻐해 줄 텐데. 그 누구는 본 척 만 척이었지."

준영이 마지막 일침을 가했다.

"그거 알고 있어, 형? 나 그 녀석에게 청혼도 했었어."

청혼?

지금 준혁은 그의 귀를 의심했다. 지금 이 녀석이 뭐라고 했지?

"너, 지금 뭐라고⋯⋯."

"귀 후비고 잘 들으시죠, 형님. 나 서준영, 박인희에게 청혼했었다구."

준영이 벌떡 일어선 준혁의 얼굴 앞에 자기 얼굴을 가져다 대며 한 자 한 자에 힘을 주어 똑바로 말했다.

"난 알아봤어. 준휘도 알아봤고. 물론 준우 영감도 알아봤을 걸?"

준영이 인상이 일그러진 채 자리에 목석처럼 서 있는 준혁을 놓아두고 사무실 문 쪽으로 다가가며 말했다.

"준휘야 죽고 못사는 여자 있었고, 준우 영감이야 당시 챙기던 여자 있었으니까. 난 다행이다 싶었거든. 뺏어갈 거라고 생각한 두 사람이 정신이 없어서 말이지. 근데 설마 형 같은 인간에게 보석을 뺏길 줄은 상상도 못했어. 가치도 모르는 사람에게 보석을 뺏기다니, 정말 할 말 안 나오지."

준혁의 손은 어느새 책상 밑으로 내려져 주먹이 쥐어져 있었다. 그리고 꼭 쥐어진 주먹은 부들부들 떨리고 있었다.

"지금이라도 형이 이혼하면 당장에라도 내가 데려갈 생각이야. 미국이나 캐나다 쪽으로 영구 이주해서 시민권 따가지고 결혼해 버리지."

준혁은 속이 부글부글 끓었다. 말도 안 된다. 인희를 어디로 데려간다는 말인가?

"속없는 소리 그만 해라. 어쨌든 아직은 내 아내니까."

"아내? 말 잘했어. 그걸 잘 아는 사람이 아내를 쓰다 버린 물건보다도 못하게 대접해? 어쨌든 인희는 인간이고, 감정이 있고, 자기 생각이 있는 사람이야. 그걸 모르는 사람은 형뿐인 것 같지만."

그걸 모르는 준혁이 아니었다. 그것은 이미 이 년 팔 개월 전, 아버지의 유언 공개를 하면서 봐버린 일 아니었던가? 자신을 멍하니 바라보던 그 상처 입은 눈동자. 그리고 금세 공허해지던 크고 깊던 그 눈동자.

그러나 당시에는 그걸 몰랐었다. 시기 늦게 집으로 달려간 다음에야, 아내가 정말 몸만 가지고 집을 나섰다는 것을 깨달았을 때에야 그녀가 그렇게나 상처를 입었다는 것을, 그렇게나 그가 그녀의 마음을 아프게 했다는 것을 알았다.

준혁은 동생이 한 말을 곱씹었다.

"매일 밤 남편 좋아하는 음식 깔끔하게 차려놓고 기다려, 매번 기념일이며 생일이며 챙겨서 선물 마련해, 한 번 입어보지도 않는 옷 매일 깨끗이 손질해 놓고 있어, 게다가 회사에 도시락까지 챙겨가고."

집에 별로 오가지 않았던 막내 동생마저도 그녀가 그에게 그렇게 마음을 쓴다는 것을 알고 있었다. 그럴 정도로 그녀는 그에게 그렇게나 정성을 들이고 마음을 보였었다. 그걸 잔인하게 외면해 버린 것은 그였고, 결국 험한 소리를 해서 상처를 입힌 것도 그였다. 그런데 이제 와 입에서 나오는 말은 아직은 내 아내라는 말이라니, 동생이 비웃어도 어쩔 수 없는 일이었다.

하지만 인희는 그의 하나뿐인 아내였다. 다른 사람은 그의 아내로 생각할 수 없다는 것이 진심이었다. 그녀가 얼마나 그를 증오하든 원망하든 잔인했든 그를 끔찍하게 생각하든 그는 인희를 아무에게도 줄 수 없었다. 그의 아내였다. 그리고 그가 사랑하는 사람이었다. 결코 놓아줄 수 없었다.

"객쩍은 소리는 그만두고 들어가 봐."

"오호라, 바쁘시다 이거군? 그래서 내가 하는 말은 신경도 안 쓰시겠다?"

조롱기가 잔뜩 묻은 동생의 비아냥은 한 대 때려주고 싶을 정도로 얄미웠다. 하지만 그 안에 담겨 있는 진심 어린 도전에 준혁은 바짝 긴장해 있었다. 청혼을 했었다고 했다, 저 녀석은. 그정도로 인희에게 진심이었던 것이다. 그리고 지금 하는 말을 들어봐서는 아직까지 미련을 못 버린 것 같았다.

"좋아, 그렇게 신경 쓰지 않을 거라면 내가 인희를 데리고 도망가겠다는 말에도 신경 쓰지 않겠군. 좋다고. 인희도 잔인하게 내친 다음 삼 년 동안이나 자기를 찾지도 않았던 인간 같지도 않은 남편보다야 내가 낫다고 생각할지 모르니까."

준혁이 입술을 깨물며 대꾸할 말을 찾는 동안 동생은 벌써 사무실 밖으로 나가 버렸다. 준혁은 눈을 감으며 의자 등에 몸을 기댔다. 동생이 무슨 생각으로 그런 심한 말을 내뱉으며 도전했는지 그는 알고 있다. 그는 바보가 아니었다. 보석이 있다면 보석을 알아볼 줄 아는 눈을 지녔다. 문제가 있었다면…….

준혁은 인상을 찡그리며 책상 구석에 자리 잡은 작은 서랍을 열고 그 안에서 서류 봉투를 하나 꺼내 서류와 사진을 꺼내보았다. 정확히 말하면 서류에 붙어 있는 아내의 사진을. 공원에서 관광객을 스케치하는 아내의 모습은 작고 연약했다. 원래가 키도 작고, 바람 불면 날아갈 듯 섬세한 몸매의 소유자라 스물다섯의 여자라기보다는 열두어 살의 아이로 보일 정도로 여렸다.

멀리서 찍은 탓으로 아내가 말랐다든지 얼마나 창백해 보이는지는 잘 나타나지 않은 흐릿한 윤곽을 보고 한숨을 쉬고 있는 동안 사진에 그늘이 졌다.

"또 형수 사진을 보고 있는 거야?"

"준우야."

준혁이 고개를 들었다. 바로 밑 동생인 준우의 얼굴이 사진에 그늘을 만들고 있었다. 준우의 손에는 서류철이 하나 들려 있었다.

"후지무라 공업과의 제휴 건에 대한 마지막 서류야. 그런데 형은 산더미 같은 서류를 앞에 두고 뭐 하고 있는 거야?"

"준영이가 왔었다."

"나도 봤어. 뭐가 그리 화가 났는지 씩씩대며 나가더군. 혹시 형이 건드렸어?"

"인희…… 인희 이야기를 했어."

준우의 눈이 커졌다.

"무슨 말이야, 그거?"

"만나고 왔다고 했어. 얼마나 마르고 얼마나 안되어 보이는지 아느냐고…… 아느냐고."

울고 싶을 만큼 비참했다. 혹시나 그 때문에 다시 상처를 입을까 두려워, 사람을 붙이기는 했지만 직접적으로 만나지는 않았다. 하지만 알았다 해도 별달리 할 일은 없었을 거다. 정말 바보 같은 일이었다. 처음부터 끝까지 바보 같은 일이었다. 결국일은 일대로 벌여놓고, 뒷수습을 하지 못해 허둥대는 꼴이라니.

"그렇게 안절부절못할 거면 가봐."

준우가 서류철을 한쪽으로 챙겨놓으며 말했다.

"이 프로젝트 정리는 나 혼자서도 충분해."

"놀랄 거야."

놀랄 것이 분명했다. 준혁은 삼 년이 다 되어가는 동안 그녀를 단 한 번도 찾지 않았다. 반면 소식은 항상 듣고 있었다. 졸업 이후 작은 미술 학원에 취직했다든지 심한 불면증으로 인해 정신과를 다니고 있다든지 그림에 열심이어서 각종 이름있는 대회를 석권한다든지 하는 것들을 보고 받으면서 그는 아내의 일상에 울고 웃곤 했다.

하지만 인희는 준혁이 이렇게 그녀를 지켜보고 있었다는 것을 모른다. 그녀의 마음속의 그는 항상 그렇게 모진 말을 서슴지 않는 한 남자로 남아 있을 것이며, 이 년 남짓한 결혼 생활 동안 아내를 무작정 방치해 둔 그런 속없는 남자로 남아 있을 것이다. 그런 그가 어느 날 갑자기 그녀를 찾아가게 되면 얼마나 놀랄 것인가?

"보고 싶어."

사실 보았다는 말은 하지 않았다. 그녀의 모습을 보고 얼마나 놀라고, 가슴 뜨끔했는지는 이야기하지 않았다. 그러면 준우는 준휘와 같은 반응을 보일 테니까.

"그럼 가서 만나."

준우가 말했다. 하지만 준우는 모른다, 그가 그녀와의 만남을 기대하면서도 꺼리는 이유를. 그는 아무 말 없이 미적거리면서 서류만 뒤적거렸다.

"형."

그래도, 그럼에도 불구하고 그녀를 보고 싶다는 것은 진심이었다. 더 이상 상처받기도, 상처 주기도 싫다는 핑계로 오랫동안 보고서와 사진만으로 만족해 왔지만, 이제 그것만으로 만족하기에는 너무 지쳐 있었다.

"그럼 이 서류들 좀 부탁한다."

"제발 이번엔 좀 잘해. 형수 너무 놀라게 하지 말고."

준혁은 살피던 결재 서류를 한쪽으로 치워놓은 채 비서를 호출했다.

"최 비서, 오늘 일정 전부 취소해 줘요."

「하지만 회장님, 오늘은 일본 바이어들과의 미팅이 있고, 그 외에도 이번 분기의 실적에 대한 긴급 대책 회의가 소집되어 있는데요?」

"전부 취소하고, 미뤄줘요. 급한 일이 있어서 이대로 퇴근합니다."

준혁은 망설임을 접고 재킷을 집었다. 더 이상 참을 수는 없었다. 그러기엔 너무 그녀와 오래 마주하지 못했다. 더 이상 사진과 보고서로 그녀를 만나고 싶지 않았다.

얼굴만 보고 오자. 그래, 얼굴만 보고 오는 거다. 그녀에게 접근해서 놀라게만 하지 않으면, 자신으로 인해 상처 입을 정도로 가깝게 다가가지만 않으면 되는 거다.

더 이상 참기에는 그의 인내심도 바닥이 났다.

지친 몸으로 버스에서 내린 인희는 아파트로 가는 길이 너무 힘겹게 느껴졌다. 어떻게 해서든 그림을 완성시켜야 한다는 것은 안다. 그녀가 가지고 있는 것들 중에서 쓸 만한 것은 거의 없었으니 말이다. 하지만 급한 마음으로 잡은 일거리는 좀처럼 되지 않았다. 전시회에 필요한 그림은 다섯 점. 그중 세 점은 프랑

스에서 어찌어찌 끝냈지만, 나머지 두 점에 있어서는 진땀을 흘리고 있었다. 어깨는 굳어 있었고, 팔은 빠질 듯 아팠다. 오늘 갈아치운 캔버스만 해도 벌써 십여 개 남짓 되었다. 피로로 몸은 어느새 비틀거리고 있었다.

비틀거리는 걸음으로 아파트 안으로 들어오는 그녀의 팔을 누군가가 잡았다.

"인…… 희야?"

준혁은 새하얀 얼굴에 비틀거리는 아내의 손목을 꼭 잡았다.

그냥 지켜보기만 할 생각이었다. 그를 보면 놀랄 것이 분명했기에, 그리고 분명 그의 얼굴을 보는 것만으로도 괴로운 예전의 기억이 떠오를 것 같기에 그냥 지켜보기만 하려고 했었다. 그러나 어둑어둑한 아파트 단지를 비틀거리며 걸어오는 여린 그녀의 모습을 보자 참을 수 없었다. 그 여린 몸을 안고 그녀를 돌봐주겠노라, 품에 안고 앞으로는 상처받는 일 없이 지켜주겠노라 하고 싶었다. 아니, 그보다도 날아갈 듯 보이는 그녀를 잡고 놓아주고 싶지 않았다.

그런 본능으로 그녀를 잡은 그에게 그녀가 그 작은 입술로 물었다.

"서, 서준혁 씨?"

놀람에 찬 그녀의 눈동자, 그리고 낯설게 들리는 그녀 입에서 나오는 그의 이름. 꼭 낯선 이를 부르는 것같이 더듬거리는 그녀의 머뭇거림. 그 모든 것이 그의 마음에 들지 않았다. 하지만 그는 자신의 감정을 누르고 조용히 그녀의 머리를 만졌다.

많이…… 아주 많이 말랐다. 기억 속에 마지막으로 남아 있던 그녀의 모습도 마르고 상한 모습이었다. 그렇게나 그녀를 고생시켰던 그의 곁을 떠난 다음에도 그런 모습이라는 것이 아이러니했다. 그는 속상한 마음을 꾹 누르며 물었다.

"왜 날 그렇게 부르지?"

마치 낯선 타인처럼.

그 이유를 그는 알고 있었다. 암묵적으로, 단 한 번도 그는 그녀를 아내로 인정한 적이 없었다. 그리고 그녀도 그것을 알고 있었고. 모르고 있었다 하더라도 그의 차가운 태도로 금방 알 수 있었을 것이다.

"그게 이름이 아니었나요?"

말을 하지 않을 수 없었다, 말을 하지 않을 수가. 이렇게 자신의 손목을 잡고 마치 자신에게 무관심한 적 없다는 듯 구는 그에게 그렇게 말을 하지 않을 수 없었다.

준혁은 아무 말 없이 계속 그녀의 팔을 잡고 있었다. 어쩌면 평생 못 잡을지도 모른다고 생각했던 아내의 팔은 금방이라도 부러질 듯 마르고, 연약했다. 그리고 섬세하고 작은 얼굴에 자리 잡은 큰 눈은 그에게 의아하다는 눈빛을 보내고 있었다.

그 눈빛이 너무 괴로워서 그는 저절로 신음 소리가 났다. 그녀가 자신을 보고 어떻게 대할 것인지를 여러 가지 상상했었다. 하지만 이러리라고는 생각 못했다. 마치 낯선 사람을 보는 듯한 깊고 검은 심연 같은 눈. 그리고 거기에 담긴 의아함. 설마 그가 찾아오리라는 것은 생각도 하지 않았던 걸까? 그런 걸까?

그랬다고 생각하니 가슴이 쓰라렸다. 무의식 중에 그녀의 팔을 잡은 손에 힘이 들어갔다. 그런 그를 인희가 조용한 눈으로 바라보고 있었다.

도대체 이 사람 왜 이러는 걸까?

인희는 그런 생각밖에 들지 않았다. 그녀는 그와 할 이야기가 없었기에 그의 손을 조용히 뿌리쳤다. 그 뿌리침은 비록 작은 몸짓이었지만 준혁에게 충격을 주기 충분했다. 그는 다시 손을 뻗어 그녀를 잡으려 했다. 그러나 한 발자국 뒤로 물러서는 그녀 때문에 그는 손을 거두었다.

"내가…… 내가 잘못했어. 미안해."

힘겹게 준혁이 말을 꺼냈다. 몇 년을 아껴뒀던 말이다. 그토록 기다리고 사랑했던 그녀가 그의 손을 떠나 버렸던 그때부터 계속 그는 그 말을 아껴왔었다.

뭐가 미안하다는 걸까? 뭘 잘못했다는 걸까? 왜 그녀에게 와서 이러고 있는 걸까?

그녀는 아무리 생각해도 이해할 수 없었다. 왜 이제 와서 이런 말들을 하는 걸까? 이제 뭐가 어떻게 되든 아무 상관도 없다는 것을 모르는 걸까? 아주아주 힘겹게 서준혁 당신이라는 존재를 떼어냈는데, 당신과는 아무 상관 없는 나라고 나 자신이 받아들인 지 오랜데. 당신은 왜 내 앞에서 이런 말을 하고 있는 걸까?

준혁은 마음에 오랫동안 담아두었던 말을 입 밖으로 내뱉었다. 그리고 초조하게, 아주 초조하게 아내를 바라보았다. 제발 그의 사과를 받아주길. 그리고 그럴 리가 없다는 것은 너무 잘 알지만 혹시 그녀가 그의 품에 돌아올지도 모른다는 희망을 약간 가지고서.

물론 말 한마디로 모든 것이 해결되지 않는다는 것은 안다. 그러기엔 그녀의 상처가 너무 깊을 것이라는 것도 짐작하는 바다. 하지만 그건 그에게 돌아오면 몇 배로, 아니, 몇 십 배, 몇 백 배로 갚아줄 수 있었다. 아니, 그럴 것이다. 그러니까 제발 그에게 돌아오길 그는 간절히 바랐다.

얼굴에 아무런 표정 없이 서 있던 인희는 고개를 돌렸다. 그리고 엘리베이터를 향해 걸어갔다. 그의 말은 듣지 못했다는 듯, 그라는 사람이 그녀 앞에 없었다는 듯 완벽한 무시였다.

"기다려!"

준혁의 입에서 다급한 외침이 흘러나왔다. 하지만 그녀는 발걸음을 멈추지 않았다.

잡아야 한다. 그녀를 잡아야 한다.

준혁의 머리 속에서는 그 말이 계속해 울리고 있었다. 솔직히 자신이 잡을 자격도 없고, 잡을 방법도 없지만 지금 잡지 않으면 어쩐지 그녀가 영원히 그의 곁을 떠날까 두려웠다. 처음 그냥 가까운 곳에서 직접 지켜보겠다는 결심과는 달리 가면 갈수록 욕심이 더해가고 있었다. 준혁은 반사적으로 인희를 쫓아가 그녀의 손목을 다시 움켜잡았다.

엘리베이터의 문을 닫으려던 인희가 놀란 눈으로 그를 바라보았다. 허겁지겁 들어온 준혁의 뒤로 엘리베이터의 문이 닫혔다.

"나와 얘기 좀 해."

"무슨 말씀을 하고 싶으신 거죠?"

그녀는 이야기를 한다고 하지 않고 무슨 말씀을 하고 싶냐고 물었지만, 준혁은 그것을 눈치 채지 못했다.

"제발…… 내게 돌아와."

준혁이 애원했다. 더 이상은 견딜 수 없었다. 지금껏 자신이 한 짓을 생각하며 그녀를 깨끗이 놓아줘야 한다고 자신을 억누르고 있었다는 것도 잊었다. 단지 그녀가 그에게 감정에 티끌 하나 남지 않은 듯 그렇게 무심함과 의아함이 담긴 눈으로 바라보는 것이 끔찍했다.

인희는 놀란 듯한 눈으로 빤히 준혁을 바라보았다. 비웃는 표정도 아니고, 고소하다는 표정도 아니다. 아무것도 섞이지 않은 그냥 놀라움.

"저……."

뭐라고 말해야 할지 모르겠다. 그리고 그녀를 뭐라고 불러야 할지 모르겠다. 그녀가 뭐라고 말을 해주면 좋겠는데, 무슨 말 이든.

무엇보다도 그 놀란 듯한 눈이 그에게 충격을 주었다. 자신이 그런 제안을 하는 것을 생각도 못했다는 눈으로 바라볼 줄은 상상도 못했기 때문에. 그 눈빛이, 그리고 그가 가지고 있던 죄의식의 무게가 그를 짓눌렀다.

침묵 속의 엘리베이터는 그녀의 집이 있는 층에 섰다. 그를 지나쳐 엘리베이터에서 내리는 인희를 따라 준혁은 엘리베이터에서 내렸다.

침묵은 계속 이어졌다. 인희는 집 앞에 서서 열쇠를 꺼내 문을 열었다. 그리고 그의 눈앞에서 집 안으로 들어가 문을 닫아버렸다.

닫힌 문 앞에서 준혁은 절망해 버렸다. 그녀는 그를 타인처럼, 아니, 타인보다 못한 태도로 대했다. 처음 보았던 그 깊은 눈의 의아함에서부터 아무런 표정 없이 그를 대하는 필요 이상 정중한 태도까지. 하지만 여기서 포기한다면 어쩌면 영영 그녀를 포기하게 될지도 모른다는 생각에 그는 그녀의 집 벨을 눌렀다. 누르고, 또 누르고. 그러나 문은 열리지 않았다. 하지만 그는 포기하지 않고 계속 벨을 눌렀다.

문을 열어봐. 제발…… 문을 열어줘.

간절한 마음으로 계속해서 벨을 눌렀지만, 문은 열리지 않았다.

벨이 울리고 있었다. 벌써 몇 시간째 울리는 것인지 인희는 세어보지 않았다.

예전에, 아주 예전에는 벨소리에 민감했던 때가 있었다. 벨소리만 나도 뛰어나가던 때가. 그래서 입주 가정부를 당황하게 했던 기억이 난다. 하지만 이제 벨소리가 얼마나 오래 나든, 그리고 얼마나 많이 나든 상관없었다. 이제 그녀는 아무도 기다리지 않으니까.

"젠장……."

흐느끼듯 중얼거리며 준혁은 자리에 주저앉았다. 아무리 벨을 눌러도 그녀는 문을 열어주지 않는다. 예전에는, 아주 예전의 그녀는 문을 열어주었다. 하지만 문으로 들어가지 않은 것은 그였다. 열려 있을 때에, 반가이 맞아줄 때에 들어갈 수도 있었건만. 이미 늦었지만, 그래도 그는 그녀가 문을 열어주기를 간절히 빌고 있었다.

하지만 결국 그 밤이 지나도록 문은 열리지 않았다.

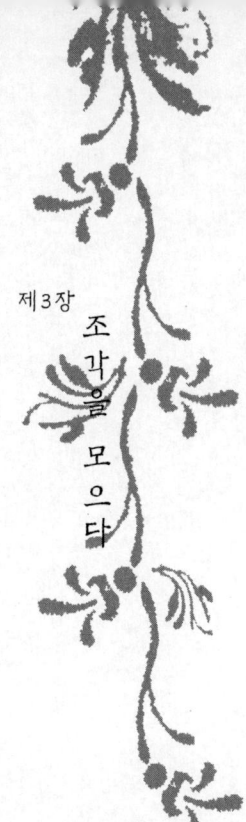

제3장

조각을 모으다

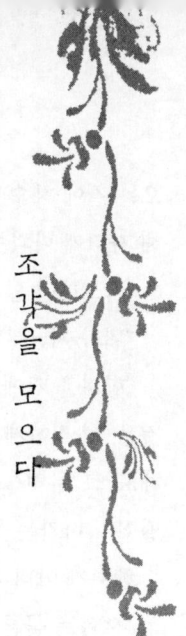

조각을 모으다

"**어**디서부터 잘못된 걸까?"

준혁이 불쑥 말을 건넸다.

"모두 다 잘못됐죠 뭐."

혜수가 자신이 주문한 마티니를 홀짝이며 조용히 속삭였다.

회사의 고문 변호사인 혜수는 집안끼리 오래전부터 아는 사이였다. 어렸을 때는 소꿉동무였고, 자란 다음에는 혜수를 통해서 여러 가지 도움을 받게 되며 점점 더 가까워지게 됐다. 그리고 이제는 가슴 찌르는 고통을 같이 나누는 동료였다.

오래된 짐 리브스의 재즈 음악이 나오는 작은 바는 그와 혜수가 자주 다니는 바였다. 너무 속이 상하고 가슴이 아파 그는 나오는 길에 혜수에게 전화를 걸었고, 언제나처럼 혜수는 그를 위해 자리에 나와주었다. 혜수가 속삭였다.

"각오해야 할 거예요. 진짜는 지금부터니까."

"뭐가 지금부터라는 거지?"

"힘겨울 거예요, '나만은 안 된다' 라고 하는 사람을 사랑하는 것은. 솔직하게 이야기해도, 그 사람이 원하는 사람이 되려고 해도 그 무엇을 해도 통하지 않는다는 사실을 알 때는 심장이 떨어져 나가는 듯 아프죠."

혜수가 마티니를 홀짝이며 자조적인 어조로 중얼거렸다.

"오빠는 물론 좋은 사람이지만, 인희 씨에게는 너무 못할 짓을 했잖아요. 그건 오빠도 알고 있죠?"

"응."

"사실 그 장례식 이후의 유언장 발표 때 나는 두 가지에 놀랐어요. 하나는 회장님이 내게도 뭘 남겨주셨다는 거고, 다른 하나는 오빠의 태도 때문이었죠. 왜 그랬어요?"

준혁은 속시원하게 대답해 줄 수 없었다. 고개를 떨구는 준혁의 모습을 보며 혜수가 고개를 저었다.

"힘내요, 진심이 통할 때도 있을지 모르니까."

"미안하다, 너에게 이런 말을 하는 것이 아닌데. 혹시 준우가 너에게 심한 말을 하지 않았니?"

"어머, 그 사람이 어떤지 알잖아요."

혜수가 서글프게 말했다.

"어쩌다 마주치면 경멸 어린 눈동자로 한번 쓱 바라보고는 그뿐이죠."

준혁이 미안한 눈으로 혜수를 바라보았다. 도대체 어쩌다가 이렇게 된 걸까?

"이렇게 된 이상 '힘겨운 사랑을 하는 사람들의 모임'이라도 만들어볼까요? 오빠가 회장, 내가 총무 하면 되겠네."

"어떻게 하면 좋을까?"

이런 말 해봤자 소용없다는 것을 그는 잘 알았다. 특히 몇 년간의 사랑을 이루지 못한 혜수 앞에서는 더 더욱.

혜수는 선배다운 손길로 그의 어깨를 툭툭 쳤다.

"어쨌든 오빠가 죄지은 것은 얼마 없잖아요. 그저 아이처럼 떼를 쓴 것뿐이지. 오빠가 바람을 피웠어요, 아니면 아내를 때렸어요? 간단히 말하자면 상황을 설명하고 잘해주면 되잖아요."

"그 상황 설명을 할 수가 없어."

"그럼 일단 마음을 표현해 봐요. 도시락이라도 싸주면 어떨까요?"

혜수가 빙글거리며 말하자 준혁의 얼굴이 벌겋게 달아올랐다. 준혁이 그녀를 쏘아보자 혜수가 바텐더를 불러 마티니를 한 잔 더 시키며 우물거렸다.

"그렇게 무섭게 볼 필요 없잖아요. 세상에서 제일 맛있다고 자랑하면서 혼.자. 다 먹어치웠으면서."

"너 정말!"

"하핫, 정말 재미있다니까. 인희 씨도 알아요, 오빠가 이렇게 어린애 같다는 거?"

"알 리가 있겠니?"

한 번도 보여주지 않았는걸, 이라는 말은 입속으로 삼켜졌다. 어두워지는 준혁의 얼굴을 보며 혜수의 얼굴도 덩달아 어두워졌다.

"오빠 잘못이 아닌 거 알잖아요."

혜수가 중얼거렸다.

"돌아가신 회장님 성격을 누구보다도 잘 알았던 오빠가 회장님이 그런 수를 쓰실 거라는 것을 예상 못했던 것이 실수였다면 실수였겠죠. 어쨌든 지금 와서 그런 것을 곱씹을 필요는 없지 않을까요?"

혜수가 조용히 말했다. 준혁이 인상을 찡그렸다.

"있어."

속으로 이를 갈고 있는 듯 묘하게 억눌린 목소리였다.

"미리 짐작했어야 했다구."

혜수가 측은한 표정으로 준혁을 바라보았다. 몇 년을 들었던 레퍼토리이지만 그때마다 전적으로 공감이 갔다. 왜냐하면 그녀도 실수를 바로잡고 싶다는 생각을 몇 년 동안이고 해오고 있었으니까.

"차라리 다 말해 버려요."

혜수가 말했다.

"오빠네 식구 구성이 실은 어떻게 되어 있는지, 회장님이 오빠와 다른 사람들에게 무슨 짓을 하셨는지, 오빠가 왜 그럴 수밖에 없었는지 모두 얘기해 버리라고요. 그게 낫지 않아요? 설마 그런 것조차 이해할 수 없는 어린애예요?"

"할 수 없어."

준혁이 낮게 중얼거렸다.

"왜 할 수 없는데요?"

"그럴 수 없으니까."

마음속에 깊이 담고 있는 작은 의심은 혜수 앞에서도 꺼낼 수 없었다. 적어도 혜수는 자신의 사랑에 당당했고, 사랑받고 있는 사람도 오해가 도를 좀 지나치긴 했지만 아무런 흠이 없는 사람 아닌가? 하지만 그가 사랑하는 사람은 달랐다. 단정한 모습 속에는 누구보다도 음험한 또 다른 모습을 숨기고 있었다.

"여러 가지로 설명하기 곤란하잖아."

결국 할 수 있는 말은 그것뿐이었다. 말없이 고개를 숙이는 그를 보던 혜수가 입을 열었다.

"그건……."

혜수가 우물거렸다. 준혁의 말이 옳을지도 몰랐다. 애초에 복잡한 서씨 집안이었고 일이 잘되어갔더라면 설명이 전혀 필요 없었을 수도 있었다. 치부라는 것은 원래 드러내기 힘든 문제 아니었던가?

"눈이 공허했어. 감정이라고는 한 톨도 담겨 있지 않았어. 원래 조용한 아이이긴 했지만 눈동자에서는 여러 가지 감정이 춤을 추곤 했는데."

혜수의 마티니와 준혁의 언더 락스가 그들의 테이블에 놓여졌고, 준혁은 또 술을 단숨에 들이켰다.

"마르고 초췌하고. 사실 걱정이 돼. 어디 아픈 것은 아닌지, 잘 먹고는 있는지. 도무지 잘 지내는 것같이 보이지 않았어."

"오빠."

"왜 그랬는지 모르겠어, 사랑한다는 말 한마디도 못하고. 그녀의 눈을 보는 것이 너무 괴로워."

나도 그래요.

혜수는 문득 생각했다, 경멸과 증오에 찬 눈에 받는 상처와 아무것도 보지 않는 듯한 감정없는 눈동자에 받는 상처, 둘 중 어느 쪽에 받는 상처가 심할지를.

"이제부터 잘하면 되잖아요. 적어도 오빠 부인은……."

혜수의 말이 똑똑 끊어졌다.

"오빠를 증오하지도 않고, 경멸하지도 않으니까."

묘하게도 준혁은 그녀의 말에 위로받았다. 어디서든 자신의 처지보다 못한 사람을 보게 되면 사람은 순간적으로 자신의 처지를 덜 비참하게 생각하게 된다. 지금의 준혁이 그랬다. 준혁은 한숨을 쉬며 탁자에 손가락으로 선을 여러 개 긋기 시작했다.

"분명히 좋은 사람이에요, 오빠 부인은."

혜수가 확신 어린 목소리로 힘을 주어 말했다.

"오빠를 조금이라도 생각해 주고 있다고요. 그러니까 오빠에게 위임장을 써준 거잖아요. 오빠가 회사에서 기득권을 잃지 않을 수 있게."

혜수는 별거 통지서와 함께 배달되어 온, 짤막한 법적 양식으로 채워져 있던 주식 권리에 대한 위임장을 떠올렸다. 정말 간단한 내용으로 자신이 가지고 있는 모든 주식의 권한을 서준혁에게 넘긴다는 형식이었다.

"필요없기 때문에 넘긴 건지도 몰라. 그녀는 그때 회사 일에 대해서는 아무것도 모르는 것 같으니까."

충격으로 하얗게 질리던 그녀의 얼굴을 떠올리며 준혁이 머리를 감싸 쥐었다.

"어쨌든 희망을 가져 봐요. 나보다는 낫잖아요? 어쨌든 간에 난 좋아하는 사람에게 그 형과 불륜 관계라는 의심까지 받고 있는데."

혜수가 쾌활하게 웃었다. 준혁이 그런 혜수를 죄책감 담긴 눈동자로 바라보았다.

"너한테는 미안하구나."

"괜찮아요. 어쨌든 그 사람에게는 미움받을 만큼 받고 있는데요."

혜수의 어조는 기묘할 정도로 평이하고 쾌활해서 마음이 아팠다.

"나도 내가 왜 이런지 모르겠지만, 어쨌든 바보 같은 짓을 하고 있다는 자각은 섰으니 조만간 정신 차릴 거예요. 그렇게 되면 오빠랑 이런 식으로 지지부진하는 축 늘어진 만남을 가지는 것도 끝이라고요. 아시겠어요?"

"그렇게 되면 좋겠구나."

사실 어찌 보면 이것도 불운이었다. 그의 속을 이해해 주는 것이 사실은 동생을 사랑하고 있는 여자라는 것은. 그리고 그것 때문에 혜수는 준우에게 사랑은커녕 존중받는 대접조차 받지 못했기 때문이다. 최근 혜수를 회사의 고문 변호사로 임명한 것은 그녀의 깔끔하고 철저한 일 처리도 마음에 들었지만, 그런 미안함도 담겨 있었다.

"자, 자, 이제 집에 들어가요. 작전을 한번 제대로 짜봐야죠. 오빠도 알겠지만, 쉬운 일이 되지 않을 거 아니겠어요?"

혜수의 밝은 모습에 준혁의 마음은 아팠다. 그리고 혜수의 위로 오버랩되는 아내의 모습에도 가슴이 아팠다. 이렇게까지는 아니지만, 아내가 그에게 밝은 미소를 지었을 때도 있었다. 그는 지금 후회했다. 아내의 그 밝고 따뜻한 미소를 담아두지 못한 것을, 그리고 처음 그녀를 만났을 때처럼 그녀를 안아주지 못한 것을.

"제기랄."

하지만 혜수 말이 맞다. 언제까지 담아두고 끙끙거릴 필요는 없지 않은가? 또다시 그녀를 찾아갈 것이다. 그리고 그녀에게 자신의 뜻을 알릴 것이다. 머뭇거렸던 것은 그동안 했던 것으로 충분했다.

"그만 들어가 봐요. 준우 씨가 걱정할 거예요."

"고맙다."

"오빠가 해준 것에 비하면 고마울 것은 아무것도 없는데요."

혜수가 씁쓸하게 웃으며 말했다.

"그동안 내가 아주머니를 죽이지 않았다는 것을 믿어줬던 몇 안 되는 사람 중 하나가 오빠고, 혼자 땅만 파고 있는 나한테 유일한 동지가 되어주었던 것도 오빠니까. 우리, 상부상조하고 있는 사이 아니었던가요?"

"그래."

아주 똑같다고는 볼 수 없지만, 서로 이루어지기 힘든 사랑을 하고 있는 두 사람이었다. 애초에 혜수에게 인희에 대한 감정을 이야기하기 편했던 것도 혜수가 돌려받기 힘든 사랑을 하고 있다는 것을 알고 있었기 때문일 것이다. 알고 있음에도 불구하고, 혜수가 이렇게 웃으며 말하는 것을 보면 어쩐지 미안해졌다.

"잠시만."

"네."

잠시 화장실에 가기 위해 자리를 비우는 동안, 혜수는 손짓을 해 바텐더를 불렀다. 아마 마시지 못하는 그의 몫까지 한 잔 더

하려는 것일 것이다. 어머니가 알코올 중독 요양소에서 죽었다는 것을 알게 된 이후로 준혁은 술을 입에 대지 않았다.

멀어지는 준혁의 모습을 보던 혜수는 한숨 섞인 미소를 지으며 남은 술을 다 마셨다. 여간해서는 약한 소리를 하지 않는 준혁이었지만 아내와의 재회의 충격이 컸었던 듯했다. 어깨를 축 늘어뜨린 준혁의 모습에서 혜수는 오래전의, 그리고 지금의 자신을 보는 것 같아 씁쓸함과 동시에 우울한 동질감을 느끼던 그녀는 줄기차게 울려대는 핸드폰 벨소리에 정신을 차렸다.

"받아보시는 것이 좋을 듯싶은데요."

마침 술을 가지고 온 바텐더가 정중히 권했다. 자신의 핸드폰 소리인 줄로만 알고 한참을 핸드백을 뒤지던 혜수는 그 핸드폰 벨소리가 준혁의 것이라는 것을 알았다. 남의 전화를 받는 것은 예의가 아니라는 것을 알고 있었다. 하지만 전화기는 정말 끈덕지게 울려댔고, 준혁은 꽤 오래 자리로 오지 않았기 때문에 혜수는 한숨을 지으며 핸드폰의 폴더를 열었다.

"예, 서준혁 씨 핸드폰입니다."

수화기 너머로 어쩐지 기분 나쁜 침묵이 흘렀다. 이것은 그녀에게는 익숙한 증오와 경멸이 섞인 침묵이었다. 핸드폰을 든 그녀의 손이 딱딱하게 굳었다.

「지금 형 핸드폰을 가지고 뭘 하고 있는 거지?」

"재즈 바에서 한잔했을 뿐이에요."

그녀의 목소리도 덩달아 딱딱해졌다. 사실 그러고 싶지는 않앉지만, 준우의 이 경멸이 약간 서려 있는 차가운 목소리를 들으면 그런 목소리를 할 수밖에 없는 것이다.

「농담하지 마. 형은 술 같은 거 마시지 않아.」

"마시기는 나 혼자 마셨고, 준혁 오빠는 이야기를 했어요."

「설마.」

조롱기 어린 목소리는 그녀를 괴롭혔다.

「지난번 본 것처럼 형을 유혹한 것이 아니라는 것을 어떻게 믿지?」

"그건 준혁 오빠가 음료를 흘려서 닦아주고 있었을 뿐이라고 이야기했잖아요."

이제는 일일이 변명하기에도 넌덜머리가 났다. 처음에는 어머니를 죽였다고 그녀에게 소리쳤다. 그리고 그 다음에는 이미 결혼한 형을 유혹한다고 펄펄 뛰었다. 애초부터 그게 아니면 아무것도 아니라고 생각하고 있는 사람에게 그게 아니라고 이야기해 봤자 아무 소용 없다는 것은 알고 있었지만, 그래도 그에게 사실 자신은 그가 생각하는 그 어떤 나쁜 존재도 아니라는 것을 알리기 위해 그녀는 필사적이었다.

「형이 형수를 만나러 갔었다는 것은 들었겠지?」

"네."

「그럼 형에게 꼬리치는 거 그만두고 꺼져.」

일방적인 한마디를 남기고 전화는 끊겼다. 혜수는 우울한 표정으로 핸드폰을 내려다보았다.

"예, 교수님."

준혁의 방문 뒤로 혼란스러운 마음을 겨우 다잡고 있던 인희는 유지혜 교수의 전화를 받고 있었다.

그가 그녀가 머물고 있는 유 교수의 아파트에 온 지 사흘. 그러나 아직도 그녀는 놀라움이 가시질 않았다.

「목소리 봐서는 잘 먹는 것 같지는 않아. 요즘 작업하느라 힘들지?」

"지낼 만해요."

인희가 자분자분한 목소리로 대답했다. 하지만 상대편을 속이는 일은 만만한 일이 아니었다.

「또 그 얌전한 목소리. 무리하는 거지?」

아, 어째서 내 주변에 있는 사람들은 날 가만 놔두지 못하는 걸까?

"아니에요."

「전시회 주인공이 쓰러지기라도 하면 큰일이야. 몸조심하도록 해. 그런데 그림은 어떻게 됐어?」

"아직 멀었어요."

「그냥 있는 거 내놓으라니까. 왜, 작업실에 있는 푸른 색조의 그림도 괜찮고, 그 사막 그린 그림도 멋지고. 무엇보다도 그 인물화가 좋던데, 난.」

"그건 내놓을 생각이 없어요."

상대편이 무슨 그림을 말하는지 그녀는 잘 알고 있다. 그녀가 그린 인물화는 단 한 점뿐이니까.

「아깝다. 난 자기 그림 중에서 그게 제일 좋더라. 정말 안 돼?」

"안 돼요."

그건 그녀의 실수, 아니, 실수라기보다는 짝사랑에 빠진 철없는 어린아이가 할 법한 어줍잖은 일 중에 하나.

「전시회는 다음 달이야. 자기가 제일 잘 알고 있지?」

"예."

모를 리가 없다. 전시회의 날짜를 잡은 것이 그녀였으니까. 그렇게 힘있게 대답하는 순간, 초인종 소리가 울렸다.

"나중에 다시 전화드릴게요. 지금 손님이 오신 것 같거든요."

문을 열기 전까지만 해도 그녀는 그곳에 준휘나 준영 중 한 사람이 서 있을 것이라 짐작했다. 그러나 문을 연 순간 그녀는 가장 힘겨운 상대가 들어왔다는 사실을 알게 되었다.

"내가 잘못 본 것이었으면 했어. 하지만 처음 내가 봤던 것이 맞군. ……너무 말랐어."

한 키 큰 남자는 반쯤 열린 문을 힘 주어 마저 열고 들어오며 말했다. 인희는 입술을 깨물었다.

"잘 지냈어?"

누가 들으면 정말 걱정하는 어조라고 생각했을 것이다. 하지만 그런 것에 속기에는 인희 자신이 냉담하고 그에 대해 좀 더 많이 알고 있었다.

"예."

아내의 말은 지난번처럼 모르는 사람 대하듯 냉랭하다. 준혁은 그녀의 팔을 잡고 자신에게 가까이 당겼다.

"이러지 마세요."

"뼈만 잡히는군. 언제부터 이랬지?"

"상관하실 바가 아니지 않나요?"

감정 하나 섞이지 않은 그 말은 사실을 인정하는 말이었다. 질문이 아니었다. 준혁은 유리 조각 하나가 가슴에 박히는 느낌을 받으며 그녀의 어깨에 손을 댔다.

아무 말 없이 인희의 오른손이 어깨에 댄 그의 손을 가볍게 내쳤다. 놀란 준혁의 손이 그녀의 어깨와 팔에서 떨어졌다. 말보다, 아니, 그 무엇보다 확실한 거부 의사. 가벼운 손놀림이었지만 필요없다는 의사 표시가 확실했다. 그는 끓어오르기 시작하는 속을 겨우 가라앉혔다.

"나가주시면 좋겠어요. 막 잠을 자려던 참이었거든요."

인희는 통보하듯 내뱉고는 열린 현관문 사이로 손을 뻗었다. 곧고 고집스럽게 뻗은 팔을 바라보며 준혁이 말했다.

"저녁이나 먹으러 가지."

"죄송하지만 식사는 이미 했어요."

거짓말 같았다. 아직 네 시도 채 되지 않았는데 식사는 무슨 식사를 했다는 걸까? 분명 아내는 그를 피하기 위해서 하지 않은 식사를 했다고 주장하고 있는 것이다. 생각 같아서는 억지로 끌고 나가 먹이고 싶은 마음이 굴뚝같았지만, 그녀의 완강한 거부에는 확실한 이유가 있다는 것을 알고 있는 그는 그저 참을 수밖에 없었다.

"난 아직 식사를 하지 못했어."

준혁이 넥타이를 슬쩍 풀며 말했다.

"괜찮다면 여기서 먹었으면 하는데."

뻔뻔한 말이라는 것을 안다. 특히 몇 년 동안 그녀가 정갈하게 챙겨놓은 저녁상을 거부한 그라면. 하지만 조금 더 머물 수 있다면 무슨 짓을 하더라도 상관없을 것 같았다.

"나가서 드세요."

"당신이 해준 밥을 먹고 싶어."

인희가 그를 돌아보았다. 그녀의 눈에 담긴 생생한 분노에 그는 움찔했다.

"저는 저를 위해서도 식사를 만들지 않아요. 하물며 서준혁 씨를 위해서는 더 더욱 만들지 않습니다."

더 이상은.

굳이 덧붙이진 않았지만, 그는 충분히 알아들었다. 사실을 말하는 메마른 어조는 빈정거림보다 강한 상처를 남겼다.

"돌아가 주셨으면 좋겠어요. 더 이상 계시는 것은 서준혁 씨나 저에게나 별로 좋은 일이 못 되는 것 같군요. 아, 나가실 때에 문을 꼭 닫아주세요."

냉랭하게 말한 인희는 천천히 돌아섰다. 그런 인희의 팔을 준혁이 잡았다.

"당신이 차려준 식사는 맛있었어."

인희는 아무 말 없이 그를 바라보았고, 그는 움찔했다.

"데워준 것이라고 해도 말이야. 그거 알고 있나?"

그녀의 눈이 깜빡이며 묘하게 출렁이는 것을 본 그는 그녀가 자신과 같은 기억을 되새기고 있음을 알았다.

"그때 사실 난 저녁 후였어. 단지 당신과 함께 있기 위해서 당신의 제의를 거절하지 않았던 거였다고."

그녀의 눈이 잠시 커졌다 작아졌다. 준혁이 한숨을 쉬었다.

"믿지 못하겠어?"

"네."

그는 그녀의 작고 섬세한 어깨를 어루만졌다. 그리고 한때 그가 애무했던 가늘고 우아한 손목도.

"지금 내가 저녁 식사를 달라고 하는 저의를 모르겠어?"

"모르겠어요."

절망적이었다. 눈을 보고도, 이렇게 붙들고 애원을 하는데도 그런 눈을 하고 모른다고 말을 한단 말인가? 도대체 어떻게 해야 하는 걸까?

잡고 있는 그녀의 손목을 통해 불규칙적으로 뛰고 있는 심장박동이 잡혔다. 처음 그녀의 손목을 애무했을 때처럼 파닥거린다. 그는 더 이상 참을 수 없었다.

"젠장."

그녀가 몸을 빼내려 했을 때는 이미 늦었다. 그의 입술은 강하고, 정확하게 그녀의 입술을 파고들고 있었다.

"이러지……."

말을 하기 위해 입을 벌린 동안 그의 혀가 천천히 그녀의 입속으로 들어왔다. 그는 오랜만의 성찬을 즐기기로 마음먹고, 그녀의 입 안 구석구석을 혀로 애무했다.

이건 아냐.

그의 혀가 그녀의 입 안을 파고들 때 인희는 문득 그런 생각을 했다, 이건 아니라고. 그렇게 무관심하게 그녀를 내팽개친 사람이 이렇게 절박하게 그녀에게 키스할 리 없었다. 그리고 이렇게 부드럽고 따뜻하게 감싸 안을 수는 없었다.

그녀의 눈이 반쯤 체념하듯 감겼다. 아니라는 것은 알고 있었지만 그 따뜻함이, 그 부드러움이 그녀를 유혹했다.

"달콤해."

어느새 그의 입술에서 새된 한숨과 함께 신음 소리 같은 말이 새어 나왔다.

"하아……."

"너무 오래 기다렸어."

뭘? 얼마나?

그녀는 생각할 수 없었다, 그의 한쪽 팔이 그녀의 목을 타고 척추로 내려가 등을 애무하고 있는 이 순간에는. 그리고 그 손이 순간적으로 어깨의 상처로 다가들자 그녀는 화들짝 놀라 몸을 떼어냈다.

"당신……."

말이 떨려 나왔다. 그가 만진 부분이 타 들어가는 느낌이었다. 잊을 뻔했다. 그 상처가 어떻게 생겼는지, 그리고 지금 이 남자가 자신을 어떻게 대했는지.

준혁은 한 발짝 물러나는 아내의 표정을 살폈다. 아까까지 키스를 하던 입술은 붉게 부어 있었다. 그리고 눈은 증오와 경멸, 그리고 분노도 담고 있었다.

"인희야?"

"돌아가 주세요."

또다시 멍청한 짓을 할 뻔했다. 잠시잠깐 그가 다정하게 대해 줬던 추억에 취해서. 몇 번씩이나 반복할 필요는 없는 것이다. 한두 번이면 족했다. 그녀는 입술을 깨물었다. 키스로 인해 부어오른 입술이 따가웠다.

"당신을 보고 싶지 않아요."

그녀가 강하게 말하며 고개를 돌리고는 방으로 들어섰다. 준혁은 그녀를 잡으려 손을 뻗다가 심하게 동요한 그녀의 표정을 떠올리고는 손을 천천히 놓았다.

빌어먹을!

처음부터 키스를 하려고 생각한 것은 아니었다. 그런데 왜 그랬을까? 시기상조였음이 분명했는데.

어쩔 줄 모르고 준혁이 현관을 서성이며 자신을 탓하고 있는 동안 인희는 방에서 심하게 뛰는 심장을 위해 약을 털어 넣고 있었다. 이 사람이 가까이 있으면 항상 그랬다. 그녀의 심장은 제 기능을 못하고 불규칙적으로 쿵쾅거렸다. 처음 장례식장에서 그의 심장 고동 소리를 들으며 안겨 있을 때도, 그리고 그와 성북동에 처음으로 둘만 남겨졌을 때 역시.

✳

그 집에 들어온 지 얼마 되지 않아 인희는 서씨 집안 형제들 넷이 모두 아버지에게 크든 작든 반감을 가지고 있다는 사실을 알게 되었다. 냉소와 반항을 일삼는 막내 준영과 불편한 심기를 드러내면서 아버지를 피하는 준휘, 그리고 아침에 집을 나섰다 저녁에 집에 들어오는 일로 집안하고 드러내 놓고 척을 지는 준우와 아예 나가 살면서 거의 발걸음을 하지 않는 준혁의 모습에서 그녀는 그것을 볼 수 있었던 것이다.

하지만 그것을 드러내 놓고 물을 수는 없었다. 그녀는 그 집안 사람이 아니었으며, 울타리 밖에 있는 사람이 울타리 안쪽의 사람에게 손을 내미는 것은 위험한 일이라는 것을 그녀는 잘 알고 있었기 때문이다.

아들들과 사이가 별로 좋지 않기 때문인지, 아니면 딸이 없어서였는지 서 회장은 유난히 그녀에게 관심을 가졌고 편의도 봐

주었다. 미술을 하고 있는 그녀에게 괜찮은 과외 선생을 붙여준 것도 서 회장이었고, 집 뒤쪽에 있는 창고 비슷한 방을 개조하게 해준 것도 서 회장이었다. 그는 종종 이렇게 말하곤 했다.

"허허, 이것 참, 이래서 아들과 딸은 다르다고 하는 모양이지?"

사실 그런 종류의 관심이 싫지는 않았다. 일 중독자와 다름없었던 그녀의 아버지는 딸이 몇 살인지도 몰랐고, 심지어는 딸의 얼굴조차 기억을 하지 못했다. 회사가 집이고, 집이 곧 회사였던 그녀의 아버지가 마지막으로 집에 들어왔을 때 그녀를 보고 가정부라고 생각했을 정도였으니 말이다.

때문에 그녀가 서 회장에게 조금씩 신경을 쓰게 된 것도 이상한 일은 아니었다. 그녀는 걸핏하면 소리를 질러대는 이 늙은 독재자가 실은 굉장히 외로움을 탄다는 것을 알게 되었다. 무리도 아니었다. 아들들은 여러 가지로 아버지를 피하고 있었으며, 뭔지 알 수는 없지만 서로 핀트가 안 맞는 아들들과 서 회장은 만나기만 하면 어느 한쪽은 언성이 높아지곤 했기 때문이다.

"죽은 박 이사에게 이런 말을 해서는 안 되지만."

어느 날 서 회장이 입을 열었다.

"이렇게 상냥한 딸을 두고 회사에서 매일을 보내다니, 정말 못난 사람이었군."

"글쎄요."

인희가 붓을 물에 씻어내며 아무 뜻 없이 대꾸했다. 그날 서 회장은 화실에서 인희가 그리는 추상 정물화를 구경하고 있었다.

"어쨌든 아들보다는 딸을 키우는 재미가 더 좋다는 세상 말이 거짓말은 아니었어. 암, 암, 그런데 넌 왜 사과를 퍼렇게 칠하는 거냐?"

"다른 것이 붉으니까 임팩트를 주려고요."

그녀가 대답했다. 그녀의 손놀림을 보고 있던 서 회장이 불쑥 물었다.

"어제는 정말 미안했다. 그렇게 소리를 지르는 것이 아니었는데. 그 소리에 네가 놀라 깬 줄도 모르고."

"괜찮아요."

어제 서 회장은 큰아들인 준혁과 언성을 높이며 싸웠다. 사실 그때까지 잠을 자지도 않았거니와 목이 말라 잠시 일층으로 내려왔던 그녀에게 두 사람의 싸우는 모습이 목격되었던 것이다. 그리고 서 회장은 그것이 미안했던지 아까부터 계속 그녀가 그림을 그리는 모습을 보면서 눈치만 살피고 있었던 것이다.

"아시잖아요, 요즘 입시 준비에 바쁜 거. 잠을 방해한 것은 아니니 너무 신경 쓰지 마세요."

서 회장이 헛기침을 하며 그녀의 주의를 끌었다.

"흠, 흠, 그런데 넌……."

인희가 고개를 돌려 서 회장을 응시했다.

"네?"

"묻지 않는구나."

무슨 뜻으로 하는 말인지 그녀는 알았다. 조용히 고개를 끄덕인 그녀는 붓에 진하고 현란하게 느껴지는 초록색을 묻혔다.

"말씀해 주고 싶으셨다면 누구든 저에게 뭐라고 언질을 주셨을 거라고 생각해요."

서 회장이 한쪽 눈썹을 치켜 올렸다. 저 차분하고 상냥한 아이는 이상하게도 주변 모든 상황에 대해서 초연하면서도 자신의 생각을 확실히 보여주는 아이였다. 어떤 일에 간섭하는 법도, 감정을 드러내는 법도 없었지만 자신의 생각을 확실하게 보여줬다.

어제 그와 아들이 언성을 높이며 싸우는 모습을 봤을 때도 인희는 그저 잠시 자리를 피했다가 싸움이 좀 잦아들 때쯤 다시 와 조용한 목소리로 싸움을 말렸을 뿐이다. 지나치게 흥분했을 때는 말리기 힘들다는 것을 생각한 행동이었던 것 같았다. 그리고 그런 인희의 모습은 흔들림이 없었다.

"어제 제가 좀 지나치게 행동한 것은 죄송해요."

"아니다."

인희는 조심스럽게 말하고 있었다. 그것이 약간 지나치게 느껴질 정도였다. 사실 어제 집에 다른 아들이 단 한 녀석이라도 있었다면 그와 큰아들을 말렸을 것이다. 물론 가정부가 있었다고 해도 같은 결과였을 것이다. 그만큼 싸움은 격렬했고, 옆집에서 소란스럽다는 전화가 올 정도로 주변에 민폐였다. 싸움의 당사자인 자신도 싸움이 너무 주변에 피해가 되었다는 사실을 인지하고 있었다. 그런데 인희는 오히려 그것을 미안하게 여기고 있었다.

"월권이라고 생각하지 말아라."

서 회장이 한숨을 쉬며 말했다.

"어제는 내가 생각해도 심했어. 나도 그렇고 준혁이도 그렇고 서로 고집이 세니까 한 번 싸우면 걷잡을 수 없지. 그러니 앞으로도 이런 일이 있으면 네가 나서도 좋단다."

인희는 아무 대답 없이 고개를 숙였다. 서 회장은 인희의 이런 모습이 마음에 들었다. 지나치게 나서지 않으면서도 필요할 때는 단호할 줄 알았다. 쓸데없이 아비 앞에서 언성이나 높여대는 아들들보다 훨씬 나은 모습이었다.

"그래, 과외는 언제냐?"

"내일 오후예요. 그런데 시간이 늦었는데 괜찮으시겠어요? 의사 선생님이 혈압을 생각해서 일찍 주무시라고 하셨다면서요."

서 회장은 시계를 보았다. 이럭저럭 벌써 열한 시가 넘었다. 그는 밉지 않은 시선으로 인희를 흘기곤 흡족한 기분을 느끼며 화실을 나갔다.

참해. 게다가 재능도 있고 똑똑해 보이고. 저런 아이가 정말 내 딸이라면 더할 나위 없을 텐데.

인희는 밝은 초록색을 접시 스케치 위에 바르며 어제 있었던 서 회장과 준혁의 싸움을 떠올렸다. 나가 살고 있는 준혁이 이 집을 들르는 경우는 어쩌다 한 번이었다. 그것도 한 번 들러서 아버지인 서 회장과 무엇 때문에 의견이 조금이라도 다르면 그 일로 인해서 서 회장과의 기 싸움이 불같이 번져 오르곤 해서 금방 서 회장의 혈압을 올리곤 했다. 어제도 종종 있는 싸움의 하나에 불과했지만, 이상하게 평소보다 더 격렬했었다.

"당신이 저주스러워!"

이렇게 외치는 준혁의 눈에는 살기와 증오가 어려 있었다. 평소에 아버지에게 냉랭할 정도로 예의를 차리는 준혁은 그렇게까지 감정을 드러내는 편은 아니었다.

왜 저주스러운 걸까?

서씨 집안 부자(父子)들 사이에는 뭔가가 분명히 있었다. 맹목적인 반감이라고 보기엔 형제들이 너무 확실한 태도로 아버지를 피하고 있었다. 하지만 인희는 굳이 물으려 들지 않았다.

서씨 집안에 대한 상념에 잠겨 있던 그녀는 화실을 노크하는 소리가 들려서 퍼득 상념에서 깨어났다.

"들어오세요."

노크를 한 것은 준혁이었다. 그의 깊고 표정을 지운 눈이 그녀를 조용히 응시하고 있었다.

"부산 댁이 여기 있다고 전해줘서……."

준혁은 인상이 저절로 찡그려졌다. 한밤중에 아버지와 함께 화실에 있는 인희. 아버지는 흐뭇하다는 표정으로 인희를 바라보며 이야기하고 계셨고, 인희는 차분하지만 다정한 표정으로 그런 아버지를 아련하게 바라보고 있었다.

설마……

아버지와 인희는 나이 차이만 해도 서른 살이 넘게 났다. 그리고 아버지는 새어머니가 사고라고 부를 수밖에 없었던 불운한 죽음을 맞이한 뒤로는 다른 여자에게 눈길을 주지 않았다. 게다가 인희는 차분하고 자신의 자리를 아는 아이라고 생각해 왔다.

어제 아버지와 언성을 높인 일로 뭔가 사과의 말이라도 하려고 했던 준혁은 계속 머뭇거릴 수밖에 없었다.

한참을 머뭇거리며 그녀를 응시하는 준혁의 눈동자에 그녀의 심장은 계속 심하게 반응하고 있었다. 금방이라도 가슴을 뚫고 나올 듯 두근대는 심장 때문에 그녀는 계속 마음을 가라앉히려고 노력해야만 했다.

"어제는 미안했다."

"저는……"

"밤늦게 소란을 피워서 정말 미안하다. 네가 곧 시험 본다는 사실을 잠시 잊었어."

"괜찮아요."

준혁의 시선이 인희의 눈을 지나 가늘고 흰 목 선과 작업용 앞치마를 두른 어깨, 그리고 물감 자국 투성이의 낡은 작업용 앞치마 위로 봉긋 솟아오른 가슴을 지나 물감이 잔뜩 묻은 손으로 향했다. 작은 몸집 때문인지 손도 작았다. 물감이 잔뜩 묻은 손은 섬세한 유리 세공품 같았다. 준혁은 갑자기 가슴이 내려앉고 피가 아래쪽으로 몰리는 듯한 기분이 들었다.

"열심이구나."

겨우 말을 꺼낸 것이 이 모양이었다. 섬세하고 작은 인희의 몸을 당장이라도 안고 싶어서 안달이 나는 것을 겨우 누르느라 준혁의 목소리는 억눌려 있었다.

"가끔은 이게 내 전부인 것처럼 느껴지기도 하니까요."

적어도 그림은 노력하면 원하는 분위기가 조금이라도 나왔다. 아무리 노력해도 얻을 수 없는 것에 익숙해져 있었던 그녀에게 그림은 그나마 준 만큼 돌려주는 편에 속했고, 때로는 현실을 도피하는 수단이 되어주기도 했다.

이제 그의 시선은 원색이 가득한 그녀의 그림을 향하고 있었다. 붉은 바탕에 약간 거친 터치로 파란색과 야한 녹색이 흩뿌려진 그녀의 정물화를 보던 그가 피식 웃었다.

"나는 아무리 봐도 뭐가 뭔지 잘 모르겠는데. 도대체 뭘 그리는 거지?"

안전한 화제를 찾아봐, 서준혁.

이건 말도 안 된다. 아무리 첫눈에 끌린 사람이라고 해도 그가 미성년자일 때는 최대한 욕망을 억제해야 하는 것이다. 그렇게 끙끙대다가 결국 들이댄 것이 그녀가 그리고 있는 그림이었다. 그리고 불쑥 들이민 말이 '뭘 그리는지 모르겠다'였다.

아, 이런 한심한 인간아.

그녀는 그림을 좋아했고, 재능도 있었다. 이런 식으로 멍청한 질문을 하다가는 어쩌면 그녀의 호감을 얻는 대신 그녀와의 사이가 멀어질지도 모른다.

"선반 위에 놓인 접시 위의 과일을 그리고 있었어요."

작게 미소 짓는 인희의 모습에 정신을 팔았던 준혁은 그녀에게 대답할 타이밍을 놓치고는 선반과 접시와 과일을 살피더니 다시 그림을 바라보고 미안한 웃음을 지었다.

그녀가 쿡쿡 웃었다.

"상관없어요. 저건 이미지일 뿐이니까. 아직 머리 속에서 완전한 제 이미지를 만들어낼 수는 없거든요. 그래서 저런 것을 참조해서 그리는 거예요."

그림과 모델을 동시에 부드럽게 응시하는 인희의 모습을 바라보는 준혁의 눈길이 미묘하게 변하며 인상도 찡그려졌다. 그녀의 눈이 묘하게 꿈꾸듯 빛났다. 그녀의 눈에 감정이 떠오른 것을 그는 처음 보았다. 그림에 대해서 이야기하는 그녀의 모습은 특별했다. 갑자기 그는 그녀가 그림을 그리지 않고 자신만 바라봐 주었으면 하는 생각이 울컥 치밀었다.

"그런데 회장님과 비슷한 말씀을 하시네요?"

인희가 빙그레 웃으며 말했다.

"그분과?"

준혁의 표정이 묘하게 일그러졌지만 인희는 미처 눈치 채지 못했다. 표정을 수습한 준혁이 물었다.

"지망하고 있는 곳이 특별히 있는 거니?"

사실은 '그 사람이 뭐라고 했기에?' 라고 묻고 싶었다. 서 회장을 언급하는 인희의 모습이 너무 다정한 사람에 대해서 말하는 것 같아 기분이 나빴다. 인희를 조금 더 가까이에서 보기 위해 이 집을 드나드는 동안 인희가 그런 표정으로 누군가에 대해서 언급하는 것은 보지 못했다.

"아직까지는 별로 없어요. 그저 제가 갈 수 있고, 좀 더 배울 수 있는 곳이라면 다 좋다고 생각해요. 그래도 좀 더 많이 배울 수 있는 곳이면 좋겠죠. 그런데 식사는 하셨어요?"

준혁이 놀란 듯했다.

"어? 아니, 아직……."

사실 정말로 놀랐다. 방금 까지만 해도 아버지와 그녀에 대해 여러 가지 생각을 하고 있던 그였기에 그녀가 뭐라고 하는지 신경 쓰지 못했기 때문이다. 그는 겨우 표정을 수습했다.

"부산 댁 아주머니는 퇴근하셨겠지만, 데워낼 순 있을 거예요. 잠시만 기다려 주시겠어요?"

인희가 그 말을 하기까지 얼마나 망설이며 생각했는지, 준혁은 알지 못했다. 단지 그는 방금 그가 떠올린 영상으로 인해 몹시 혼란스러운 상태였다.

아버지와 다정하게 이야기를 하며 손을 잡고 있는 인희의 모습…….

그만!

준혁은 고개를 저으며 인희를 바라보았다. 인희는 붓을 놓고,
화구를 정리한 다음 작은 물수건에 손을 닦고 앞치마를 벗었다.
물감으로 얼룩진 손이 조금씩 제 색을 드러내는 것을 보고 준혁
이 말했다.

"작구나."

정말 작았다. 원래 체구가 작아 손도 작아 보이는 건지, 아니
면 원래 손이 작고 가늘고 섬세하게 생긴 것인지 알 수 없었다.
하지만 그가 감탄해서 내뱉은 말이 인희의 기분을 상하게 한 듯
했다.

"붓을 잡기에 작은 손은 아니에요."

그녀가 그림 위에 작은 천을 씌우며 대꾸했다. 그의 손이 그
녀의 손으로 잠시 움직이다가 움찔한 사실을 눈치 채지 못한 채
그녀가 부드러운 미소를 지으며 말했다.

"주방이라도 괜찮으시다면."

"상관없어."

준혁의 음성이 탁하고 거칠어졌다. 인희가 그를 빤히 바라보
며 속삭였다.

"감기 걸리셨나요?"

의아한 듯 묻는 인희 앞에서 준혁은 사실을 털어놓을 수 없었
다. 너에 대한 욕망 때문에 목소리가 탁해졌노라고.

"아, 아니."

툉명스럽게 한마디 던진 준혁은 먼저 화실의 문을 열고 나갔고, 그 뒤를 인희가 따랐다. 집 뒤편에 자리 잡은 부엌에 있는 작은 덧문을 열고 들어간 인희는 부엌의 불을 켜고 찌개가 담긴 냄비를 데웠다.

냉장고에서 반찬 통을 꺼내 접시에 정갈하게 반찬을 담고, 밥솥에 담긴 밥을 밥그릇에 모양 좋게 푸는 인희의 모습을 준혁은 한참 동안 바라보고 있었다. 찌개에서 끓는 소리가 나자 인희는 찌개의 뚜껑을 열고 먹기 좋은 만큼의 찌개를 국그릇에 담아 작은 접시와 함께 그의 앞에 내놓았다.

"부산 댁 아주머니가 꽃게탕을 하셨어요."

"아, 그래."

그는 멍하니 대답했다. 그녀가 그를 위해서 식사를 준비하는 모습을 보며, 그는 바보 같은 상상을 하고 있었던 것이다. 그녀가 계속 그를 위해서 식사를 준비해 주면 얼마나 좋을까 하는. 한참을 쓸데없이 망상하고 있던 그는 인희가 부엌을 나가려고 등을 돌릴 때야 정신이 났다. 자리를 떠나는 인희의 뒤에 한마디 던졌다.

"가지 마."

"네?"

인희가 고개를 돌려 쳐다보자 준혁이 머쓱한 표정을 지었다. 그가 투덜거리듯 말했다.

"밤늦게 혼자 먹는 것은…… 그러니까……."

사실 그녀와 좀 더 함께 있고 싶었다. 사실 이 집에 살지 않는 그로서는 그녀와 둘만의 시간을 갖는 것은 좀처럼 힘들었다. 그러니까 모처럼의 이런 기회를 이용하지 않으면…….

"예."

다행이었다. 사실 그는 그녀가 왜냐고 묻지 않을까 약간 걱정했었다. 그녀가 순순히 그의 앞에 앉자 그는 수저를 들고 그녀가 담은 밥을 한 수저 뜨더니 천천히 입에 넣고 씹었다.

조용하고 침착한 식사 태도는 평소에 그녀가 생각하는 그의 성격을 그대로 보여주고 있었다. 그녀의 눈이 반찬 사이를 왕복하는 젓가락을 바라보았다. 매운 음식에는 전혀 손이 가지 않았고, 담백하고 약간 기름진 전과 나물 무침에는 젓가락이 많이 오가고 있었다. 그리고 찌개에는 수저 한 번 가지 않았다.

준혁은 멍하게 젓가락만 놀렸다. 지금 먹고 있는 음식이 무슨 맛인지도 알 수 없었다. 눈앞에 앉아 있는 인희를 너무 의식하고 있었기 때문이다. 단지 꽃게탕과 젓갈류에 손을 대는 것만 피했을 뿐이다. 가정부가 한 매운 음식은 지나치리만큼 매운 데다가 그는 하루 종일 아무것도 먹지 못했으니까.

식사는 지나치리만큼 천천히 진행되고 있었다. 그녀가 관심 있게 보고 있다는 것을 아는지 모르는지, 그는 별 반응 없이 그저 식사에 집중하고 있었다. 식사가 거의 끝나가자 그녀는 냉장고 한 켠에 있는 시원한 보리차를 따라냈다.

묵묵히 보리차를 마신 그는 그녀를 바라보았다. 단정한 그녀의 손이 반찬을 하나하나 치우고 있었다. 그가 그녀의 손에 손을 내밀었다 거둬들였다. 준혁은 인희의 희고 섬세한 손을 한번 만져 보고 싶다는 생각이 머리 속에서 가시지 않았다. 그녀의 손을 바라보자 부드럽게 쓰다듬고 어루만지고 그 외에 그녀가 상상도 못할 방법으로 감싸고 키스해 주고 싶은 마음이 들어 손이 떨렸다.

이래선 안 돼. 상대는 어린애라고.

열아홉이면 엄연히 미성년자다. 사실 미성년자를 향해서 그런 기타 등등의 어른들이나 상상할 법한 짓을 상상하는 것은 변태 같은 짓이었다. 하지만 저절로 손이 가는 것은 어쩔 수 없었다. 그는 그녀에게 다가가는 손을 억누르기 위해서 계속 제동을 걸었다.

한참을 그런 식으로 머뭇거리던 그의 손끝이 접시를 치우던 인희의 손끝에 닿았다. 인희가 고개를 들었고 손끝을 응시하던 준혁도 동시에 고개를 들었다. 두 사람의 시선이 마주쳤다. 묘하게 긴장된 시간이 흘렀다. 정지된 듯 그대로 동작을 멈춘 두 사람 중 먼저 움직인 것은 준혁이었다. 그가 그녀의 손을 천천히 감쌌다. 조금씩 그녀의 손을 만질 때마다 숨결이 거세졌다. 생각한 것처럼 그녀의 손은 부드럽고 작았고, 너무나 여렸다. 그리고 묘하게 얼어붙은 듯 차가웠고.

따뜻하다.

인희가 생각했다. 처음 그녀가 느낀 따뜻함보다는 훨씬 뜨거
웠지만 델 정도는 아니었다. 다시 한 번 그의 품에 안기고 싶은
욕심이 날 정도로 따뜻했다. 그녀는 눈을 감았다. 그녀의 홍조
띤 얼굴을 바라보던 준혁의 손이 그녀의 손을 뒤집고는 손목 안
쪽에 있는 핏줄로 엄지손가락을 가져갔다. 그의 손가락이 핏줄
위를 부드럽게 쓰다듬자 그녀는 심장이 잠시 멎어버리는 것 같
았다.

조용히, 그러나 당황함이 역력한 태도로 그녀는 자신의 손목
을 빼냈다. 마법의 순간은 깨졌다. 준혁의 얼굴에도 갑작스럽게
홍조가 돌았다. 그는 정말 당황스럽고 자신이 부끄러워 죽을 지
경이었다. 도대체, 정신이 나가도 한참 나갔지. 아무리 그러고
싶다고는 해도 어떻게 아직 어리고, 약한 아이에게 손을 댔는지
알 수 없었다. 인희는 정말 귓불까지 빨개졌다.

고개를 떨구고 먼저 자리를 비운 쪽은 준혁이었다. 부엌 쪽의
뒷문이 닫히는 소리를 들으며 인희는 멍한 표정으로 그가 감쌌
던 손을 쓰다듬었다.

＊

그때도 시작은 그가 했었던 것 같다. 따라가고 끝낸 것은 그
녀였지만. 몇 년이 지났지만 그녀는 자신의 손목을 쓰다듬던 그
따스함을 잊지 못했다. 그리고 결혼 생활 내내 그 순간의 따뜻

함과 두근거림을 간직하고 지냈었다. 그가 어떤 사람이라는 것을 잊기 위해서.

생각해 보면 정말 바보 같은 일이다. 어이없게도, 그녀는 잠시의 관심과 친절을 착각한 것에 불과했으니까. 남편은 지속적인 관심을 가져 주지 않았다. 어처구니없게도 그가 그녀에게 가진 순수한 관심은 그게 다였다. 하지만 그녀는 지푸라기라도 잡듯 그 두 가지 추억에 매달렸던 것이다.

"왜 그렇게 바보 같은 거니, 박인희?"

삼 년 가까이 흘렀다. 외국에서 병마와 싸우며, 자신이 유일하게 매달릴 수 있는 것을 붙잡으며 그녀는 이 년 동안의 불행했던 결혼 생활과 무심한 남편에 대해서 잊으려 애를 썼다. 하지만 그 모든 것은 단 한 번의 키스로 무너졌다.

눈물이 날 정도로 비참한 기분이었다. 눈물이 날 정도로. 하지만 이상할 정도로 눈물이 나지 않았다. 단지 욱신거리는, 병이 생긴 이후로 항상 있었던 가슴의 통증만이 더 심하게 그녀를 괴롭혔을 뿐이다.

제4장 녹여대다

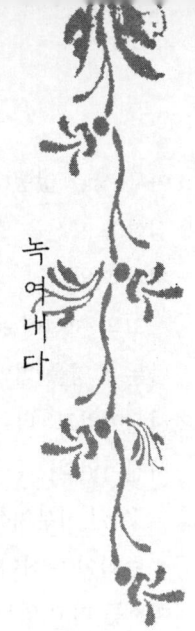

녹
여
내
다

준혁은 미칠 듯한 기분이었다. 단 두 번 그녀를 찾아갔다. 하지만 한 번은 없는 사람처럼 외면당했고, 또 한 번은 갖가지 감정이 뒤섞인 원망 섞인 눈초리를 받았을 뿐이다.

"제기랄."

그가 무심코 욕설을 내뱉었다. 그럴 수밖에 없었다. 그가 그녀에게 얼마나 잘못했는지, 그리고 어떤 몹쓸 짓을 저질렀는지 잘 알고 있었다. 그래서 그녀가 어디서 무얼 하고 있는지 알아낸 다음에도 굳이 그녀에게 찾아가거나 곁으로 돌아오라고 억지 쓰지 않은 것이고.

하지만 '아는 것'과 그가 그녀에게 가지고 있는 강한 감정은 아무 상관 없었다. 그녀의 그 검고 투명한 눈동자에 투영된 무심함과 자신을 밀어내는 원망 섞인 눈동자는 그에게 커다란 상처가 되었다.

그의 시선이 문득 책상 위에 있는 두 개의 액자로 향했다. 하나는 준영을 협박하다시피 해서 뜯어낸 인희의 열아홉 생일 때 사진이었고, 다른 액자에 있는 사진은 약간 빛이 바랜 미인의 사진이었다.

"이런 기분이셨나요, 어머니?"

준혁이 나직이 사진 속의 미인을 보고 속삭였다. 약간 건방진 미소를 띠고 있는 미인의 표정은 그대로였다.

"어머니도 아버지와 결혼했을 때, 이런 기분이셨나요?"

물어도 어머니는 대답해 주지 않는다. 하지만 준혁은 어머니도 이런 기분이었다는 것을 짐작하고도 남음이 있었다.

그의 어머니는 소위 말하는 잘 나가는 부잣집 외동딸이었다. 한창 때는 정말 밝고 아름답고 예뻤다고 들었지만, 그가 기억하는 어머니는 항상 술병을 끼고 있든지 그것도 아니면 전화기를 부여잡고 부들부들 떠는 장면뿐이었다.

준혁은 어머니의 기분을 이해할 수 있었다. 사랑하는 사람이 자신을 철저하게 피하고 있는 상황은 공허함과 절망감이 교차하는 기분이었을 거고, 단단한 벽에 부딪치는 느낌 때문에 위안을 구하려 하는 그런 기분.

"하지만 적어도 그녀는 나를 원했어."

몇 년 동안 그것이 유일한 위안이었다. 오직 어머니의 재산만 보고 어머니와 결혼한 아버지와는 달리, 인희는 그를 원해서 그와 결혼했다. 넷이나 되는 남자 중 그녀가 선택한 것은 그였던 것이다.

하지만 지금은 원하지 않아? 그렇지?

마음 깊은 곳에서 들리는 속삭임에 준혁은 움찔했다.

너를 피하잖아. 밀쳐 내잖아. 설마 모르겠다는 건 아니겠지?

"젠장!"

"시끄러워, 형. 형이 못 자는 것은 상관없어. 하지만 나는 자야 하지 않겠어?"

함께 살고 있는 동생 준우가 서재 문을 열면서 중얼거렸다. 졸음이 묻어나는 목소리다.

"미안해."

준우가 흘끗 형을 바라보았다.

"형수가 많이 힘들게 해?"

"됐어."

"있을 때 잘하라는 말이 실감나는 때군. 어쨌든 그만 하고 자. 후지무라 공업과의 계약을 빨리 마무리 지어야 한다는 거 잊지 않았지?"

준혁이 동생을 노려보았다. 형이 이렇게 괴로워하고 있는데 일이라니. 게다가 지금껏 인희 일이라면 거품을 물었던 자신을 곁에서 계속 지켜본 동생이 아니던가? 그런데도 저런 냉담한 태도를 보이다니 죽이고 싶은 심정이었다. 도대체 그 밝고 성격 좋은 혜수가 왜 저런 냉혈 무뚝뚝을 좋아하나 싶었다.

"안 잊었다. 어서 가서 자."

그러나 준우는 나가지 않고 그저 서재 문 앞에 서 있다가 발길을 돌렸을 뿐이다. 그리고 잠시 후 술잔과 병을 가지고 왔다.

"뭐지?"

"생각나지 않아?"

"됐어."

준혁이 무뚝뚝하게 중얼거렸다. 어머니와 아버지가 이혼했을 때 겨우 열 살의 준혁이었지만, 술이 어머니에게 어떤 영향을 끼쳤는지는 똑똑히 본 바였다. 때문에 상당히 술을 자제하는 편이었다. 특히 옆에 병째로 술을 놓고 마시는 일은.

준우는 아무 말 없이 술을 따라 한 잔 마셨다. 묵묵히 한 잔을 비워낸 동생이 다음 잔을 따라 그냥 놔두는 것을 보고, 준혁이 동생을 한번 바라보았다.

"어차피 술병이 옆에 있는 한 손도 대지 않겠지만 그래도 형기분을 생각해서."

"상당히 고맙구나."

"형수한테도 그런 식으로 이야기했었다면 형수가 어떤 태도를 보였는지 짐작이 가는군."

준혁은 말없이 동생을 노려보았다. 준우가 한 잔을 더 따라 입에 댔다.

"형수는 멍청한 사람이 아니야, 게다가 형을 사랑했고. 지금은 분명 형에게 경계심이 더 강하겠지만 형이 왜 그랬는지 안다면 이해 못할 사람이 아니라고."

"그럴까?"

준혁이 멍한 목소리로 말했다.

"형수를 너무 모르는 거 아냐? 형수가 얼마나 지극정성이었다고. 사람 마음이라는 것은 그렇게 쉽게 변하지 않아."

"알고 있어, 얼마나 지극정성이었는지 정도는."

준우가 묵묵한 태도로 술을 마셨다. 멍하니 술잔만 바라보고 있는 형이 안쓰러웠다. 아버지를 아주 잘 알고 있는 그로서는 형이 어쩔 수 없는 상황에서 괴로워하다가 형수에게 상처를 줄 수밖에 없다는 것을 알고 있었지만, 중요한 것은 형수가 그걸 알지 못한다는 것이었다.

"솔직하게 아버지와의 관계를 털어놓고 용서를 구하는 게 어때?"

준혁이 준우를 바라보았다. 정말 아이러니한 일이다. 준우와 혜수의 의견이 이렇게 일치할 때도 있다니.

"뭘 그런 눈으로 바라보는 거야?"

"아무것도 아니야."

준혁은 한숨을 쉬며 이마에 손을 얹었다. 따뜻한 손이 따뜻한 이마에 얹혀지자 몇 년 전 잡았던 인희의 서늘한 손이 떠올랐다.

여전히 서늘할까? 그래서 언제까지고 따뜻하게 감싸줘야 할까?

"네 형수, 손이 참 찼지."

준우가 묘한 눈으로 준혁을 바라보았다.

"차다기보다는 묘하게 서늘해서 마치 진열장에 오래 진열되어 있던 유리 인형을 만지는 기분이었어."

그래서 그 손을 계속 잡아주고 싶었다. 따뜻하게 내내 감싸주고 싶었는데, 결국은 스스로 그 손을 놓아버렸다.

"잡아줘."

준우가 말했다.

"형에게 잘못이 있다면, 그건 상황과 오래 묵은 감정에 너무 연연했다는 것뿐이야."

준우가 형의 등을 두드렸다. 형수를 만나고 온 뒤로는 힘이 빠진 어깨와 왜소해 보이는 등에 마음이 아팠다. 형이 지금껏 얼마나 괴로워했는지는 잘 알고 있었다. 비아냥거리기 좋아하는 형수 변호사의 멱살을 잡고 뒤흔든 일부터 혹시나 흔적을 남기지 않았나 싶어서 형수의 방과 화실을 샅샅이 뒤졌던 것 하며. 결국 형수가 다니던 학교를 통해 형수의 소식을 들었을 때에 형이 얼마나 안도의 한숨을 쉬었는지.

형이 지었던 그 표정을 그는 평생 잊지 못할 것만 같았다.

"다행이야. 난, 나는……."

무슨 일이 있었을지도 모른다는 생각에 얼마나 노심초사했는지, 눈에 보일 지경이었다. 그는 그때 형이 형수를 정말로 사랑한다는 것을 알았다.

그 뒤로는, 형이 형수에게 했던 그 모든 무관심과 잔인했던 행동들이 진심이 아니었다는 것을 안 후로는 형이 무척이나 안쓰러웠다. 형은 생애 두 번째로 아버지가 저지른 일에 말려들어 대가를 치러야 했던 것이다.

"아, 형, 유지혜 교수님께 연락이 왔어."

"어떻게 됐지?"

"우리 쪽에서 추천한 인쇄업자가 마음에 드는 것 같아."

"다행이군."

마음에 안 들면 그게 어딘가 이상한 거였다. 형은 형수의 전시회를 위해서 최고만을 준비했다. 화랑의 대여료가 천정부지를 달리는 지금 같은 시기에 인사동에 있는 좋은 자리의 화랑을 형수의 대리인인 유지혜 교수가 살 수 있었던 것은 형이 형수의 전시회 소식을 듣고 화랑 주인에게 미리 웃돈을 얹어줬기에 가능한 일이었다. 그 뒤로 형은 화랑 주인을 통해서 유 교수에게 인쇄업자를 소개시켜 주고 화랑에 필요한 일손을 대는 등 전시회를 위한 최선의 준비를 하고 있었다.

"이게 인쇄 샘플이야. 형이 나가 있는 동안 도착했어."

준혁은 인쇄 샘플을 보았다. 초대장을 겸한 작품 카탈로그에 나와 있는 그림들은 어두운 무채색에, 어딘가 안개 낀 듯 희미하고 몽환적인 분위기가 보였다.

"어째서……."

하지만 준혁은 직감적으로 알 수 있었다. 그녀는 언제 어느 때라도 그림을 그렸다. 그림이 모든 것처럼 생각될 때도 있다고 말했다. 그런 그녀이니, 그녀의 그림에 그녀의 감정이 반영된 것은 당연한 것일 테다.

"형."

준우는 얼굴을 감싸는 형의 등을 토닥였다. 괴로워하고 있는 형에게 이 정도밖에 해주지 못한다는 사실이 안타까웠다.

"시간을 되돌릴 수 있다면 오 년 전으로 돌아가고 싶어."

준혁이 고통스럽게 중얼거렸다.

"그때로 돌아가서 청혼을 철회하고 싶어. 뭐가 어떻게 되든 상관없어. 단지…… 단지……."

상처 주고 싶지 않다, 라는 말이 삼켜졌다는 것은 준혁도, 준우도 알고 있다. 때문에 준우는 형의 등을 토닥이는 것밖에 아무것도 할 수 없었다.

"좋은 기회가 될지도 모르지. 전시회에 나와 같이 가는 것은 어때?"

"응?"

"준영이가 연락했어. 형수가 조만간 전시회를 여니까 출국하기 전에 들를 예정이라던데."

준혁이 인상을 찡그렸다.

"내가 알렸다고 하고 슬쩍 들러도 되지 않을까 하는데."

"됐어."

준혁이 조용히 중얼거렸다.

"응?"

"몇 점 사 올 수는 있겠지?"

"아."

"고집스러운 사람이야. 그러니 지금껏 주식 배당금을 한 푼도 안 썼겠지. 만일 내가 그녀의 그림을 산다면 찢어버릴지도 몰라."

"그렇게까지는 하지 않을 테지만, 형이 굳이 그렇게 자신을 숨기고 싶다면 그건 내가 어떻게 해줄 수 있어. 그런데 정말 그걸로 괜찮겠어?"

"내가 할 수 있는 것은 그 정도뿐이니까."

그렇게 말하는 자신이 한심스러웠지만, 지금으로서는 그 방법밖에 없다는 것을 알고 있었다.

"뻔뻔스러웠지, 그런 짓을 하고도 찾아갔다는 건."

"보고 싶었으니 어쩔 수 없잖아."

그런 감정이라면 잘 알고 있다. 보기만 해도 마음 아플 것을 알면서, 결국 심하게 할 것을 알면서.

어째서일까, 그토록 보고 싶은 것은.

게다가 일주일마다 일상을 보고 받았다고는 해도, 삼 년이나 직접 보지 못했으니 보고 싶은 것은 당연하지 않은가?

"두렵다, 내 욕심으로 상처를 준 게 아닐까 싶어서."

진정으로 두려웠다, 상처를 준 것이 아닌가 싶어서. 그렇지 않고서야 그런 공허한 표정을 지을 리 없지 않은가?

단 하나뿐인 육친을 잃었을 때에 지었던 무심하고 공허한 표정.

준혁은 문을 열어주지 않던 아내를 떠올렸다. 처음 그녀를 보았을 때처럼 지독히도 담담한 표정으로 그를 응시했던 아내를.

✳

인희의 아버지인 박주호 이사의 부음을 듣게 된 것은 막 수원 공장으로 출장을 다녀온 뒤였다. 박 이사의 방을 정리하고 있는 인부들을 통해 들은 그 최초의 소식은 곧 아버지의 입을 통해서 더 분명해졌다.

"다녀오거라. 최소한 예의는 보여야 하지 않겠니."

"알겠습니다."

냉정하기 이를 데 없는 아버지의 평소 모습을 비추어볼 때 아무리 중요 직책에 있는 부하 직원이 죽었다고 해도 문상으로 예의를 차리는 일은 이례적인 일이었다. 게다가 다른 이도 아닌 아들을 직접 보내다니. 하지만 그는 조용히 대답했다.

"다녀오지요."

별로 어려울 것도 아니었다. 분명 문상객이 몇 있을 테고, 그 문상객을 맞는 고인의 가족들도 있을 것이다. 그는 그저 고인의 가족들에게 가서 고인의 죽음에 대한 상투적인 인사만 하고 돌아서서 나오면 된다.

"잘해야 한다."

'잘'에 힘이 주어진 아버지의 말이 어쩐지 좀 마음에 걸리긴 했지만, 그뿐이었다. 물론 예의는 갖출 생각이었다. 하지만 그 이상은 아니었다.

그러나 장례식장에 도착하자 사정은 금방 달라지고 말았다. 설마 하니 죽은 박 이사가 그렇게까지 인망이 없을 줄은 상상도 못했다. 그가 듣기로는 분명 오늘이 삼일장의 마지막이라고 했는데, 문상객이 단 한 명도 보이지 않았기 때문이다. 게다가 빈소를 지키는 사람은 단 한 사람, 그것도 어린 여자 아이였다.

"저 빈소, 문상 오셨나 보죠?"

지나가던 다른 빈소의 상주로 보이는 남자가 불쑥 물었고 그는 고개를 끄덕였다.

"상주가 저 아이 하나인 것 같아요. 벌써 사흘째 혼자 자리를 지키고 있는데 안쓰러워요."

그럴 수가. 혼자서 사흘이나?

게다가 아무리 봐도 아이는 겨우 열댓 살이 될까 말까 한 나이였다. 믿기 힘든 이야기에 그는 고개를 젓고는 빈소로 들어갔다. 그곳에서 한순간 가슴이 서늘해졌다, 소복을 입고 지나칠 정도로 단정하게 서 있는 소녀를 보는 순간. 그리고 그 순간 잠시 그는 자신이 장례식장에 온 것을 후회했다. 소녀는 지나칠 정도로 단정했고, 지나칠 정도로 무표정했다. 혼자 사흘이나 빈소를 지켰다는 것이 여전히 믿기지 않을 정도였다. 조용히 인사를 건넸을 때도 그녀는 여전히 무표정한 얼굴 표정을 한 채였다. 하지만 창백한 얼굴과 피로만이 보이는 눈빛에 그는 그녀에게 희미하게 연민을 느꼈다.

사람을 하나 보낼 때 얼마나 힘든지 잘 아는 그였다. 오랜 시간 만나지 못했던 어머니의 죽음을 듣고 그 장례식장에 갔을 때 얼마나 힘들었는지 직접 느꼈던 그니까. 때문에 그는 순간적인 판단으로 남은 일을 처리하겠다고 마음먹었다.

시신을 영구차에 싣는 것을 감독한 것도, 그녀를 자신의 차에 태워 화장터까지 데려다 준 것도 그였다. 그녀는 그저 조용히 모든 과정을 보면서 그 희고 섬세한 얼굴에 표정 하나 바뀌지 않았다.

화장터에서 한 줌의 재로 변하는 아버지를 보면서도 그녀는 울지 않았다. 그저 뚫어지게 화장하는 장면을 바라보고 있었을 뿐이다. 준혁은 그런 그녀를 이해했다. 사람의 죽음 앞에서는 아무런 말도 나오지 않고, 아무런 생각도 나지 않는다는 것을 알고 있기 때문이다. 특히 육친, 그것도 나약하고 아무 도움도 되지 않는 육친의 죽음에서는.

그는 몇 년 전 치렀던 쓸쓸한 어머니의 장례식을 기억했다.

그렇게 술을 입에서 떼지 못하더니, 요양소에서도 먼 산만 바라보며 술만 찾았다고 하더니 결국 어디서 들어왔는지도 모르는 술병을 안고 조용히 죽었다고 요양소 관계자가 그에게 말해 주었다. 그리고 덧붙였지.

"다행이네요. 연고자가 없어서 어떻게 처분하나 걱정했거든요."

화가 났다. 도대체 무엇이 그의 어머니를 그렇게 망쳤던 것일까?

그는 답을 알고 있었다. 아니, 모르기에는 아버지를 너무 잘 알고, 어머니가 당했던 일을 잘 안다. 처음부터 작정을 하고 어머니에게 접근했던 아버지는 비열하게도 어머니와의 결혼 생활 내내 다른 곳에 살림을 차리고 있었다. 그리고는 계속 때가 되기만을 기다리고 있었고, 때가 되자 더 이상 쓸모없어진 여자를 냉혹하게 내던졌던 것이다.

화장터에서 타오르는 어머니의 육신을 바라보며 그는 다시 한 번 다짐했던 것이다, 아버지에게서 놓여나겠다고. 그리고 원래는 어머니가 가졌어야 마땅한 태정그룹을 자신이 차지하겠다고.

여태까지는 그것이 아주 순조로웠다. 어머니를 찾아 장례까지 치른 사실을 감쪽같이 숨긴 그는 회사에 관심을 보였고, 아버지는 그런 그가 회사를 잇기에 부족함이 없다고 생각한 듯했다. 대학을 졸업하자마자 기획 실장으로 태정그룹에 입사했고, 그에게는 유능한 조언자도 붙여주었다. 그는 회사 일을 배워 나가면서 천천히 소액 주주들의 주식을 모으기 시작했고, 잘만 한다면 아버지의 살아생전 회사를 그의 손으로 되찾을 수 있을지 모른다 생각했다. 그렇게 되면 이번에는 그가 아버지를 내쫓을 생각이었다. 어머니에게 그가 했던 것처럼 그를 요양원 같은 곳으로 보내 버리고 보지 않으면 된다.

그러자면 아직은 시간과 힘이 필요했다. 갈고닦지 않으면 안 되었다. 그리고 동생들은 그것을 이해해 주었다. 동생들은 아버지의 딴살림이라는 큰 죄업에서 유일하게 괜찮은 소득이었다. 새어머니가 된, 준우와 준휘의 어머니도 물론 다정하고 현명하신 분으로 미워하기도 힘든 분이었지만, 동생들은 또 다르게 정이 가는 아이들이었다. 특히 준우 같은 경우에는 그 대신에 매물로 나온 태정그룹의 주식을 사 모으며 그에게 힘을 실어주기 위해 애를 쓰고 있었다. 그리고 그런 동생이 그는 참 든든하게 느껴졌다.

냉정하고, 교활하고, 욕심 많은 아버지를 모든 아들들은 미워하고 있었다. 특히 새어머니의 갑작스러운 사고 이후 그들이 아버지를 증오하는 감정은 몇 배 더 커졌다. 준혁은 이를 악물며 삭막했던 어머니의 장례식의 기억을 놓아내려 애를 썼다. 하지만 최소한의 문상객만 있는 쓸쓸한 장례식의 모습은 몇 년 전

겪은 어머니의 장례식을 생각나게 했고, 침착한 표정으로 서 있는 소녀는 자기 자신을 떠오르게 만들었다.

고개를 흔들며 옛 기억에서 놓여나려고 하던 그는 그녀가 유골함을 뒤집으려는 것을 발견했다. 그제야 그는 그녀가 이 일로 인해서 슬퍼하지 않는다는 것을 알고 충격을 받았다.

도대체 무엇이 그녀로 하여금 하나뿐인 육친의 죽음에도 슬퍼하지 않을 정도로 차가운 사람으로 만들었을까?

연민 대신 동질감과 기묘한 감정이 한꺼번에 밀어닥친 것은 그때였다. 그리고 유골함에 손을 대며 자신이 손을 대도 괜찮은지 물은 것도.

그녀는 말없이 그에게 유골함을 내밀었다. 그는 그것을 들고 재를 뿌리는 곳으로 가서 한 줌 들고 뿌리고는 그녀에게 내밀었지만 그녀는 고개를 저었다.

그는 다시 한 번 놀랐다. 보통은 장례식장에서 충격으로 눈물을 보이지 않는 일은 있어도 이런 식으로 외면하는 일은 없었다. 그는 유골함을 계속 들이밀었고, 그녀는 고개를 저었다. 왜 그렇게 하나뿐인 혈육을 외면하는지 묻고 싶었지만, 표정없는 피곤함이 엿보이는 얼굴은 질문을 막았다. 그는 유골함을 한 번 바라보고, 그녀를 다시 한 번 바라보았다. 여전히 어머니의 쓸쓸한 장례식이 뇌리를 떠나지 않았다. 그리고 한 줌 재가 된 어머니를 어찌할 수 없어 허둥거리던 자신의 모습도. 나중에는 어디 납골당에라도 모셔놓지 못했던 것을 얼마나 후회했던가.

"나중에 혹시라도 후회를 남기지 않기 위해서라고 생각해
요."

그가 쓰디쓴 진실을 토해냈다. 적어도 그에게는 진실이었다.
이 작고 어린아이에게 그런 짐을 감당하게 할 수는 없다는 생각
이 들었다.

"죽은 사람은 모를 겁니다. 기억은 산 사람의 몫 아닐까요?"

그가 미동없이 서 있는 그녀에게 다시 말을 건넸다. 무엇 때
문인지 모르지만 그녀는 이 장례식이 아니라 죽은 박 이사님 자
체에 힘들어하고 있다는 느낌이 들었다. 그러자 그녀는 그의 얼
굴을 말끄러미 바라보았다. 깊고, 감정이 드러나지 않는 눈에는
피곤함만이 담겨 있었다. 그러다가 갑자기 서글픔과 체념이 담
긴 표정이 되더니 작게 한 줌 쥐어 유골을 뿌렸다. 그는 그 모습
을 지켜보았다.

지나치게 평온하고 냉랭한 움직임에 그는 의문을 가졌다. 오
랫동안 빈소를 지키는 피로라고 보기에는 지나치게 정돈된 움
직임이었다. 마치 모르는 사람을 대하는 것 같은 차가움이 풍기
는 그녀의 움직임을 본 그는 유골함을 받아 나머지 유골을 빠르
지도, 느리지도 않은 속도로 뿌려낸 다음 그녀의 어깨를 잡고
자신의 품으로 끌어당겨 토닥였다.

충격이 컸다. 이 아이는 더 이상 감당하기 힘든 것이다. 그리
고 이 아이는 외로운 것이다. 몇 년 전의 그처럼 말이다. 그래서
그는 나지막하게 괜찮다고 속삭여 주었다. 적어도 그녀의 곁에

는 누군가가 있다는 사실을 알려주고 싶었다. 그렇게 그녀를 잠시 안아줬던 그는 그녀를 잠시 놓고 그녀의 모습을 바라보았다. 하얗게 질려 있는 데다가 표정도 없다. 하지만 그 하얗게 탈색된 피로한 얼굴과 지나치게 여린 몸에서 그는 보호 본능을 느끼고는 그녀를 토닥였다.

그는 한숨을 쉬며 그녀를 조심해서 집까지 바래다주고 명함을 하나 주었다.

"오늘은 푹 쉬고 내일 이 번호로 연락해요."

그가 어쩔 수 없이 말했다. 사실 지금 그녀는 다른 누구보다도 그가 위험한 상황인 것이다. 이런 갑작스러운 감정은 그를 혼란하게 만들었고, 무엇보다도 방금 아버지의 장례를 치르고 온 회사 간부의 딸에게 가져서는 안 되는 밑도 끝도 없는 욕망이었기 때문이다.

"……죄송합니다."

혼란스러운 머리를 정리하고 있던 그의 귀로 그녀의 정중한 말이 들어왔다. 그가 그녀의 어깨를 잡고—사실은 다시 안고 싶었지만—그녀와 눈을 맞추며 말했다.

"폐라고 생각하지 말아요. 이런 때 혼자라는 것은 말도 안 되는 거니까."

그는 빈 집 안을 둘러보며 한참을 망설였다. 오늘 아버지의 장례를 치른 그녀를 두고 가는 것은 방치나 다름없는 짓이지만 아직 그녀를 품에 안았을 때의 감촉을 되새기며 팔이 욱신거리는 것을 느끼자 그의 생각은 정리되었다.

정말 어쩔 수 없다는 심정으로 그는 그 집을 떠났고 곧바로 아버지의 호출을 받았다.

"예?"

"박 이사가 그 딸을 나에게 맡겼다."

서 회장이 당연하다는 어조로 말했다. 준혁은 이해가 가지 않는다는 표정으로 아버지를 바라보았다.

"원래가 세상에 핏줄 하나 없는 사람이야. 그 사람 성격으로 결혼해서 아내도 있었고, 딸까지 뒀다는 사실이 내 신기했다."

준혁은 속으로 코웃음을 쳤다. 그로서는 박 이사에게 처자식이 있다는 사실보다도 박 이사의 성격을 신기해하는 아버지의 모습이 더 신기했다.

"그래서 말이다, 집으로 데려올까 생각하는데."

이건 의논이 아니었다. 전적인 통보였다. 그리고 이것이 서 회장의 전형적인 스타일이었다. 준혁은 핏기 하나 없이 조용하게 서 있던 작고, 연약한 아이를 떠올렸다.

"데려오는 것보다 차라리 다른 집에 맡기는 것은 어떻습니까?"

그가 조심스럽게 의견을 타진했다. 아버지에게 맞서서 자신의 감정을 보이는 것이 얼마나 위험한지 잘 알고 있었다. 그가 아는 그의 아버지는 주변의 이용할 것은 모두 이용하는 사람이었고, 거기에는 자식 역시 가차없었다. 그의 어머니가 무력하게 희생된 것처럼.

"아니다, 데려오는 것이 낫겠어. 어디서 다 큰 아이를 돌본다는 거냐? 그렇다고 여자 아이 혼자 그 큰집에 사는 것은 정말 위험해."

"다 큰 아이라뇨?"

무심코 그 말이 튀어나왔다. 서 회장이 준혁의 눈을 의아하다는 듯 응시하며 말했다.

"모르고 있었느냐? 내가 알기로 그 앤 벌써 열여덟 살인데."

여, 열여덟?

그렇게까지는 보이지 않았다. 그래서 한없이 여리게 보였던 거고, 말없이 참아내는 그 모습에 묘한 연민이 들었던 것이다. 하지만 열여덟이라도 부모를 잃고 혼자 남기엔 너무 어렸다.

그가 무뚝뚝한 표정으로 입을 뗐다.

"그래서 지금 박 이사님의 딸을 이 집으로 데려오시겠다는 겁니까?"

이건 질문이 아니었다. 어쨌든 아버지가 결정한 이상 실행될 것이다. 이러니저러니 아들들이 아무리 서 회장에게 반감을 가지며 증오하고 있어도, 아직 집안은 서 회장의 손아귀에 있었다.

힘만 가지면, 그래서 저 인간에게 비참함이라는 것이 어떤지 보여줄 수만 있다면.

비쩍 마른 데다 술병을 부여잡고 끝까지 새어머니와 아버지를 증오하는 넋두리를 하며 죽어갔다는 어머니는 서 회장이 사람을 어떻게 어디까지 망칠 수 있는지를 보여준 예였다. 그리고 그는 어머니를 냉혹하게 내치던 아버지를 기억했다.

"미쳤군. 술을 옆에서 떼어놓고는 한시도 지내지 못하면서 애들을 맡겠다고?"

"알아서 할 수 있어요!"

"참 알아서 하겠군. 어쨌든 애들은 못 줘. 그걸로 충분하지 않았던 거야?"

"내 자식이야! 당신이 딴 여자랑 히히덕거릴 때 내가 키운 내 자식이라고!"

완전히 악에 받힌 소리를 지르던 어머니는 결국 비틀거리며 아버지에게 무너졌다. 그런 어머니를 무심한 눈으로 바라보던 아버지의 냉혹한 한마디가 아직도 생생하다. 어머니에게 짐 가방을 던지며 잔인한 말을 내뱉던 아버지의 모습도.

"나가, 제발 나가라고. 더 이상 당신이 내 눈앞에 보이는 것은 내가 못 견디겠어."

그런 부모의 지저분한 싸움을 지켜보던 그에게 나약하고, 무방비 상태인 표정을 지으며 다가온 어머니가 한 한마디 말.

"미안해. 미안하구나."

미안해할 사람이 어머니가 아니라는 것은 그 어린 나이에도 알고 있었다.

그 모습을 뒤에서 하나하나 지켜보며 그는 결심했었다. 언젠가는 어머니가 겪은 만큼 아버지에게 돌려주겠다고. 그것도 그가 했던 것처럼 잔인하고, 계획적으로.

눈앞의 이 사람은 아직 모른다, 자신이 그가 계획한 어머니와의 정략적 결혼과 새어머니와 차렸던 두 집 살림에 대해서 완벽히 파악하고 있다는 사실을. 그리고 다정했던 새어머니와 불쌍한 어머니를 어떻게 농락했는지 알고 있는 자신이 그에게 어떻게 할 것인지를.

한 여자와 결혼했으면서도 다른 여자와의 관계를 계속했다는 것은 그만큼 두 여자 모두를 노리개 취급밖에 하지 않았다는 것이었다. 게다가 아버지라고 이름 부르기도 민망한 이 남자는 태정그룹의 실제적인 재산이 자신의 손에 들어오자마자 자신이 무관심하게 방치해서 이미 폐인이 되어버린 이름뿐인 아내를 내쳐 버리지 않았던가?

절대 용서할 수 없다, 절대로.

"그래."

서 회장의 조용하고 단호한 목소리에 그는 상념에서 벗어났다. 서 회장이 한숨을 쉬었다.

"물론 귀찮겠지만 어쩔 수 없는 거 아니겠니? 네 새엄마만 살아 있었다면 알아서 했을 테지만. 뭐, 그 애도 열여덟 살이나 되었으니 자기 일은 알아서 하겠지. 어쨌든 은혜만 잊지 않게 하면 되는 거니까."

은혜를 잊지 않게 한다고?

아버지의 말 중 한 부분이 그의 귀에 들어왔다.

"뭐 싼값에 팔게 할 수도 있겠고, 살살 달래면 양도해 줄 수도 있겠지. 어쨌든 일단은 내 손아귀에 들이고 볼 일이야."

냉혹하게 말하는 아버지의 모습에서 그는 뭔가를 발견했다.

"아, 내가 말하지 않았던가? 박 이사는 우리 회사 주식의 5%를 가지고 있단다. 그것도 알짜배기만 골고루 1%씩."

준혁의 입가에 냉소가 피어올랐다. 그럼 그렇지. 아버지가 대가 없이 움직일 사람인가? 게다가 5%면 결코 적은 양의 주식이 아니다.

"어쨌든 다른 아이들에게 이야기해야겠구나. 너야 이 집에 살지 않으니 상관없지만, 다른 아이들에게는 주의를 좀 줘야 할 것 같으니까. 그만 가보거라."

결국 문상은 그 아이에게 빚을 하나 더 늘릴 속셈의 것이었군.

준혁이 아버지의 방을 나오면서 속으로 생각했다. 아버지는 박 이사의 장례식이나 하나뿐인 상주인 그 딸의 상태에 대해서는 아무것도 묻지 않았다. 인사치레로도 한마디 할 법하건만, 그는 그저 그 딸을 어떻게 이용할 건지에 대해서만 줄줄이 늘어놨던 것이다.

먼 곳에 놓여 있는 스테인드글라스의 성모상처럼 조용하고 연약하던 박 이사의 딸이 떠오르자 그의 주먹이 저절로 쥐어졌다. 그나 다른 형제들처럼, 아니, 최악의 경우 어머니처럼 이용당한 다음 만신창이가 되어 버려질지도 모른다. 가지고 있던 작은 힘까지 빼앗기고 비참해져서. 그것만은 막아야겠다고 그는 결심했다. 아버지와 함께 살고 있으면 감정을 쉽게 숨길 수 없으니 집에 들어올 순 없겠지만, 시시때때로 찾아와 그녀를 살피고 보호해 주는 것은 할 수 있었다.

그날 저녁, 그는 준우에게 아버지의 통보를 받았다는 연락을 받았다. 준영이가 빈정거리다가 결국 아버지에게 맞아서 볼이 부었다는 이야기도. 빈정거리기 좋아하는 다혈질의 막내는 그렇게 아버지의 일에 깐죽거리다 꼭 어딘가 다치곤 했다.

우연히 그 소녀의 일을 들은 것은 며칠 뒤였다. 중역 전용 엘리베이터를 타고 일층으로 내려가던 그는 막 엘리베이터에 오르는 단정한 차림의 한 여자를 보게 되었다.

"아, 안녕하세요, 실장님."

"예. 그런데 그건?"

그녀는 상자를 잠시 내려다보더니 우울한 표정을 지었다.

"돌아가신 박주호 이사님 유품이에요. 꽤 여러 가지가 나올 거라고 생각했는데, 막상 정리해 보니까 개인 물품은 얼마 없더라고요."

그 말에 그는 우울해졌다. 그리고 박 이사의 딸이 떠올랐다, 그 창백하고 표정없는 얼굴로 말없이 피곤을 참아내던 모습이. 준우의 말에 의하면 며칠 뒤면 성북동 본가로 들어온다고 했다. 그렇다면 지금쯤은 신변을 정리하고 있을 터였다. 분명 낯선 가정으로 들어간다는 것에 불안해하고 있을 것이다. 아버지의 죽음도 꽤 갑작스러운 것이었을 텐데, 갑자기 혼자 남겨져 낯선 환경으로 들어간다는 것은 좀처럼 쉽지 않을 테지.

"지금 댁으로 가는 겁니까?"

"예."

"같이 가지요."

친구와의 점심 약속이 있었지만, 그는 조용히 취소했다.

그렇게 다시 찾게 된 박 이사의 아파트의 벨을 누르자, 그 소녀가 다시 모습을 드러냈다. 생각보다 침착한 모습이었다. 짐을 챙기던 중이었는지 약간은 지저분한 모습이었지만, 그래도 차분하게 사람을 맞는 모습이 인상적이었다.

"이거, 아버님의 개인 물품이에요."

"감사합니다."

"어머, 벌써 시간이……."

박 이사의 전 비서는 시계를 보았다. 그녀가 허둥대고 있는 동안, 그는 조용히 집 안으로 들어갔다. 집 안은 대부분 정리가 끝난 듯 텅 비어 있었다. 그 흔한 가구조차도 얼마 없이 그저 텅 빈 공간만이 보일 뿐이었다. 그리고 그 텅 빈 공간이 어딘가 소녀와 어울렸다. 이곳저곳을 둘러보던 그는 열려 있는 한 방문 너머로 책상이 놓인 것을 보고 그곳으로 들어갔다.

소녀의 방인 듯싶었다. 차분한 색조의 책상과 작은 책장, 옷장 등의 일상 가구가 아직 있는 것을 보고 준혁은 그렇게 짐작했다. 방 주인과 같은 방이었다. 어디까지나 가라앉은 듯한 차분함이 그 방에서 풍겼다. 가구의 문은 닫혀 있고, 책장은 대부분 정리되어 깔끔했다. 잠시 둘러보던 준혁은 책상 위에 반쯤 걸쳐진 책 한 권을 보고 무심코 집어 들었다.

태울 것.

책에는 간결한 글씨체로 그렇게 써 있었다. 문득 호기심이 생긴 그는 책을 펼쳤다. 그러자 책장 사이에서 사진 한 장이 떨어졌다. 사진을 주운 그의 눈이 잠시 크게 떠졌다.

"이건 박 이사님의 사진인데."

사진을 든 채로 책에 시선을 두자 그는 곧 이 책이 덮어야 할 것이라는 것을 알았다. 이것은 소녀의 일기장이었던 것이다.

오늘 학교 앞 노점상에서 꽤 여러 가지 색이 들어간 넥타이를 보았습니다. 중년의 나이에 어울리는 차분한 감색과 따뜻한 황금색이 번갈아 들어가 있는 것이 깔끔하고 좋았습니다.

당신께는 과연 어떤 넥타이가 어울릴까요?

올 여름은 정말 무덥군요.

한참을 밖으로 나갈까 말까 망설이다 그냥 집에서 데생을 하기로 했습니다.

사무실이 시원했으면 좋겠어요.

사생 대회로 근처 산에 다녀왔습니다.

가을까지는 한참 멀었다는 생각을 했었는데, 막 물들기 시작한 단풍의 잎 끝을 보고 나니 이미 가을은 제 곁까지 와 있었다는 생각이 들었습니다.

당신 곁에도 가을은 와 있나요?

그랬으면 좋겠습니다.

준혁은 조용히 밖을 내다보았다. 박 이사의 전 비서는 벌써 갔는지 모습이 보이지 않았고, 소녀만이 혼자 현관 앞에 서 있었다. 갑자기 울컥하는 무언가가 속에서 솟아올랐다. 이렇게까지 어린 소녀는 아버지를 그리워하고 있었던 것이다. 일기에 아버지의 사진을 넣고 간절하게 아버지에게 편지를 쓸 정도로 그런 소녀인 것이다. 단지 피곤해 보이기만 했던 것은, 주변 사람들의 속삭임에 의연했던 것은 그저 연기에 지나지 않았다. 누구보다도 쓸쓸하고, 누구보다도 슬펐던 것이다. 하지만 소녀는 강했다. 혼자 남은 자신을 추스를 정도로 강했다.

한참을 일기장을 내려다보던 준혁은 박 이사의 사진을 든 채 소녀가 서 있는 현관 쪽으로 발걸음을 옮겼다. 그때였다, 그가 소녀의 작은 손이 떨리는 것을 본 것은. 그는 조용히 그녀를 안아줄 생각으로 그녀의 곁으로 다가갔다. 그러다 한 걸음 뒤로 물러났다.

소녀는 울고 있었다. 한 손에는 회사에서 추려낸 아버지의 개인 물품이 든 상자를 들고, 다른 손에는 작은 액자를 든 채로. 그리고 그 액자에는 그녀의 사진이 있었다. 반쯤은 의식적인 미소를 띠고, 나머지 반쯤은 어딘가 굳은 표정을 하고 있는 그녀의 사진이. 분명 그 사진은 박 이사의 회사 개인 물품 속에서 나온 것이리라. 하지만 도대체 어디 있던 것인지 알 수 없었다. 그가 아는 박 이사의 사무실은 온통 서류철로 가득 차 있는 전형적인 바쁜 중역의 사무실이었고, 무척이나 살풍경했던 것으로 기억했기 때문이다.

소녀는 말없이 울고 있었다. 그 작은 손을 부들부들 떨면서 아무에게도 내색하지 않으면서 혼자 울고 있었다. 그리고 그는 손을 내밀 수도, 그렇다고 내밀지 않을 수도 없는 상황에서 그녀를 안고 함께 울고 싶다고 생각했다.

서준혁이 박인희라는 사람에게 빠진 것은, 그 한순간이었다.

그는 인희가 들어온다는 날의 오후 일정 몇 개를 취소했다. 그리고 그녀가 들어온다는 날 그 집으로 찾아갔다.

썰렁한 집 안 공기를 느낀 그는 잠시 몸을 떨었다. 들어온 집에 사람도 없고, 이렇게 썰렁한 분위기를 마주했으니 좋은 감정이 들 리 없을 터였다. 조심스럽게 그는 그녀의 방으로 결정되었다는 방의 문을 노크했다.

방으로 들어갔을 때, 그녀는 여전히 그 무표정한 얼굴을 유지하며 서 있었지만 더 이상 준혁은 속지 않았다. 그녀가 얼마나 자신의 감정을 다스리는 데 능숙한지 이미 봤던 그이다. 분명이 집 안과 썰렁한 방에 대해서 나름대로의 생각을 가지고 있을 테지만, 겉으로 드러내지는 않고 있을 것이다.

그는 우물우물, 그녀의 주의를 끌기 위해 몇 마디의 말을 했지만 누구나 할 법한 대꾸만 들었을 뿐이다. 하지만 또박또박한 말투와 맑은 눈동자에서 그녀의 강한 기질을 다시 엿볼 수 있었다. 조금은 안심하는 심정이 드는 것도 사실이었지만, 곧 막내 동생 준영이 쓸데없는 말을 하자 그녀가 기분 나빠하지 않을까 걱정되어 동생을 곧바로 끌고 나와 인상을 있는 대로 찡그리며 말했다. 준영의 얼굴에 반항기가 서렸다.

"이거 놓고 이야기해."

"그러지."

그녀의 방에서 꽤 떨어진 곳까지 가자 준혁은 준영의 팔을 놓았다. 준영이 팔을 주무르며 엄살을 부렸다.

"아파 죽겠네. 이게 무슨 짓이야? 사실을 이야기해 주고 그 애에게 대비 좀 시키려고 하는데."

"그런 말을 해도 잘 믿지 않겠지만, 들어온 날 바로 짐 싸서 나가게 할 셈이냐? 저 애는 갈 데도 없는데."

"뭐, 그거야 쟤 사정이지. 그건 그렇고 형이 이 시간에, 그것도 집으로 달려오다니 무슨 일이야?"

동생이 의심스럽다는 눈초리로 자신을 살피는 것을 느낀 준혁은 준영의 눈을 똑바로 노려보며 몇 마디 던졌다.

"어쨌든 하나밖에 없는 아버지를 잃은 지 얼마 되지 않았어. 조심해서 행동해라."

"이런. 형, 내가 섬세한 사람이라는 것을 잊었어?"

"믿기지 않으니까."

동생을 한번 노려봐 준 그는 아버지의 집을 나섰다. 그녀를 만나고 무사해 보이는 것을 확인했으니 더 이상 이곳에 남아 있을 필요가 없었기 때문이다. 하지만 그녀를 이 집에, 한창 때의 동생들과 교활한 아버지가 있는 곳에 남겨두고 가고 싶지 않아 집을 나서는 것을 몇 번이고 망설여야 했다.

그 뒤로 그는 발걸음을 하지 않던 아버지의 집에 수시로 들렀다. 그것은 단지 그녀를 보기 위해서였다. 점차 조금씩 웃기도 하고, 자신의 감정을 표현하기도 하는 모습에서 그녀가 장례식에서 보였던 그 피곤함만이 묻어 있던 묘한 무심한 표정은 떠올리기 힘들었다.

*

그 기묘한 무심한 표정이 그와 재회하자마자 그녀에게 돌아왔다는 것은 정말 아이러니한 일이었다. 처음 그가 그녀에게 반한 것은 어느 정도 그 무심함이 작용했던 것이지만, 자신 때문에 그 무심함이 살아났다는 것은 반갑지 않은 신호였다. 게다가 오늘 그가 무작정 찾아가 이루어진 두 번째 만남에서는 아예 증오와 반감이 묘하게 섞인 상처 입은 표정을 짓지 않았던가?

그녀의 그런 표정은 처음 보는 것이기에, 게다가 그의 기억으로는 상당히 정적인데다 격한 감정을 내보인 적이 없는 아내이기에 그의 속은 상했다. 물론 그런 식으로 기습적으로 키스한 것은 문제가 있었다. 사실 그도 그럴 생각은 없었지만 자신의 마음을 몰라주는 그녀에게 울컥한 데다가 처음이자 마지막으로 한 식탁에 마주 앉아 있었던 그 기억을 떠올리자 그때의 흥분이 그대로 되살아났기 때문이기도 했다.

정말 멍청했다. 때가 어느 때라고. 아무리 그 뒤로도 계속 그녀의 차갑고 섬세한 손과 손목의 감촉이 그를 계속 괴롭혔다 해도 그래서는 안 되는 거였다.

"형."

"나가주겠니?"

아직은 바보 짓을 한 후의 바보 같은 모습을 동생에게 보여줄 여유가 없었다. 그리고 어떻게 하면 조금이라도 그녀에게 상처를 덜 주면서 접근할 수 있을지에 대한 망상을 동생 앞에서 하는 것도.

준우가 그의 팔에 손을 얹으려다 쓴웃음을 지으며 손을 내렸다.

"내가 말한 거, 잘 생각해 봐."

동생이 조용히 술잔과 술을 챙겨서 서재를 나가는 것도 눈치 채지 못한 채, 준혁은 자신의 책상 맨 밑의 잠금 서랍을 열고 그 안에 있는 물건들을 꺼냈다.

"언젠가는 줄 수 있을 거라고 생각했는데……."

그녀의 열여덟 번째 생일을 위해서 사뒀던 고급 미술용품 가방, 그리고 열아홉 번째 생일 선물로 샀던 드레스덴 도자기 인형 세트. 졸업 선물로 샀던 로켓이 달린 금 체인 목걸이와 스무 번째 생일 선물로 샀던 유리로 만든 스무 송이의 장미 꽃다발. 마지막으로 결혼 반지와 약혼 반지.

청혼을 받아들일 때의 그 눈빛이 너무나 마음에 걸려 그는 구청에 혼인 신고서를 작성하고 나서 그 반지를 샀다. 그리고 그 반지들을 사면서도 제대로 결혼 신청도 할 수 없었던 상황이 너무 속이 쓰렸다.

그래도 그 반지를 사면서 상상했었다. 그리고 그녀를 멀리했던 이름뿐인 결혼 생활 중에도 계속 상상했었다. 언젠가는 반지를 끼워주며 모든 것을 제대로 해서 그녀가 웃는 모습을 보고 싶다고.

하지만 그는 실패했다. 아내의 상처는 너무 깊었고, 결국 모든 것을 다시 시작할 수 있었을 때 그의 곁을 떠나지 않았는가?

후회가 되었다. 모든 것이 후회가 되었다. 이럴 줄 알았다면 진작에 혜수 말처럼 그녀의 마음이라도 확인해 둘 것을 그랬다. 그녀가 정말 나를 사랑하고 있다는, 아니, 최소한 사랑하고 있다는 것만이라도 알고 있다면 분명 마음이 좀 더 편할 텐데.

*

성북동 부엌에서의 그 짜릿하지만 부끄러웠던 인희와의 사건 이후, 그는 의식적으로 인희를 피했다. 아직 그녀와 친근한 관계조차도 맺지 못하고 있는데, 그런 식으로 행동해서 혹시 겁이라도 주었다면 분명 그녀는 앞으로 그를 피할 것이었다. 그리고 그런 식으로 그녀가 자신을 피하는 것은 보고 싶지 않았다. 왜 그리 자신이 성급했는지 이해가 가지 않았다.

"이런 바보 같은!"

그는 그녀의 얼굴을 보고 태연히 반응할 자신이 없어 한동안 성북동을 찾아가는 일을 그만두었다. 하지만 그녀의 생각을 하며 멍하니 있을 때가 많아졌다.

"뭘 그렇게 생각해요? 짝사랑이라도 하는 거예요?"

"아, 혜수야."

"어머, 정말 얼굴이 빨개졌네? 누구예요, 상대는? 예뻐요?"

대놓고 놀려대는 혜수 때문에 그는 정말로 얼굴이 새빨개졌다.

"서류나 내놔."

"정말 제멋대로라니까. 자, 오빠 주식."

그는 혜수가 가져온 주식의 양을 살폈다. 그녀가 가져온 주식은 주주 총회에 주주로 참석할 수 있는 정도의 양이었다. 사실 그 정도가 조금 넘긴 했다.

"조심하기 위해서 제 미국 친구들도 동원했어요."

"미안하다."

"뭐, 상관없어요. 자, 이제 말해 봐요. 도대체 상대는 누구예요? 그리고 왜 그렇게 안절부절못하는 건데요?"

그날 그는 체념하고 혜수에게 속을 털어놓았다. 사실은 누군가가 들어줬으면 하는 마음도 조금은 있었다. 이제 그녀를 기다리며 거리를 두는 일에도 슬슬 지쳐 가고 있었기 때문이다.

"변.태."

"안다고."

"오빠 분명히 로리콤(로리타 콤플렉스의 준말. 나이 어린 여자에게 성욕을 느끼는 정신적 현상)인 거야. 그렇지 않고서야 어떻게 열아홉 살짜리를 건드릴 생각을 했어요?"

"그러니까 클 때까지 기다리려는 거야!"

그가 인내심을 잃고 소리를 버럭 지르며 말했다. 혜수가 그의 흥분한 모습을 보고 키득거리며 웃었다.

"큭큭. 아, 오빠, 진짜 고전적이다. 그렇게 좋아요?"

"응. 뭐랄까. 안아주고, 가둬두고 다시는 놓아주고 싶지 않은 느낌이랄까. 나만의 사람이었으면 좋겠어."

"정도가 심각하네. 나보다 더하잖아요. 그래도 어쨌든 오빠는 잘만 하면 어떻게 되겠네."

"어떻게 되긴 뭐가?"

"뭐, 여자는 남자가 자기를 건드리는 것이 싫으면 손대자마자 떨쳐 내기 바쁘다구요. 어쨌든 오빠에게 조금은 마음 있는 거 아니에요?"

"정말 그럴지는 모르는 거 아니냐."

"큭큭. 두고 보기나 해요. 참, 이거 오빠 명의로 돌려줘요?"

"아니, 일단 가지고 있어. 요즘 아버지가 심상치 않아. 준우가 사 모으던 주식이 발각되었거든."

"그 사람도 오빠 대신 주식을 사 모으고 있었어요?"

"응. 그 녀석은 물려받은 것도 하나 없으니까. 그냥 관심있는 것처럼 해서 몇 주 사 가지고 있도록 했는데 회장이 눈치를 채 버린 것 같아."

"흐음, 그 사람은 어때요?"

"여전해. 그리고 여름에는 군대에 갈 것 같더군."

혜수의 눈이 가라앉았다. 혜수가 준우에게 가지는 감정이 깊다는 것은 준우를 제외한 그들 형제 모두가 알고 있었다.

"잘 있다니 다행이에요."

그녀는 그냥 그렇게만 말했다. 준혁이 작은 목소리로 물었다.

"한번 집에 오지 그러냐?"

"그 사람이 없는데, 오빠 아버지랑 서로 불편하게 앉아 있으라고요? 아니면 그 사람 있는 자리에서 단박에 증오하는 눈초리나 받고 있으라고요?"

그리고 혜수가 준우에게 가지는 감정이 깊은 만큼 준우가 혜수에게 가지는 증오심도 뿌리깊었다. 그래서 혜수는 준혁을 통해서 계속 준우의 소식을 들으며 마음을 달래고 있었고, 준혁은 그 대신 혜수를 중개인으로 해서 계속 태정그룹의 주식을 모으고 있었다. 혜수가 지나치게 밝은 목소리로 말을 꺼냈다.

"그럼 그만 가볼게요. 나중에 그 아가씨 이야기 더해줘요. 오빠가 좋아서 어쩔 줄 모르겠다니 진짜 어떤 사람인지 궁금하네요."

혜수가 자리를 뜨자 그도 자리에서 일어섰다. 어쩌면 혜수의 말이 맞을지도 몰랐다. 이즘에서 성북동에 가서 그녀를 만나고 그녀의 감정을 확인해 보는 것도 좋을지도.

✻

그때 모든 것을 확인했더라면, 아마 지금 이렇게 헤매는 일은 없었을지도 모른다. 그때 그녀에게 가서 그녀의 감정을 확인하고, 그녀가 그를 원한다는 것을 알고 있었더라면 그녀에게 자신의 마음을 전하는 데 거리낌이 없었을 테니까. 하지만 그는 그러지 못했고, 그런 식으로 그녀와의 사이를 방치해 두는 사이에 일은 그가 생각했던 방향과는 전혀 다른 방향으로 전개되고 있었다.

"젠장. 망할 노친네."

준혁이 죽은 지 삼 년이나 지난 그의 아버지를 향해 욕설을 퍼부었다. 살아생전 두 여자에게 상처를 주고 아들들의 공공의 적이 될 만큼 교활하고, 이기적이었던 남자는 죽어가면서까지 이기적이었다. 그리고 그 때문에 그는 인희를 삼 년이나 떠나보내야 했다.

묵묵히 이 년을 참았다. 그땐 그녀가 미성년자였고, 아직 세상을 몰랐기 때문에. 하지만 그 이후 그가 참고 견딘 오 년은 순전히 죽은 그의 아버지 탓이었다.

"망할 늙은이!"

준혁이 계속 욕설을 퍼부었다. 눈앞에 무심한 표정을 짓던 인희의 모습과 증오와 반감이 뒤섞인 채 상처받은 얼굴을 하고 있는 인희의 모습이 계속 어른거렸다. 다시 그런 모습을 보고 싶지 않았다. 특히 그 때문에 그런 표정을 짓는 것은 보고 싶지 않았다. 하지만 어떻게 해야 그런 표정을 짓게 하지 않을 수 있는지 알 수 없었다. 그저 그런 감정없고, 상처받은 표정을 짓거나 말거나 어떻게든 그의 곁에 데려와서 토닥여 주고 싶다는 강한 욕망만이 있을 뿐이다.

　그동안은 그에게 지독스럽게도 긴 시간이었다. 전국 곳곳을 뒤지며 그녀의 흔적을 잡기 위해 흥신소 사람을 몇 십 명이나 고용했었다. 아버지가 말년에 엉망으로 만든 태정그룹을 살리기 위해 혼신을 다해야 했지만, 그는 하루에도 몇 시간씩 흥신소와의 연락 시간을 잡아놓고 연락을 하면서 인희의 흔적을 잡아내기 위해 눈에 불을 켰다. 그러나 그녀에 대한 그 어떤 소식도 들을 수 없었던 그 시간들은 정말 그에게는 산 지옥이었다.

　별거 통보를 계기로 그녀의 거주지를 알기 위해 동창의 동생인, 정말 지독히도 밥맛없는 아내의 변호사도 찾아갔었다. 하지만 그 거드름 피우는 변호사는 시간만 잔뜩 끈 채 아무것도 가르쳐 주지 않았다. 멱살을 잡고 흔들며 위협했지만 그 변호사는 그저 입가에 비웃음만 잔뜩 띤 채 이렇게 말했었다.

　"이러시다 한 대 치시면 상해죄에 해당하십니다. 그렇게 되면 곤란한 것은 제 쪽이 아니라 당신 쪽 아니겠습니까? 게다가 때린 이유로 '집 나간 아내의 거취를 묻기 위해서'라고 말한다면 재판장의 웃음거리가 되겠죠."

　그 비꼬기 잘하는 얄미운 녀석이 친한 친구의 친동생만 아니었다면, 그리고 그 녀석이 지껄인 말들이 속 뒤집어지도록 맞는 말만 아니었다면 그는 그대로 그 녀석을 한 대 쳤을 것이다. 하지만 그 녀석의 말은 빌어먹도록 논리정연했고, 결국 그는 그 녀석의 멱살을 놓고 씁쓸한 기분으로 하루 종일 멍해 있어야 했다.

겨우 일에 어느 정도 시간을 할애할 수 있을 만큼 정신이 든 것은 요즘 들어서였다. 준우가 중요한 것을 지적했던 것이다.

"기한이 다 되어가잖아. 어쨌든 한 번은 형수랑 마주칠 텐데 뭐."

그랬다. 아버지의 유언에 명시되었던 기간이 끝나가고 있었다. 어쨌든 한 번쯤은 두 사람이 얼굴을 마주하게 될 것이다. 그 생각에 힘을 얻은 그는 조금씩 자신을 되찾기 시작했다. 그리고 후지무라 공업과의 중요한 계약을 눈앞에 두게 된 것이다.

지금까지는 모든 것이 순조롭게 돌아가고 있었다. 사업은 순조롭게 돌아갔고, 아내도 한국으로 돌아와 주었다. 준혁은 아내와의 일도 이렇게 순조롭게 돌아가기만을 바랐다. 그렇게 되지 않는다면 그의 가슴은 무너질 것이다. 그리고 두 번이나 무너졌던 가슴은 세 번째에서는 무너질 뿐 아니라 다시 이어 붙일 수도 없을 것이다.

제5장

모
양
을
내
다

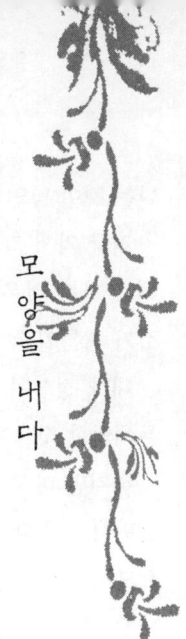

모
양
을
내
다

저 사람은 왜 날 찾아온 걸까? 이 년 동안 나에게 한 짓으로 충분하지 않았을까?

그를 사랑했다. 적어도 그에 대한 사랑을 접었던 삼 년 전 어느 날까지 그에 대한 마음은 진심이었다. 그래서 그에게 그녀는 몹쓸 짓을 했었다.

"그때의 그 여자는 어쩌면 그가 사랑했던 여자일지도 몰라."

기억하기 싫은 어떤 장면을 잠시 떠올리며 인희가 몸서리를 쳤다. 그때 본 그 여자는 여자인 그녀가 봐도 아름다운 여자였다.

"그런 여자가 있는데 어린아이가 이 년이나 잡아뒀으니 화가 나는 것이 당연하겠지."

　지금 와서 그의 사랑을 접었다고 생각한 뒤에야 모든 것이 이해가 가는 것은 아마도 그에 대한 미칠 것 같았던 감정이 없어졌기 때문일 것이다.

　내가 정신이 나갔었어. 내 기분, 내 감정만 중요해서 그에게 무책임한 짓을 해버렸으니.

　하지만 다시 그때 그 장소로 돌아간다 해도 그녀는 모든 것을 알면서도 똑같은 행동을 할 것만 같았다. 그때는 그렇게 절실했으므로.

　오 년 전, 뜻밖의 사건이 터진 이후 서 회장의 제안은 모든 것을 바꾸어놓았다. 그리고 그녀의 계산적인 대답도.

✳

　"……예?"

　"난 널 진심으로 딸같이 생각하고 있단다. 하지만 이런 일이 생기고 보니 아무래도 네가 이 집에서 나가주었으면 하는 생각이 드는구나."

　서중오 회장은 놀란 얼굴로 자신을 바라보는 인희에게 시선을 주었다. 작고 갸름한 얼굴, 그리고 그 얼굴에서 유난히 도드라지는 순진한 눈은 커다랗게 뜨여 있었다.

　"하, 하지만……."

인희는 입술을 깨물었다. 서 회장은 그녀의 후견인이었으며 돌아가신 친아버지보다도 그녀를 아끼고 사랑해 주셨다. 자신의 존재조차 알지 못했던 아버지와는 달리, 서 회장은 그녀의 그림에 따뜻한 관심을 쏟아주며 미대 입시를 치르게 도와주기까지 하신 분이었다. 그런 서 회장에게 인희는 이미 육친의 정을 느끼고 있었다.

"안다. 나도 너와 떨어져 지내고 싶지는 않구나. 하지만 벌써……."

서 회장은 자신이 들고 있는 종이를 내밀며 이를 갈았다.

"벌써 뒤에서 이러쿵저러쿵하고 있으니 말하는 게 아니겠니?"

그건 신문 기사 초안이었다. 그리고 그 기사는 마치 인희와 서 회장이 살림이라도 차린 사람들인 양 묘사하고 있었다. 정말 구역질나는 기사였다.

"맙소사……."

"다행히도 내가 일찍 발견하고 샀으니 망정이지."

서 회장은 혀를 찼다. 그러면서도 그 기사를 보고 놀라 경미한 심장 마비를 일으켰으며, 의사가 다녀갔다는 말은 하지 않았다.

"나는 이미 늙었다. 나 자신은 어떤 소리를 들어도 상관없지만, 너는 아직 젊지 않니?"

이제 스무 살. 친딸처럼 느껴지는 저 아이는 스무 살인 것이다. 스무 살 여자가 육십이 넘은 남자와 함께 산다는 것이 이 추잡한 사람들을 자극한 것 같았다.

작년까지만 해도 막내가 집에 있었다. 그나마 얌전히 '집에서' 학교를 다닌다는 것에 대해서 내심 안도를 하고 있었는데, 그런 그 애가 집을 나가 버렸다. 그래도 문제는 없으리라 생각했다. 벌써 삼 년째 한집에 살고 있는 아이였으니까. 그런데 이런 식으로 문제가 터질 줄이야.

젊고, 앞길이 창창한 인희에게 평생 붙을 오명을 주고 싶지는 않았다. 이 아이가 있어서 그는 마지막 남은 생을 즐겁게 보내고 있었지만…… 그것도 이제 끝인 것 같았다.

"하지만 회장님……."

"학교 근처에 아파트를 얻어주마. 어떠냐? 그리고 화실도 하나 만들어주마. 영 헤어진다는 것이 아니다. 이런 추잡스런 말이 나오지 않게 확실하게 막아야 한다는 거지."

"하지만 몸도 안 좋으시잖아요."

인희가 입술을 깨물며 말했다. 겉보기에는 정정해 보이고 그 꼬장한 성격으로 넷이나 있는 아들과 만날 때마다 부딪치며 성격을 돋우지만, 실은 심장이 무척이나 약해져 있다는 것을 알고 있는 인희였다. 만일 자신이 나가 있는 동안 무슨 일이라도 생기면 분명 혼자 쓸쓸히 죽어갈 것이라는 것을 잘 알고 있었다. 그리고 그런 일은 상상도 하기 싫었다.

"난 걱정 말아라. 여차하면 우리 집 바보 녀석들 중 한 녀석의 귀라도 잡아끌고 들어와서 같이 살면 되지 않느냐?"

말을 하던 서 회장은 갑자기 좋은 생각이 떠올랐다. 왜 지금
껏 이 생각을 하지 못했는지 의아할 정도였다. 자신에게는 아들
이 넷이나 있었다. 물론 서로 자주 부딪치는 편이었지만, 그래
서 다들 나가서 살고 있을 정도지만 말이다. 어차피 누구 하나
를 데리고 들어와야 한다면 인희와 함께라면 좋지 않을까?

아들들 중 하나와 인희가 결혼한다면 그야말로 안성맞춤일
것이다. 그렇게 된다면 그는 계속해서 인희의 저 싱그럽고, 귀
여운 얼굴을 보며 남은 여생을 흐뭇하게 살 수 있을 것이다. 게
다가 잘하면 죽기 전에 귀여운 손주 하나도 안아볼 수 있을 것
이고.

"인희야."

"네?"

"너, 오빠들을 어떻게 생각하고 있느냐?"

"예?"

오빠들…… 아마도 서 회장의 아들들을 말하는 것일 것이다.
자주 보기는 힘든 사람들이었지만, 인희는 그들이 나쁘지 않게
생각되었다. 장난스러운 준영, 다정한 준휘와 무뚝뚝하지만 보
호 본능이 강한 준우.

"좋은 오빠들이에요. 전 이런 오빠들을 정말로 갖고 싶었어
요."

단 한 사람만 빼놓고. 서준혁, 그는 절대 오빠로 생각되지 않

았다.

"그냥 오빠일 뿐이라고?"

서 회장은 안타까운 표정을 지었다. 누구에게든 마음이 있다고 한마디만 해주면 그냥…….

"다들 좋은 사람들이지만……."

그날 그녀는 그 말을 하지 말았어야 했다. 그런 표정을 하지 말았어야 했다. 깊은 사랑을 하고 있다는 생각에, 그도 그녀를 받아주고 있다는 생각에, 아무런 생각 없이 내뱉은 한마디로 그녀와 그의 비극은 시작된 셈이었다.

"특히 준혁 오빠가 너무너무 좋아요."

그때 묘하게 빛나던 서 회장의 눈빛의 의미를 그녀는 어렴풋이 읽고 있었다. 하지만 그가 무뚝뚝하게나마 청혼을 할 줄은 생각하지 못하고 있었다.

생각하고 있지 않았다고 해도 그 청혼을 승낙한 것은 너였어. 박인희, 알고 있지?

마음 한구석에서 빈정거리는 소리가 들려왔다.

그의 마음은 짐작하고 있었잖아. 널 사랑하지 않는다는 것을 알고 있었잖아.

물론 알고 있었다. 하지만 당시에는 순진해서 그녀가 정성을 쏟으면 뭔가 변할 거라는 생각을 어렴풋이 하고 있었다. 나중에는 착각이란 것이 밝혀졌지만.

딱 이 주 만에 준혁이 그녀에게 청혼을 했다. 정말 상상도 못 했던 일이었고, 그랬기에 청혼을 하는 그의 얼굴이 딱딱하게 굳어 있었다는 것도, 청혼이 놀라울 정도로 간단하고 무뚝뚝하다는 것도 의식 못했다.

"우리 결혼할까?"

"네?"

갑자기 찾아와 그렇게 불쑥 이야기하다니, 그것은 평소 준혁의 스타일이 아니었다. 그녀가 놀란 눈으로 그녀를 바라보고 있는 동안 준혁이 무뚝뚝하게 내뱉었다.

"아버지 건강이 별로 좋지 않아. 알고 있지?"

"예."

"그래서 결혼을 좀 서두르기로 했어."

그게 왜 나냐는 말도 나오지 않았다. 그저 그가 가장 급할 때 결혼할 수 있는 사람으로 그녀가 떠올랐다는 사실이 기뻤을 뿐이다. 그가 어떤 심정으로 청혼했는지 그녀는 생각하지 않았다. 단지 그의 옆 자리에 서게 된다는, 그것도 가장 합법적이고 정당한 방법으로 서게 된다는 것이 기뻐 얼른 고개를 끄덕였을 뿐이다.

"그럼 날을 잡도록 하자. 아버지 상태가 일주일 전부터 급격히 나빠지셨으니 화려한 결혼식은 무리고, 그냥 구청에 갈까?"

"그건……."

확실히 지금 상황에서 화려하고 성대한 결혼식을 하는 것은 무리였다. 서 회장이 일주일 전쯤 갑자기 급격히 상태가 좋지 않아졌던 것이다. 이 개월 전부터 암 선고를 받았던 서 회장은 혈압과 기타 다른 문제 때문에 항암 치료를 미루고 있었는데, 갑작스러운 혼절로 병원에 입원했더니, 암 세포가 이미 많이 퍼져서 더 이상 항암 치료를 미룰 수 없다는 선고를 받은 터였다.

아들들이 대부분 아버지를 멀리하고 있는 데다가 다들 바쁜 처지라, 서 회장이 병원에 입원해 있는 동안 그를 돌봐줄 사람이 필요했다. 물론 간병인을 쓸 수도 있겠지만 그래도 낯익은 사람이 있는 것이 나으리라.

"그래요, 전 상관없어요."

"그래, 그럼 그렇게 하자."

간단하게 말을 마친 준혁은 그 다음날로 혼인 신고서를 내밀었다. 그가 내민 혼인 신고서에 기입할 부분을 모두 기입한 그녀는 서명란에 도장을 찍었다. 그녀가 도장을 찍자마자 준혁이 체념하는 태도로 재빨리 자신이 찍을 곳에 자신의 도장을 찍고는 봉투에 봉해 일어서며 말했다.

"내일 짐이 좀 들어올 거야. 난 서재 옆에 있는 작은 침실을 쓸 생각이야."

"네?"

뭔가 이상하다는 생각이 처음 든 것은 그때였다. 상황이 다급했으니 식과 신혼여행을 생략한 것은 이해했다. 그리고 청혼이 너무 급박했던 것도 이해했다. 하지만 각 방이라니?

"네가 학교를 졸업할 때까지는 건드리지 않아. 그리고 넌 아직 스무 살도 되지 않았잖아."

구구절절 옳은 말이었다. 하지만 그래도 부부는 같은 방을 쓰는 것이 당연하지 않던가? 자신의 기대가 부서지자 좀 서운하긴 했지만, 그래도 지금은 어쩔 수 없다고 자신을 달랬다. 그렇지만 실망한 것은 사실이었다. 아무리 이것이 기대하지 못했던 그녀의 꿈의 실현이라고 해도 이건 너무 말도 안 될 정도로 무미건조했다. 꽃이나 반지를 내미는 것까지 기대한 것은 아니었다. 하지만 적어도 청혼하는데 달콤한 말은 몇 마디 있어야 할 것 아닌가?

가슴 한끝이 아릿했다. 사랑하고 있다. 물론 그는 그녀의 감정을 알지 못하고 있지만, 적어도 청혼하는데 '당신을 사랑하고 원해'라는 말 정도는 해주면 좋지 않은가? 그리고 보통 결혼이라는 것은 그런 이유로 하게 되는 것 아니던가?

하마터면 그녀는 그렇게 이야기할 뻔했다. 하지만 억지로 자신을 달랠 수밖에 없었다. 어차피 지금까지 살아온 동안 그녀 마음대로 된 일은 거의 없었다. 그런데 80% 정도 마음에 드는, 무척이나 드문 상황에 이른 지금에는 그 80%라도 잡아야 하지 않겠는가?

여기서 말을 잘못했다가는 청혼을 물릴지도 모른다는 공포감이 그녀를 감싸자, 그녀는 하고 싶은 이야기를 그저 접어둘 수밖에 없었다.

"알았어요. 치워둘게요."

그녀의 대답이 떨어지자 그는 서류 봉투를 들고 일어섰다. 그리고 구청에 서류가 등록되었던 그날 박인희는 서준혁의 부인이 되었고, 그때부터 그녀는 자신의 어리석은 대답의 대가를 치르기 시작했다.

인희가 바보 같은 회상을 하며 피식 웃었다.

"생각해 보면 난 바보였어."

자조적으로 비웃으며 인희는 자리에 앉아 마른 빵을 꾸역꾸역 먹기 시작했다.

"가만 생각해 보면 그 사람이 스무 살 어린애와 결혼한 것은 사랑이 아닌 다른 이유였을 텐데 말이야. 게다가 정성을 들이면, 그 사람의 옆에서 그 사람에게 잘하면 그 사람의 마음이 바뀔 거라는 생각도 다 하고."

서 회장의 속을 읽으면서도 아무 말도 하지 않았던 영악함과 계산 속이 거기까지는 통하지 않은 모양이다. 그리고 그렇게 고집을 부린 대가는 이거였다.

준영에게 말한 것처럼, 처음 결혼했을 때는 잘 먹고 잘살 줄 그렇게 생각했었다. 하지만 그것은 정말 바보 같은 꿈이었다. 순진해서 당했다고 생각하기엔 그녀의 선택은 너무 계산적이었다. 그리고 그녀는 그 대가를 아주 톡톡히 치르고 있었다. 게다가 아직까지 남아 있는 무언가는 그녀도 무엇인지 알 수 없는 그런 것이었다.

아직도 그의 얼굴을 보면서 증오 이외의 감정을 느끼다니. 갑자기 찾아와 밥을 달라 하는 그는 뻔뻔하기까지 했다. 하지만 그녀는 잠깐 그에게 저녁을 챙겨줄까 하는 생각을 했었다.

저녁밥.

웃기는구나, 박인희. 이 년이 넘도록 너의 음식을 거부한 그야. 그런데 지금 와서 네가 한 음식을 먹을 거라고 생각하니?

일부러 한 소리라는 것을 그녀 자신이 누구보다도 잘 알고 있다. 정말 빈말이라는 것을…….

"줘버릴까?"

인희가 조그맣게 중얼거렸다. 소위 남편이라는 사람이 갑자기 그녀에게 접근하는 이유를 모르지 않는다.

시아버지가 그녀에게 남겨준 주식 30%, 그리고 이제 기억조차 나지 않는 그녀의 돌아가신 아버지에게 상속받은 주식 5%. 그녀는 그가 회장으로 있는 태정그룹 최고의 주식 보유자였다. 그녀가 가진 주식으로 그를 압박해 회장 자리를 넘겨받을 수 있는 정도의 주식이었다.

하지만 그녀에게 그 주식은 아무 소용 없는 것이었다. 한때는 그녀가 원했던 남편 때문에 필요했을지도 모르지만, 지금 와서는 아무 소용 없는 일이다.

"웃기잖아."

정말 웃기는 일이었다. 그녀는 아버지의 유산에는 아무 관심

없었다. 그래서 아버지가 뭘 얼마나 물려줬는지, 그리고 그것이 그녀에게 어떤 영향을 끼치는지 아무 관심 없었다. 그런데 그 아버지의 유산이 그녀의 인생을, 결혼 생활과 그녀의 마지막 꿈까지 망쳐 놓다니.

그녀는 멍하니 자신이 유산과 주식에 관한 진실을 알았을 때를 떠올렸다.

확실히 그녀와 그가 결혼한 것은 사실이었다. 하지만 시아버지는 병원에 입원했고, 남편은 시아버지의 갑작스러운 병세 악화 이후 집에 단 한시도 붙어 있을 수 없을 정도로 바빴다. 때문에 그녀는 혼자 남겨지고 말았다.

"학교는 계속 다니는 것이 좋겠다."

항암 치료로 몸이 상한 서 회장이 초췌한 모습으로 그녀에게 말했을 때, 그녀는 서 회장의 링거 병 위치를 바로잡고 있다가 그녀가 눈을 크게 떴다.

"하지만……."

"나는 괜찮다. 그리고 쓸 만한 간병인도 많단다."

"하지만……."

"뭐든 배워두는 편이 좋단다. 많이 배우면 기회도 많이 찾아오게 되지. 네가 세상을 볼 수 있는 기회를 놓치는 것은 내가 바라는 것이 아니다."

"하지만……."

"어허."

서 회장이 잔기침을 해대며 그녀를 쏘아보았다.

"내 말대로 하거라. 네가 학교를 계속 다닌다고 해서 나에게 소홀할 녀석은 아니잖느냐. 난 네가 그냥 병원에 와주는 것만 해도 만족스러우니. 그건 그렇고."

이 시점에서 서 회장은 솜씨 좋게 헛기침을 했다.

"준휘가 그러더구나, 너와 준혁이가 결혼했다고."

"예."

인희가 발그레한 얼굴로 대꾸했다. 서 회장이 흐뭇하게 웃었다.

"잘해주긴 하니?"

"지금 좀 바쁜 것 같아요."

그녀가 웃으며 대답했다.

"바빠?"

"회장님이 쓰러지시고 난 다음부터 회사 일이 준혁 씨 손에 많이 떨어진 것 같아요."

그거야 그렇겠지. 능력도 있는 데다가 후계자 수업을 착실히 시켰는데 어련하겠나.

"뭐, 그렇겠지만 어떠냐? 잘해주냐?"

사실 일주일에 몇 번 얼굴을 보기 힘든 남자가 잘해주냐, 안 잘해주느냐를 묻는 데 대한 대답은 쉽지 않았지만, 그래도 인희는 미소를 지었다.

"항상 그렇죠."

"암, 당연히 잘해줘야지."

서 회장의 기묘한 미소가 무엇을 의미하는지 그때만 하더라도 잘 알지는 못했다. 하지만 그녀와 큰아들의 결혼을 기뻐해 주는 서 회장의 모습에서는 가식을 찾아볼 수 없었고, 인희는 그 사실이 기뻐서 미소의 의미를 깊이 생각하려 하지 않았다.

유 교수를 만난 것은 그 무렵의 일이었다. 학문적인 것을 가르치기보다는 실질적인 부분에 가치를 두고 있는 유 교수는 그녀의 데생과 크로키에 큰 관심을 나타냈다.

"인희는 다 좋은데 전체적으로 그림에 생동감이 모자라. 뭐랄까, 움직이지만 굳어 있는 것 같다랄까? 언제까지 꿈꿀 건데?"

인희는 정체되어 있는 자신의 그림을 바라보고 유 교수를 바라보았다. 유 교수가 그녀의 그림의 한 부분을 가리켰다.

"색깔도 깔끔하고 느낌도 잘 살아 있는 것 같아. 그렇지만 뭐랄까, 상상외로 정체되어 있어. 그래도 인희는 느낌을 상당히 잘 전달하니까. 기법도 좋고."

"감사합니다."

"그림 공부를 더하고 싶다면 언제든지 와도 좋아. 내 방에는 관련 자료들이 꽤 되니까."

유 교수는 그녀를 격려해 주었고 때문에 학교에 있는 시간은 즐거웠다. 그리고 하루에 한 번씩 찾아가는 서 회장의 면회도 괜찮았다. 적어도 두 사람은 자신 때문에 즐거워했기 때문이다.

하지만 집에 있는 시간은 괴로웠다. 화실에서 그림에 열중해 보기도 하고, 준혁의 방을 정리해 보기도 하고, 요리책을 보고 요리를 연구해 보기도 했지만 집에서의 시간은 더디게 흘러갈 뿐이었다. 그리고 그 이유를 그녀는 잘 알았다.

결혼한 지 두 달째, 남편은 단 한 번도 집에 들어오지 않았다. 방은 항상 깔끔하게 치워진 채 주인을 기다렸고, 그 빈방만큼이나 인희도 남편을 애타게 기다렸다.

"형이 좋아하는 거요?"

준휘가 책을 덮고 물었다. 아버지의 항암 치료 선고 이후 준휘는 마지못해 보이는 것이 분명한 표정을 하고 집으로 다시 들어왔다.

"예, 준혁 씨가 좋아하는 거요. 그리고 싫어하는 것도."

"음, 일단 좋아하는 거라고 하면 일, 수제 양복, 담백한 음식, 전과 생선을 좋아해요. 어, 차이코프스키도 자주 듣는 것 같고, 철학 서적 좋아하고, 적당한 톤의 은은한 빛깔의 옷을 좋아하고, 그리고 매운 음식하고, 멋대로 참견하는 거 하고, 술을 싫어해요. 음, 그리고……."

준휘가 얼굴에 난처한 빛을 띠며 헛기침을 했다.

"형 앞에서 아버지에 대한 이야기는 되도록 피해줘요."

"어째서요?"

"저기, 형수도 어쩌면 눈치 채셨을지 모르지만 우리 형제들은 다들 각기 다른 이유로 아버지와 별로 사이가 좋지 못해요. 특히 큰형은 더욱더 그렇고요."

인희는 더 이상 묻지 않았다. 준휘도 그녀가 더 이상 묻지 않
는다는데 상당히 안심한 표정을 지으면서 다정한 표정으로 그
녀를 보았다.

"형에게 상당히 신경 쓰네요. 그렇게 형이 좋아요?"

인희의 얼굴이 발갛게 붉어지자 준휘가 부드럽게 웃었다.

"형에게 잘해줘요, 형수라면 잘할 거라고 생각되지만. 형은
좋은 사람이지만 상당히 한쪽으로 치우친 사람이니까."

준휘가 한숨을 쉬었다. 무의식적이었다. 사실 형이 아버지에
게 어떤 감정을 가지고 있는지, 그리고 형수가 어떻게 거기에
말려들었는지 이야기하고 싶은 마음이 굴뚝같았다. 하지만 그
것은 그가 이야기할 몫이 아니었다. 게다가 누구보다도 좋고,
싫음이 확실한 큰형이었다. 그런 큰형이 이를 갈면서도 싫다는
말없이 결혼했다. 그것은 적어도 형수에게 작으나마 마음이 있
지 않을까 하는 것이 준휘의 생각이었다.

"회사 일이 어느 정도 마무리가 되면 형도 분명히 형수에게
이것저것 신경을 쓰게 될 거예요. 그러니까 형수도 힘내세요."

이 정도밖에 이야기할 수 없었다. 회사 일로 고군분투하고 있
는 형의 상황과 아무것도 이야기할 수 없는 지금의 현실로서는.
시동생이 다정하게 말해 주었고, 그게 그녀에게 힘을 내게 해주
었지만 남편은 연락도 없이 사 개월 동안이나 집에 들어오지 않
았다.

그리고 항암 치료를 위해 입원한 지 사 개월 이 주 만에 그녀의 시아버지 서 회장이 집으로 돌아왔다. 서 회장은 집에 머문 지 이틀 만에 오랫동안 들어오지 않은 큰아들의 행적을 눈치 챘다. 그리고 아무렇지도 않게 행동하는 인희의 모습에서 그게 거의 일상화되었다는 것도 눈치 챘다. 엄청나게 화가 나 그날 아들을 호출했다.

인희는 서 회장이 남편을 호출한 것을 모르고 있었다. 그녀가 학교에서 돌아왔을 때 알아챈 것은 사 개월 만에 남편이 집에 있는 것을 보게 되었다는 것이다. 거실에 묘하게 침착하게 앉아 있는 남편을 바라보고 인희는 기쁨으로 작게 미소 지었다.

"어딜 갔다 오는 거지?"

"강의가 있었어요."

그녀가 환하게 미소 지으며 인사했다.

"오셨어요?"

"응. 오늘은 집에서 일할까 해."

퉁명스레 대구하며 준혁은 방으로 들어갔고, 그게 전부였다. 인희는 어딘가 잘못되었다는 것을 감지하고 입술을 깨물며 안절부절못하고 있었다.

저녁에는 그가 좋아하는 버섯 된장찌개에 버섯에 고기 소를 넣어 부친 전을 준비했다. 하지만 일을 하느라 정신이 없는지 남편은 나오지 않았고, 인희는 그저 저녁상을 몇 번이고 바라보며 안절부절못해하다가 음식들을 다시 데운 후 상을 들고 방으로 들어갔다.

"저녁 드세요."

남편은 대구도 하지 않았지만, 그녀는 파일을 넘기는 남편의 눈치를 살피며 밥상을 조용히 놓고 나왔다. 그리고 다음날이 될 때까지 남편 방에서 흘러나오는 불빛을 살펴보며 혼자 미소 지었다. 어쨌든 좋았다. 집으로 들어오지 않았는가. 집에서 일을 할 정도로 회사 상황도 안정된 것 같고 그렇다면 결혼 생활을 제대로 못할 이유는 없다고 자신에게 수없이 되뇌었다. 무언가 잘못되었다는 자신의 불안함을 간신히 달래기 위해.

하지만 다음날 그의 방에 들어갔을 때 자신이 차린 밥상이 그 대로 있는 것을 보고, 그날 저녁에도 들어오지 않는 남편을 보고 그녀는 또다시 뭔가 잘못되었다는 불길한 예감에 시달렸다. 시아버지인 서 회장이 씩씩댔다.

"고얀 녀석 같으니라고. 감히 제까짓게!"

"회장님."

"아버님이라고 부르렴. 이제 넌 내 며느리 아니냐."

"아버님, 너무 화를 내시면 혈압에 안 좋으세요. 그럼 다음 치료는 못 받으시게 될 거고, 더 이상 악화되면 위험하다고 주치의도 말했잖아요."

"그런 건 문제가 아니다. 고얀 녀석, 지금 누구 앞에서!"

서 회장이 미안함이 가득한 눈으로 인희를 바라보며 말했다.

"아가, 내가 너에게 미안하구나."

"아니에요."

뭔가 잘못되어도 단단히 잘못되었다. 서 회장이 그녀에게 미안한 눈빛을 던지고, 남편이 집에 들어오지 않는 것은 모두 관련이 있다는 생각이 들었다. 그리고 얼마 되지 않아 그녀는 진실을 알게 되었다.

"이제 그만두시죠."

시아버지의 방에서 흘러나오는 말에 발길을 멈춘 것이 화근이었다. 아무것도 몰랐더라면 더 마음 편했을 것을.

"뭘 그만두라는 거냐?"

"필요에 의한 결혼이 좋을 리 없죠. 설마 제가 어린애와 결혼하고도 즐거워서 춤을 추며 돌아다닐 거라고는 생각하지 않으셨겠죠?"

"하! 저 애가 어딜 봐서 어린애란 말이냐? 너도 알겠지만 저 애도 이미 성숙했어. 게다가 네가 좋다고 했단 말이다. 의사 표현도 확실하지 않니?"

"당신이 협박하신 것이 아니고요? 결혼하지 않으면 학비 원조를 끊고 집에서 내보내겠다고 겁주시지 않으신 것이 확실합니까?"

"네놈이! 지금 누구 앞에서 빈정대는 게야!"

"전에도 똑똑히 말씀드렸지요."

문틈으로 흘러나오는 준혁의 목소리는 냉랭했다.

"전 당신이 증오스럽습니다. 그리고 당신이 목숨이 어쩌고 하면서 약한 늙은이인 척하면서 마음대로 제 인생을 조종하려는 것도 증오스럽고요."

"이, 이놈이!"

"당신 멋대로 진행시킨 결혼입니다만, 당신 생각대로 돌아가지 않을 거라는 말씀은 드리고 싶군요. 아시겠지만 저도 이제 다 커서요."

"다 큰놈이라, 너 말 잘했다. 다 컸다고 네 입으로 말하면 다 큰놈답게 행동해야 할 게 아니냐. 부어 터진 어린애처럼 밖으로 나돌지 말고!"

"아시겠지만 당신이 벌여놓은 일이 회사에 꽤 부담이 되고 있어서요. 뭐, 젊어서는 그런대로 쓸 만해서 상속녀도 꿰찰 수 있었겠지만, 쉽게 가려는 비열한 음모로 굳은 머리가 지금에 와서는 엉망으로 돌아가고 있는 모양이더군요. 이런 시기에 무리한 확장은 곤란하지 않습니까?"

"네, 네 이놈!"

서 회장이 숨넘어가는 소리를 내는 것이 들렸다. 인희는 귀를 막고 싶었다. 결국 그는 그녀와 결혼하고 싶어서 결혼한 것이 아니라는 말이 아닌가?

"네, 네놈이, 네놈이!"

"마음대로 흥분하시죠. 제가 보기에는 상당히 만족스러운 광경이니까요. 아, 그리고 또 하나 감사드릴 것이 있군요. 당신이 그렇게 인희와의 결혼을 주장하신 덕에 제게는 회사 주식의 5%가 들어왔습니다. 아시겠지만, 그것은 제가 회사를 장악하기 위해서는 꼭 필요한 것이었죠."

인희는 정말로 귀를 막지 않은 것을 후회했다. 지금 저 사람이 무슨 말을 했지?

"인희가 가진 주식 5% 감사히 받았습니다. 그러고 보면 당신 머리도 많이 녹슬었군요. 제가 주식을 모으는 것에 대해서 그렇게 민감하시더니, 저에게 그 많은 주식을 넙죽 내주시다니."

아니야. 아니야, 아니야!

인희는 서서히 무너져 내렸다. 남편이 하는 말이 거짓이라고 믿고 싶었다. 주식 때문에 결혼했다는 식으로 말한 것이 아니길 바랐다.

"내가 잘되는 꼴은 못 본다는 것은 알겠다. 그래도 인희 그 아이에게만은 그러지 말아라. 그 아이가 무슨 잘못이 있겠니?"

"어머니도 아무 잘못 없었죠. 안 그렇습니까?"

"준혁아!"

"할 말이 없으시면 이만 나가보겠습니다."

인희는 입을 틀어막고 자신의 방으로 뛰어들어 갔다. 유 교수의 말이 생각났다.

"언제까지 꿈꿀 건데?"

유 교수의 말이 맞았다. 그녀는 꿈을 꾸고 있었고, 그것이 꿈이라는 것을 모르고 있었던 것은 그녀뿐이었다. 처음부터 의심해 봤어야 하는 것이다. 스물여덟 살의 남자가 왜 스무 살의, 아직 세상도 제대로 보지 못한 여자와 그렇게 서둘러서 결혼을 했는지 말이다.

서 회장이 아들들에 대해 그녀에게 묻고 그녀가 어렴풋이 그 질문의 의미를 읽고 솔직하게 대답했을 때, 서 회장은 아들과 그녀의 결혼을 준비하고 있었나 보다. 그리고 준혁은 그것을 결코 좋아하지 않았고. 뭔가 서 회장이 준혁을 상당히 다그쳤을지도 모른다고 인희가 씁쓸한 마음으로 인정했다. 그러지 않고서야 그렇게 냉랭한 준혁이 아버지에게 순순히 그녀와 결혼하겠다고 했을 리 없으니까.

한참 동안 그 생각을 하던 그녀는 준혁이 자신을 싫어하거나 한다는 말을 하지 않았다는 것이 떠올랐다. 아버지가 멋대로 추진한 결혼이 불만스럽다는 기색은 역력히 드러냈지만, 그녀가 싫다거나 불만스럽다는 기색은 없지 않았던가?

어쩌면 그녀가 그렇게 싫지 않은지도 몰랐다. 그렇다면 조금만 노력하면 싫은 결혼 생활도 좋게 생각하게 되지 않을까? 그리고 그녀를 좋아하게 되지 않을까?

그녀는 기도했다, 제발 그랬으면 좋겠다고. 첫 단추는 잘못 끼웠지만 모든 것을 제대로 잘할 수 있게 해달라고. 그리고 그날부터 장기전에 돌입할 마음의 자세를 굳혔다.

그녀는 다음날 아침 정성스럽게 도시락을 싼 다음 보온병에 준혁이 좋아한다던 소고기 무국을 쟁였다. 그리고 오후 강의를 나가기 전에 회사로 갔다. 전에도 한두 번 회사에 간 일이 있었고, 경비원에게 자신이 준혁의 부인이라고 알렸기에 로비를 지나 사장실로 올라가는 것은 그다지 어렵지 않은 일이었다. 하지만 막상 사무실로 가니 아무도 없었다.

"사장님은 곧 오실 거예요."

비서실장이라는 여자가 그녀에게 의자를 권하곤 웃으며 말했다. 예전에는 서 회장의 비서실장을 하던 여자였다.

"고마워요, 최 비서님."

"아, 형수님?"

"준우 오빠."

"이제는 도련님이죠. 안 그렇습니까?"

"그러네요."

"그런데 여긴 어쩐 일로 오셨습니까? 지금 학교 가실 시간 아닌가요?"

"그게…… 이걸 준혁 씨께 전해줄까 해서."

준우는 그녀가 들고 있는 찬합과 탁자에 놓인 보온병을 보고 잠시 인상을 찡그리더니 고개를 끄덕였다.

"형이 좋아하겠는데요."

사실 그 반대일지도 모른다고 준우가 속으로 생각하고 있다는 것을 인희는 짐작도 하지 못했다. 형이 전염병 피하듯 형수와 아버지를 피하고 있다는 것은 형제들 사이에서는 더 이상 비밀도 아니었다. 물론 형수가 점점 더 안쓰럽게 느껴지고 있었지만, 형의 완강한 고집도 이해할 수 있는 부분이었기 때문에 어쩌지 못하는 것뿐이었다.

"두고 가시죠. 형이 좋아할 겁니다. 강의에 늦을지도 모르잖아요."

"먹는 모습을 봤으면 해서요. 요즘 집에서 아무것도 먹지 않거든요."

잘 들어오지도 않겠죠.

준우가 빈정거리듯 생각했다. 결혼 생활이 벌써 육 개월이 넘어가건만, 형이 집으로 들어간 횟수는 다섯 손가락에 꼽을 정도였다. 그것도 너구리 같은 아버지가 호출할 때만 들어갔으니 말다 한 셈이다.

어쨌든 형이 형수와 결혼 생활과 아버지를 전염병 피하듯 피하고 있으니 싸 온 음식들을 거들떠보지도 않을 터였다. 그 모습을 형수가 보고 상처 입게 하고 싶지는 않았다.

"제가 바래다드릴 테니 어서……."

말을 이으려는 순간 준혁이 웬 여자와 즐겁게 이야기하며 사장실로 통하는 복도를 걸어오는 것이 보였고, 그녀가 누군지 알게 된 준우의 입가에서 신음 소리가 작게 새어 나왔다.

최혜수, 저 아이가 지금 여기서 뭘 하고 있는 거지?

혜수는 회사 고문 변호사인 최 변호사의 딸로 어머니와 함께 미국에 가서 그곳의 학교를 다니고 있다는 소식을 들은 것이 다였다. 그런 혜수가 지금 형과 함께 즐겁게 이야기를 나누면서 걸어오고 있다니.

"거참, 참신한 생각인데."

"그렇죠? 하지만 어디서 받아주진 않을 것 같아요."

"그렇군. 하지만 꽤 괜찮은 아이디어야. 다리를 놔줄 수 있을까?"

"어렵진 않겠지만……."

서류를 들고 대화하는 것을 보니 일에 대해서 대화하는 것 같았다. 인희는 얌전히 기다렸다. 그가 자신을 발견했다는 것 정도는 알고 있었다. 적어도 그녀를 바라보긴 했으니 말이다. 하지만 그리고 나서는 계속 대화에만 몰두하고 있었다.

한참 찬합을 들고 서 있던 그녀는 다리가 아팠다. 얼마나 시간이 지났는지 알 수 없었을 때, 그가 갑자기 그녀에게 다가와서 그녀가 들고 있던 찬합을 아무렇지도 않게 툭 쳤다.

찬합에서 밥과 반찬이 요란한 소리를 내며 떨어졌다. 그녀는 충격을 받았고, 엉망으로 쿵쾅거리는 가슴을 누르며 준혁을 올려다보았다. 하지만 준혁은 벌써 뒤돌아서서 대화를 하던 상대와 계속 대화를 진행하고 있었다.

어지러웠다. 아무것도 생각나지 않고 그냥 머리 속이 비는 것 같았다. 그때 그녀의 팔을 잡는 손길이 느껴졌다.

"학교까지 바래다드릴게요."

시동생에게 부축을 받아가며 사장실을 떠나면서도 그녀는 충격의 여파에서 헤어나지 못했다. 설마 그렇게 쳐내리라고는 생각도 하지 못했다.

"경고를 해드렸어야 하는데…… 죄송합니다."

시동생이 뭐라고 그녀에게 웅얼거리는 듯했지만 그녀는 그 말도 들려오지 않았다. 그저 귓가에서 뭔가가 윙윙거릴 뿐이었다. 어떻게 해서든 충격을 극복해야만 했다.

"아니죠?"

"예, 아닙니다."

뭘 묻고 있는지 준우가 짐작했음이 틀림없었다. 준우가 그녀를 자신의 차 뒷좌석에 태우곤 자신은 운전석에 앉은 후 뒤돌아보며 고개를 저었다.

"아니에요. 너무 걱정하지 마세요."

인희는 눈을 감았다. 설마 그녀가 싫은 것은 아닐까? 그래서 결혼이 싫어진 것은 아닐까 두려웠다. 그렇게 사람의 정성을 무시하는 것은 그것 때문에 그렇지 않을까.

아니다. 불안한 생각은 그만두자. 마음을 계속 표시하면 언젠가는 봐줄지 모른다. 적어도 그는 다정한 사람이고, 아버지와는 다른 사람이니 그녀의 마음을 봐줄지도 몰랐다. 아버지와 다른 사람이라는 것은 아버지 장례식에서 확인한 사실 아니었던가?

마음이 없는 사람이라면 남에게 그렇게 다정하게 대할 수 없는 법이다. 그녀는 그의 그 세심한 모습을 믿기로 했다. 그리고 좀 더 노력해 보기로 했다.

하지만 쉽지 않았다. 그 이후로 그녀가 도시락을 싸가지고 회사에 갈 때마다 그는 자리를 비우고 없었다. 하지만 빈 찬합은 항상 깔끔하게 씻겨서 그녀에게 전해졌고, 그녀는 준혁이 그것을 먹었다고 자기 위안을 했다.

여전히 그는 집에 들어오지 않았고, 그녀는 혹시나 싶어서 기다렸다. 몇 번 전화도 걸어봤지만 그때마다 번번이 비서에게 막혔고, 이제는 '오늘 스케줄이 너무 많으셔서 언제 퇴근하실지 모릅니다'라는 비서의 판에 박힌 메시지가 두려워 전화도 선뜻 걸 수 없었다.

시아버지는 매일같이 분통을 터뜨렸다.

"이, 이 못난 놈!"

"진정하세요, 아버님."

인희가 상태가 더 악화되어 침대에 누워서 분통만 터뜨리고 있는 시아버지를 일으키며 말했다. 저녁 식사 시간이라 그녀는 시아버지에게 환자식을 먹이기 위해 시아버지의 방에 있었다.

"미안하구나. 정말 미안하구나. 저런 자식놈을 너에게 맡기다니."

"괜찮아요. 요즘 어디든 다 힘드니까 회사 일에 애쓰는 것도 이해할 수 있어요."

"그래도 이건 심하지 않느냐! 너희 결혼한 지 몇 달이나 되었니? 벌써 팔 개월째 되질 않았니? 그런데 그렇게 시간이 지나도록 집에 제대로 한 번 들어오지도 않고 새신부를 독수공방하게 만들다니. 내가 바란 것은 이것이 아니었단 말이다!"

흥분하는 시아버지에게 인희는 미음을 한 수저 떠서 입속에 넣어주었다. 요즘 들어 부쩍 먹으면 토하는 시아버지를 위해 특별히 바꾼 식단이었다. 시아버지가 힘든 표정으로 미음을 한 모금 삼키더니 다시 흥분해 소리쳤다.

"내 약속하마, 그 녀석이 널 더 이상 업신여기지 못하게 하겠다고!"

"전 상관없어요."

정말로 상관없었다. 그가 왜 그렇게 비딱하게 행동하는지 알게 된 이상은 괜찮았다. 적어도 그녀 탓은 아니라는 거니까.

"내 널 위해서 그러는 것이야. 내가 목숨이 이렇게 붙어 있어도 저따위로 행동하는데, 내가 죽으면 너에게 무슨 짓을 할지 모르는 일이지. 그러니 내 약속하마, 그 녀석이 더 이상 널 업신여기고 이런 식으로 방치하게 내버려 두지 않는다고."

시아버지는 정말 강경했다. 하지만 그 상황에서 시아버지가 할 수 있는 일은 거의 없었다. 그리고 그녀가 할 수 있는 일도.

그녀는 계속 도시락을 쌌다. 남편이 원하지 않을지도 모른다는 사실에는 눈을 감았다. 적어도 그녀가 있다는 사실은 그가 깨달을 수 있을 터였다. 그리고 비서실에 자주자주 연락을 넣었다.

*

그런 바보 같은 짓을 하다니 미쳤던 것이 틀림없다고 생각했다. 그 처음 짝사랑하는 중학생 같은 치기 어린 행동을 생각하기만 해도 얼굴이 달아올랐다. 그 정신없는 상태에서 겨우 깨어나 정신없이 달아나 그와도, 결혼 생활과도 멀리 떨어진 생활을 하면서 그녀는 당시 자신의 행동을 똑바로 볼 수 있었다. 자신의 마음을 전하기 위해 노력했다고 생각했던 것들은 유치하고, 쓸데없는 짓이었다. 마음은 받기 위해 문을 연 사람에게만 줄 수 있는 것이니 말이다. 그는 그녀의 마음을 받을 준비가 되어 있지도, 앞으로 그럴 준비가 될 수 있을 수도 없었다. 그런 그를 향해 그렇게 자신의 마음을 밀어붙였으니 그가 어떻게 생각했을지 당연한 일이다.

가슴이 답답했다. 뭘 어떻게 해야 할지 알 수 없었다. 처음 한국에 들어왔을 때는 모든 것이 간단하게 생각되었다. 운 좋게 발탁된 그녀의 그림을 전시하고, 그것을 팔고, 그 돈으로 몸을 치료하고, 그런 다음에는 남편과 이혼해서 조용히 사는 것.

남편도 그것을 원할 거라고 생각했다. 처음부터 끝까지 그녀에게 무심한 사람이었으니까. 하지만 그렇지 않았다. 전시회를 위해 한국에 들어오자마자 어떻게 알았는지 그녀에게 찾아왔으니 말이다.

도대체 어떻게 알았을까? 그녀는 집을 나간 후 그 누구에게도 연락을 취하지 않았다. 더 이상 괴로운 기억에 시달리고 싶지도 않았지만 두려웠기 때문이다. 사실 두려웠다. 어쩌다 연락을 했는데, 남편이 자신에 대해서 여전히 무관심한 것을 확인하는 결과가 될까 봐. 그렇게 되면 더 이상 찢어질 것이 없는 가슴은 형체조차 남지 않을 거라는 것을.

"언제까지 괴롭힐 거죠?"

그녀가 조용히 중얼거렸다. 처음에는 그녀의 마음을 받아주지도, 그녀에게 관심을 갖지도 않아서 그녀를 서서히 말라죽게 했다. 그리고 겨우 그녀가 그 모든 것을 받아들인 지금에는 갑작스러운 관심을 보이고 있었다.

인희의 눈에서는 정신없이 눈물이 쏟아지기 시작했다. 견디기 힘들었다. 그의 마음이 뻔히 보이는 지금은 더 더욱 그랬다.

제6장

첨색(添色)되다

첨색(添色)되다

"**자,** 밥 먹고 합시다."

꾸러미에 뭔가를 잔뜩 싸 온 준영이 화실로 들어서며 활기 차게 외쳤다. 인희는 고개를 돌렸다.

"오빠! 여긴 웬일로? 그리고 어떻게……."

"지난번에 널 여기까지 바래다줬잖아. 전화해도 없기에 여기 있나 보다 했지."

잊고 있었다. 인희는 인상을 찡그렸다. 그런 인희를 아랑곳하지 않은 채 준영이 화실을 주욱 살폈다.

"너 정말 많이 나아졌다. 그동안 뭘 해서 먹고살았는지는 모르지만, 많이 자랐구나? 근데 그림이 왜 다 저 모양 저 꼴이야?"

몽롱하고 어두운, 그래서 철저하게 황폐한 그림을 보고 준영이 물었다.

"그냥 어쩌다 보니까."

인희가 멍하니 대답했다. 어제 준혁을 만난 충격이 그대로 그림에 반영되었다는 말은 할 수 없었다. 준영의 눈이 인희를 쏘아보았다.

"어제 무슨 일 있었니?"

요즘 인희의 식사를 챙기기 위해 시도 때도 없이 화실을 방문하며 준영이 느낀 것이 있다면 그가 떠날 때와는 천지 차이로 인희의 작품 세계가 바뀌었다는 것이다. 꿈꾸는 것 같은 몽롱함 속에서도 밝고 생기있던 예전의 화풍은 사라지고, 몽롱하지만 어쩐지 서글프고, 황량한 무채색이 그녀의 붓끝에서 화폭으로 옮겨지고 있었다. 처음에는 정말 경악할 만큼 놀랐지만, 그도 사진과 어느 정도 교감이 통하는 사람인만큼 화풍의 변화를 짐작하기란 어렵지 않았다. 인희의 감정 자체가 화필을 통해 화폭으로 쏟아지고 있다는 것을 금세 알 수 있었던 것이다.

"아무 일도 없었어요."

"귀신을 속여라. 저런 건 나도 경험해 봐서 알아."

처음 인희에게 정중하게 거부당하고 찍은 사진들은 지금 보면 엄청나게 유치할 정도로 아쉬움과 원망의 마음이 드러났다. 예술을 한다고 생각되는 사람들은 작품에 자신의 상상외로 많은 감정이 담겨 있다. 그리고 그런 쪽에 가까운 사람으로서

준영도 인희의 그림을 보고는 뭔가 속을 흔든 사건이 있었을 것이라 짐작한 것이다.

"어제만 해도 이렇게 모호하진 않았잖아. 게다가 회색도 너무 많이 쓰였어."

이렇게 따지고 묻는 이상 숨기는 것은 우스운 짓이다. 인희가 한숨을 쉬며 말했다.

"오빠, 큰형이 왔었어요."

부드럽게 스치듯, 마치 일상이라는 듯 자연스럽게 말했지만 준영은 속지 않았다. 그가 먹을 것을 하나하나 화실 한구석에 있는 상에 차리면서 미안한 투로 말했다.

"젠장. 내가 울컥해서 그랬어. 뭐, 말하기는 큰형 패주진 않을 거라고 했지만 그래도 어쨌든 괘씸하잖아. 널 그렇게 비참하게 내치고, 자기는……."

"그만 해요."

인희가 피곤한 음성으로 준영의 말을 저지했다. 사실 피곤했다. 병원에서 우연찮게도 준휘를 만난 이후로는 계속 시동생들과의 만남을 가져야 했고, 때문에 생각하기도 싫은 비참한 결혼 생활을 몇 번이고 곱씹어야 했다. 그걸 다른 사람의 입을 빌려서까지 듣고 싶지는 않았다.

"미안하다. 자, 와서 먹자."

"너무 많아요."

"무슨 소리야. 크리스는 이 두 배도 먹어."

골고루 차려진 인스턴트 음식들을 보고 인희가 한숨을 쉬자, 준혁이 정색을 하고 대꾸했다. 인희가 약간의 호기심이 담긴 어조로 물었다.

"크리스가 누구죠?"

"음, 친구."

준영의 표정이 편하고 부드러워졌다.

"지금 뉴욕에 있는데, 그녀에게 들를 때마다 편안해. 어쨌든 내가 어디서 왔는지, 어디로 갔는지 묻지 않고 얼마나 있다 갈 건지도 묻지 않거든."

어쩌면 준영을 잘 이해하고 있는 여자인지도 모른다고 생각했다. 인희가 아는 준영은 항상 누군가에게 반항해야 했고, 사람과 오래 친근하게 지내지 못했다. 뭔가 비꼬아야 직성이 풀리고, 그것이 마음대로 되지 않으면 홀쩍 달아나는 사람. 그런 사람을 잡자면 지나친 무심함이 가장 좋은 방법이 아닐까.

"좋은 사람이네요."

"그렇지? 네 전시회가 끝나면 한번 들러볼까 하고. 자, 어서 먹어. 너 안 먹이면 준휘 닥터에게 잔소리깨나 들을 거야."

인희는 다행이라고 생각했다. 준영이 그렇게 홀쩍 떠난 다음 한참이 지나서야 그녀는 준영이 그녀에게 진지한 감정을 가졌다는 사실을 겨우 알았으니까. 그리고 보답받지 못하는 마음이 어떤 건지도.

그 이후 항상 준영이 좋은 사람을 만나기만을 바랐다. 그것만

이 다른 사람을 사랑하고 있는 그녀가 좋은 오빠인 준영에게 해줄 수 있는 전부였으므로. 그녀가 이미 사랑을 체념했고, 자신의 인생을 꾸리기 위해 애를 쓰고 있는 지금에도 그 심정은 변하지 않았다.

"어? 왜 그렇게 웃어? 웃지만 말고 먹어."

"다행이에요."

"뭐가 다행이야? 다 죽어갈 것처럼 비실한 녀석이 빙글거리고 있으니 내가 등골이 다 오싹하다."

준영은 그녀에게 먹기를 종용했다. 그녀는 그가 사 온 삼각김밥과 우유를 먹으면서도 웃음을 멈추지 않았고, 준영은 계속 투덜거리면서도 그녀가 더 먹을 수 있도록 빈정거리면서 재촉했다.

준영은 생각 외로 착실하게 그녀를 체크했다. 그녀가 너무 오래 이젤 앞에 서 있으면 음료를 가지고 와 그녀를 툭툭 치며 억지로 쉬게 했고, 피곤한 듯 고개를 떨구면 한쪽에 있는 의자에 앉도록 달랬다. 그리고 작업 시간이 어느 정도 지나자 그녀를 억지로 문 앞으로 데려갔다.

"집에 가서 쉬어."

"난 어린애가 아니에요."

"그렇게 말하는 것부터가 어린애의 태도야. 누구라도 이렇게 오래 작업하면 쉰다고. 게다가 넌 지나치게 약해졌잖아."

그건 사실이었다. 몸을 관리하지 않으면 수술할 때까지 수술을 견딜 수 있는 체력을 기를 수 없었다. 하지만 전시회 문제도 있고 그림은 다음 주까지 완성해야 했다.

"하지만 오빠, 며칠 남지 않았고 그림은 몇 점 없어요. 적어도 네 점은 더 그려야 해요."

"네가 네 그림에 얼마나 완고한지는 알고 있지만, 일주일이면 네 그림들 중 네 점을 골라낼 시간은 충분히 있어."

결국 그녀는 준영의 고집에 지고 말았다. 준영은 간단하게 데워 먹을 수 있는 것들을 챙겨서 그녀가 아파트 현관으로 들어가는 모습까지 감시했다.

"젠장, 저러니 어미 닭처럼 굴지 않을 수 없잖아."

"아무도 너보고 어미 닭처럼 굴라고 하지 않았어."

뒤편에서 들려오는 음산한 목소리에 준영이 움찔해 뒤를 돌아보았다. 준혁이 위협적인 표정으로 팔짱을 끼고 서 있었다.

"어이, 이게 누구신가? 잘난 회장님 아니셔? 어쩐 일로 여기까지 왕림을 다 하셨어?"

준영이 한껏 목소리 톤을 높여 비아냥거렸다. 준혁이 준영에게 다가와 그를 노려보았다.

"너, 지금 뭐 하고 있는 거야?"

"뭐 하고 있다니? 소박맞은 동생을 챙기고 있는 거지. 그 남편이라는 작자가 어찌나 이기적이고 못됐는지, 마누라한테 못할 소리나 지껄여 집을 나가게 만든 데다가 외국에서 지지리 고생해서 말라비틀어지게 만들어놓고 무신경하게 '뭐 하고 있는 거야?' 라고 묻고 있기에 열심히 먹이고, 챙겨주려고."

동생의 말에 준혁은 할 말을 잃었지만 그래도 이건 다른 차원의 문제였다. 도대체 내 여자를 왜 내 동생이 챙겨야 하느냔 말이다. 그것도 한때 그녀에게 청혼까지 하면서 지분거리던 녀석이.

"인희에게 손 떼."

그가 위협적으로 한 발자국 다가오자 준영이 슬슬 뒷걸음질을 치면서 입가에 비웃음을 지었다.

"손을 떼라고? 누구 맘대로? 어쨌든 난 순수하게 동생을 돌봐주고 있는 것 뿐…… 컥. 형!"

준영은 갑작스럽게 준혁의 손이 그의 멱살을 쥐고 죄어오자 컥컥거리며 저항했다.

"이러지 마. 커억! 마, 말로……."

"손 떼라면 손 떼. 내 아내는 내가 알아서 챙길 거니까."

준영은 분노와 자책감, 그리고 어쩔 수 없는 무력감으로 넘실거리는 형의 눈을 보았다. 어쩐지 계속 빈정거리기가 미안해졌다. 준영이 형의 손목을 잡으며 반애원을 했다.

"커컥, 이거 좀 놓고 이야기하자고. 형이 날 죽이겠어."

동생의 말에 준혁은 그제야 정신을 차리고 준영의 멱살을 놓았다.

"참견 마."

부아가 나서 준혁이 투덜거렸다. 준영이 목을 풀며 중얼거렸다.

"내참, 이런 성격이니 형수가 그냥 걸음아 나 살려라 하고 도망갔지. 어쨌든 여긴 어떻게 알았어?"

"조사 좀 했다."

준영은 인상을 찡그렸다. 생각보다 빨랐다. 이렇게 얼마 안 되는 시간 안에 형수를 찾았다는 것은 분명 평소에 형수의 소재를 파악하기 위해 준비하고 있는 사람이 있었다는 것을 뜻했다.

"빠르네."

"이번에 놓치면 평생 못 볼지도 모른다는 생각이 들었다. 그렇게 되면 나는 차라리 죽어버리는 것이 나을 거야."

준영이 인상을 찌푸렸다. 냉정한 큰형의 입에서 나온 말치고는 너무 열정적이고 시적이다. 그런데 왜 예전에는 형수에게 이 반만큼도 표현하지 않았을까? 이것보다 훨씬 더 무미건조하고 딱딱한 말에도 형이 형수에게 사랑한다는 표현, 아니, 그냥 약간의 관심이 있다는 표현만 했어도 그런 식으로 형수가 집을 나가진 않았을 텐데.

"형의 표현치고는 너무 격렬한데."

"상관없어. 그런데 정말 어떻게 된 거야? 인희랑은 언제 만난 거고 왜 네가 인희를 데리고 외출했다 돌아오는 거지?"

"인희랑 만난 것은 며칠 전, 그리고 지금은 인희를 데리고 잠시 외출했다 돌아오는 길이야. 밥은 먹여야 하니까."

작업실에 대해서는 말하지 않는 편이 나았다. 그 몸으로 왜

작업하느냐고 꼬치꼬치 캐물을 테고, 그럼 그는 결국 전시회에
대해서 말해야 할 테니까. 그렇게 되면 인희와 약속한 것을 어
기게 된다.

"왜 네가 밥을 먹이는데?"

"워낙 잘 안 먹고 다니니까."

준영이 불퉁스럽게 대답했다. 잔인하게 내칠 때는 언제고, 이
제 와서 관심있다는 태도를 보이며 꼬치꼬치 캐묻는 것이 마음
에 안 들었다.

준혁이 눈을 감았다. 분명히 말랐다는 것은 알았다. 그리고
그 모습이 안쓰러워 보였다. 하지만 자신이 하지 못하는 일을
태연하게 동생이 하고 있다는 것에 속이 쓰렸다. 특히 그 동생
이 한때 아내에게 연심을 품고 있었던 동생이었기 때문에 더했
다.

"앞으로는 내가 챙길 생각이야."

"퍽이나 그러겠어. 어제도 와서 애 겁줬지? 애가 동요하는 것
이 눈에 훤히 보이는데 내가 다 안쓰럽더군. 가뜩이나 날아갈
것처럼 보이는 애에게 그러고 싶었어?"

준영이 쏘아붙였다. 준혁이 고개를 떨궜다.

"아무 생각도 나지 않았다. 그저 인희를 이제야 볼 수 있다는
생각만 하고 있었어."

그가 그녀에게 어떻게 행동했고, 어떻게 말했는지 그때는 생
각나지 않았다. 그저 그녀의 얼굴을 볼 수 있게 되었고, 그녀를

발견했다는 사실만이 중요했다. 하지만 그녀가 그렇게 그의 앞에서 문을 닫고 잠가 버렸을 때, 그는 자신이 그녀에게 무슨 짓을 했는지 되새기게 되었던 것이다.

그런 준혁을 바라보던 준영이 콧방귀를 뀌었다.

"흥, 그러니 있을 때 잘하라는 소리가 나오지."

"아니……."

속이 뒤집혔다. 준영의 말이 맞았다. 하지만 뒤집히는 속을 어쩔 수 없어, 준혁은 준영에게 살기 어린 눈빛을 보냈다.

"어이, 형님, 그런 눈으로 보지 말라고. 아무리 그래도 하나뿐인 친형의 아내야. 내가 뭘 어쩌겠어?"

준영이 주머니를 뒤적이다가 인상을 찌푸렸다.

"쳇, 준휘 닥터께서 내 담배를 압수했다는 걸 잊었구만. 아, 올라갈 생각은 말아. 가까스로 협박해서 먹였는데, 토해 버리면 곤란하니까."

"내가 악당이 된 기분이구나."

"악당이잖수. 악당의 기본은 다 되어 있는데 뭘."

준영이 비웃는 눈초리로 형을 바라보았다. 화가 어지간히 났는지 숨소리도 거칠어지고 그를 노려보는 시선도 예사롭지 않았다.

여기서 그만둬야겠구만. 잘못하다간 정말 맞아 죽겠군. 게다가 저 인간, 야리야리한 겉모습과는 다르게 힘은 삼손 수준이란 말이지.

"난 이만 가봐야겠어. 어쨌든 오늘 할 일은 끝났으니까."

오늘이라는 말이 걸려서 준혁은 준영을 노려보았다.

"내일도 인희 옆에서 지분거리겠다는 거냐?"

"물.론.이.지."

단어 하나하나에 힘을 주며 준영이 말했다.

"요즘 세상에 동생에게 그 정도도 안 해주는 오빠가 어디 있어? 정말 패죽일 놈 아니고는."

"손 떼라고 말했을 텐데."

"물론 형 손에 세상 하직하고 싶은 생각은 추호도 없지만, 저 애는 조금 특별해서."

준영이 준혁을 힐끔거리며 말했다.

"세상에 나오기 전까지는 나쁜 벌레들은 정말 얼씬도 못하게 해주고 싶다 이거지."

준영이 준혁을 바라보는 눈초리는 '당신이야말로 나쁜 벌레 1호'라는 뜻이 담겨 있었다. 순간 준혁은 준영의 멱살을 다시 잡았다.

"컥."

"헛소리 말고 당장 꺼져. 네 녀석이 인희 옆에 있다는 것만으로도 나는 화가 나니까."

이거, 이거, 이미 내가 너무 깊이 건드렸나 본데. 잘못하단 죽겠어.

"어, 어이, 형. 이거 놓고 이야기하자고."

"떨어져."

"큭."

"떨어져요."

두 남자가 놀란 눈으로 아파트 현관 입구로 고개를 돌렸다. 그곳에는 작고 섬세한 체구의 여자가 찬바람을 그대로 맞으며 서 있었다.

"지금 이게 무슨 짓이죠?"

준영이 흘끗 형을 바라보았다. 준혁이 얼빠진 표정으로 중얼거렸다.

"나?"

"당연히 댁이지. 눈을 봐, 날 보고 있나 댁을 보고 있나."

인희의 무심하고 속을 알 수 없는 눈은 분명 준혁을 향하고 있었다. 정확히 말하자면 준영의 멱살을 잡고 있는 그의 손을. 그것을 의식한 준혁은 천천히 동생의 멱살을 놓았다.

"미안해."

정말이지 소란을 피울 생각은 없었다. 그리고 인희가 내려와 볼 줄은 생각도 못했다. 그의 얼굴이 벌겋게 달아올랐다.

"근데 뭐냐? 들어가서 잘 쉬지 왜 도로 내려온 거야?"

"생각해 보니까 오빠에게 차 한 잔도 대접하지 않은 것 같아서요. 오늘 하루 종일 아이 보느라 애쓰셨잖아요."

준영은 순간 '차 좋지'라고 말하려고 했다가 형을 한번 바라보고는 침을 꿀꺽 삼키며 몸을 사렸다.

"아니, 뭐, 차는 다음에 하자. 그러고 보니 나도 무척 피곤해서 말이야."

걸음아 나 살려라 도망치는 준영을 보고 준혁이 고개를 끄덕였다. 그런 준혁을 말끄러미 바라보고 있던 인희는 바로 발걸음을 돌려 현관으로 들어갔다.

"기다려."

그녀는 뒤도 돌아보지 않고 현관으로 들어서고 있었고, 그런 그녀의 어깨를 그가 잡아 돌려 세웠다.

"나한테는 차 한 잔도 없는 건가?"

인희의 맑고 검은, 속을 알 수 없는 눈이 준혁을 바라보았다. 몇 번 본 눈동자지만 그 눈동자에 속이 얼어붙을 것 같았고 괜히 긴장이 되었다.

"들어오세요."

마침내 차갑고 정중한 말 한마디가 들려오자 준혁은 안도의 한숨이 나왔다. 위험한 계약을 할 때도, 아버지와 맞붙을 때도 이렇게까지 긴장되고 불편하진 않았다.

앞서 가는 그녀의 뒤를 따라 엘리베이터에 오른 그는 그녀를 꼼꼼히 살폈다. 확실히 말랐다. 원래 키도 작고, 체구도 작고, 모든 것이 도기 인형처럼 섬세하고 여린 여자였는데 거기서 살이 빠지자 어딘가 약간 더 애처로운 느낌이 들기까지 했다.

그런 그의 시선을 느꼈는지, 그녀가 감정 하나 담기지 않은 검고 깊은 눈으로 그를 바라보았다. 그는 갑자기 한기가 들었다. 원래가 차분하고 감정이 잘 드러나지 않는 사람이었고, 그래서 눈에도 감정이 깃드는 경우는 더 더욱 없었다. 하지만 지금의 눈은 눈이라기보다는 색 유리알에 가깝다는 생각이 들어 어쩐지 오싹하게 느껴진 것이다.

엘리베이터에서 내려서 그녀의 아파트에 들어설 때까지 그들은 아무 말도 없었다. 그녀가 부엌으로 들어가서 그에게 말했다.

"들어와서 앉으세요."

"응."

인희의 손이 약간 높게 설치된 찬장 쪽으로 뻗었지만 닿지 않았다. 인희가 까치발로 지탱해 서는 것을 본 준혁은 인희의 뒤에서 찬장 문을 열고 컵을 두 개 꺼냈다. 인희가 말없이 뒤돌아 준혁을 마주 보았다. 의외라는 표정이다. 저절로 얼굴이 붉어지는 것을 느낀 준혁은 헛기침을 하며 물러서서 식탁 의자에 앉았다.

그녀가 차를 타는 동안에도 두 사람 사이에는 불편한 침묵이 흘렀다. 그녀가 컵 하나를 그의 앞에 놓아주었다.

"드세요."

한 모금을 마신 그는 경탄을 금치 못했다.

"철관음이잖아?"

"네."

그것은 그가 가장 좋아하는 녹차의 종류였다. 그는 되도록 뜨거운 물에 진하게 우려낸 철관음 녹차를 즐겼는데 인희하고는 단 한 번도 마신 일이 없었고, 그녀에게 그것을 좋아한다는 이야기를 한 적이 없었다.

"맛있군."

그녀의 시선을 의식한 그는 괜히 꺼내지 않아도 될 말을 꺼냈다. 확실히 차가 맛있긴 했지만, 그런 말을 굳이 하지 않아도 되었던 것이다.

그를 한참 바라보고 있던 그녀가 말을 꺼냈다.

"들어오시라고 한 이유는 다시는 오지 말아주셨으면 좋겠다는 말씀을 드리고 싶어서예요."

컵을 들고 있던 준혁의 손이 굳었다.

"굳이 서 회장님께서 신경 써주시지 않아도, 저는 잘 지내고 있어요. 하지만 이렇게 계속 찾아오시면 전 신경 쓰이고, 불편해져요. 그러니까 오시지 말았으면 해요."

"내가 이곳을 드나드는 것이 불편하다면 그냥 우리 집으로 들어와."

준혁이 딱딱하게 말했다.

"전 그 집을 떠났어요."

"돌아와."

인희의 그 검고 깊은 눈이 그의 컵을 지나 그의 눈으로 넘어갔다. 그녀가 가볍게 한숨을 쉬었다.

"제가 걸리시나 본데 너무 깊이 생각하실 필요 없어요. 저는 혼자에 익숙하고, 한 걸음 물러나 있는 데 익숙하거든요. 자, 돌아가세요."

"짐 싸."

그가 무뚝뚝하게 말했다. 이건 아니었다. 쫓겨나자고 그녀의 공간에 발을 들인 것이 아니다. 그는 부글부글 끓어오르는 감정을 억누르기 위해 필사적으로 애쓰고 있었다.

"왜죠?"

그녀가 진심으로 묻고 있었다. 그것을 깨닫자 그의 몸이 굳어버렸다. 지금 저 여자는 내가 왜 이러고 있는지 아무것도 모른단 말인가?

"정말 모르겠어?"

그가 되물었다. 그녀는 천천히 고개를 끄덕이며 자리에서 일어섰다.

"배웅은 해드릴게요."

마치 벽에 대고 이야기하는 느낌이었다. 이러기 위해 찾아온 것은 아니었다. 그가 자리에서 일어나서 그녀의 어깨를 잡았다.

"당신이 있어야 해."

성급하고 거칠게 그가 그녀의 입술을 덮쳤다. 딱딱하게 굳은 그녀의 섬세한 몸이 느껴졌다. 놀란 입술이 약간 달싹이는 것을 기회로 그의 혀가 사납게 그녀의 입술 사이로 파고들었다.

얼마 전에 이미 맛보았지만 오랜만에 맛보는 듯한 아내의 입술은 예전처럼 달콤하고, 상큼한 맛이 났다. 그는 정말 욕심껏 그녀의 입술을 맛보았다. 하지만 충분치 않았다.

"하아……."

그녀의 숨결이 그의 얼굴을 간질였다. 아까까지 동그랗게 뜨였던 그녀의 눈이 체념하듯 감기고 있었다. 그도 서서히 눈을 감았다. 그리고 그녀의 혀를 휘감으면서 깊이 키스했다.

"원해."

그가 짧게 말했다. 그와 동시의 그녀의 손이 세진 않지만 그 뜻을 알아채기에는 충분하게 그를 밀쳤다.

"돌아가세요."

창백했던 얼굴은 홍조를 띠고 있었고, 숨소리도 거칠었다. 하지만 그 입에서 나오는 말은 냉정하고 차가웠다. 더 이상 설득의 여지가 없을 만큼.

"내 말 잘 들어. 난 당신을 찾기 위해서 엄청난 시간과 돈을 썼어."

그녀의 눈동자가 그를 응시했다. 여전히 감정 하나 섞이지 않은 유리알 같은 눈동자라 그를 긴장하게 하는 동시에 가슴이 아프게 만들었다.

"내가 왜 그런 것에 신경 써야 하는 거죠?"

"박인희."

그녀는 아무 말 없이 문 쪽을 가리켜 보였다. 이대로 나갈 생각은 없었지만, 그녀의 얼굴은 너무나 창백했고 거친 숨까지 쉬고 있어서 어쩐지 불안했다.

"오늘 좀 피곤해요. 계속해서 회장님과 마주 앉아 있을 기력까지는 없군요."

확실히 피곤해 보였다. 게다가 그가 욱해서 속을 건드렸으니 분명히 기운이 빠졌을 것이다. 그는 한숨을 내쉬며 그녀에게 다가가 어깨에 손을 얹었다. 하지만 그녀의 부드럽지만 단호한 손길이 그 손을 내쳤다.

"인희야, 난······."

준혁은 한 박자 쉬면서 인희를 달래기 위해 무슨 말을 해야 할까 고민했다. 우물거리고 있는 그를 바라보며 인희가 서글픈 표정을 잠시 지었지만 준혁은 눈치 채지 못했다.

결국은 아무 할 말도 없는 거구나.

그럴 거라는 것은 알고 있었지만, 그녀는 약간의 서운함을 감출 수 없었다. 그와 그녀 사이에는 이제 아무것도 남은 것이 없었다. 단지 원치 않은 결혼에 잡혀 있던 그를 위해 그녀가 그가 원하는 것을 줄 준비를 조금씩 하고 있는 것뿐.

"몸 생각 해. 이런 크고 썰렁한 집에서 혼자 지낼 생각 하지 말고 나를······."

준혁은 말을 끊었다. 사실은 '나를 불러줘'라고 하고 싶었지만 그럴 수 없었다. 자신에게 이다지도 무심한 눈동자를 하는 그녀에게는 그럴 수 없었다. 하지만 그녀는 그것을 다르게 해석한 모양이다.

"제 담당 교수님의 집을 빌린 거예요. 그러시지 않아도 된다고 했는데도 막무가내로 빌려주셨어요."

"인희야."

준혁의 얼굴이 창백하게 질리며 고개가 떨구어졌다. 인희가 매몰찰 정도로 차갑게 말했다.

"몸을 팔지는 않았어요."

"박인희!"

준혁이 고통과 죄책감으로 짓눌린 목소리를 냈다. 그의 손이 그녀의 어깨로 다시 다가왔지만 이번에도 인희는 몇 걸음 뒷걸음치는 것으로 가볍게 피했다.

"가까이 오지 마세요."

인희가 떨리는 목소리로 말했다. 눈에는 고통과 체념이 가득했다. 준혁은 눈을 들어 인희의 얼굴을 보곤 뭐라고 욕설을 내뱉었다.

"다음에는 뵙지 않길 바랍니다."

토해내듯 그 말을 하곤 고개를 돌리며 눈을 질끈 감는 그녀의 행동을 준혁은 놓치지 않았다. 그는 눈을 감고 자신을 저주했다. 도대체 왜 이렇게 일이 꼬일까? 그는 다만 넓은 집에서 그녀가 혼자 있는 것을 걱정했을 뿐이다. 하지만 그녀는 그것을 남자를 꼬여 받아낸 집에서 사는 여자로 격하시킨 줄 오해하고 있었다. 그것도 당연했다. 한때 그는 그녀를 심하게 오해해서 끔찍한 말을 내뱉었던 것이다.

그는 모든 것을 망쳤다는 자괴감을 안고 그녀의 집을 나섰다.

당분간은 그녀를 괴롭히지 않겠다고 생각하며. 하지만 그녀와 만나지 않겠다는 말은 하지 않았다. 당분간 그녀에게 시간을 더 주고 싶을 뿐이다.

차를 운전해 집으로 향하며 준혁은 인희에게 그런 상처를 안겨준 자신을 저주했다. 사실 조금만 그가 이성적으로 생각했다면 말도 안 되는 억측이었을 텐데, 그때 그에게는 이성의 조각도 남아 있지 않았다. 그저 의심이 의심을 낳았고, 그것이 점점 그의 내부에서 커졌을 뿐이다.

그날 집으로 들어서는 순간, 그 모습을 보지만 않았다면 처음의 그 희미한 의심은 그저 의심으로만 남았을지도 모른다. 약간은 꺼림칙한 상상을 했던, 그리고 그 후에 있었던, 있어서는 안되었던 욕망의 표출 때문에 그는 몇 달 동안 집에 발길을 끊었던 참이다. 그리고 참고 참다가 들어선 집의 대문 앞에서 그는 보지 말아야 할 것을 보고 말았다.

성북동 집에는 나무가 몇 그루 심어진 넓은 정원이 있었다. 정원수 몇 그루와 잔디가 심어진 넓은 정원은 평소에는 거의 쓰이지 않고 방치되어 있었지만, 인희가 온 뒤로는 그래도 많이 관리가 되는 편이었다. 그 넓고 편안해 보이는 정원에서, 역시 편안해 보이는 두 사람이 나란히 손을 잡고 걷고 있었다.

말 한마디 오가지 않았고 뭔가 다른 행동이 있는 것은 아니었지만, 꼭 잡은 두 사람의 손과 서로에게 건네는 눈빛을 본 준혁은 그 자리에서 얼어붙어 버렸다. 특히 그가 그날 밤 그렇게 애틋하게 잡았던 그 작고 섬세한 손이 모든 것을 망쳐 버리는 아버지의 우악스러운 큰손에 감싸져 있는 것을 보았을 때는 더 더욱 그랬다. 그녀의 손은 아버지의 손에 파묻히다시피 해서 거의 보이지 않았지만 그 창백해 보이는 흰빛만은 똑똑히 보였다. 그리고 그 손은 아버지의 거무튀튀하고 상처가 있는 손과 대비되어 더 더욱 희게 보였다.

꼭 잡힌 손을 한참이다 들여다보던 그는 부들부들 떨며 서로를 마주 보고 있는 두 사람의 눈길로 시선을 돌렸다. 아버지의 표정은 아들들에게 보여주는 것과 아주 다른 부드러움을 가지고 있었고, 그 부드러움에는 어딘지 뭐라 말할 수 없는 껄끄러움이 번득였다.

준혁은 그게 무슨 의미인지 금세 알아챘다. 아버지는 가지고 싶은 것이 있으면 언제나 저런 눈빛을 했다. 그리고 그런 눈빛을 보낸 것은 어떻게 해서든 곁에 두고 소유하고 마는 것이다. 그는 몸이 심하게 떨리는 것을 느꼈다.

먹이를 노리는 야수의 눈과 비슷한 눈을 인희는 다정함이 듬뿍 담긴 눈빛으로 맞받고 있었다. 지금껏 자신에게는 보이지 않은, 심지어는 마음이 맞는 듯한 동생 준영에게도 그런 눈빛은 보낸 적이 없었다. 그 조심스러움과 다정함과 부드러움이 담긴 눈빛을 아버지에게 보내는 것을 본 준혁은 심장이 산산조각난다는 것이 어떤 것인지 체험했다.

아니야, 저건 아니야!

준혁은 자기 자신을 다스리기 위해 주먹을 꼭 쥐었다. 하얗게 드러난 관절이 얼마나 자신의 감정을 담고 있는지, 그리고 짧은 손톱이 자신의 손바닥에 손톱 자국을 내다가 손바닥의 살을 약간 뚫고 들어가 작은 상처가 나도록 쥐었다는 것도 몰랐다.

그렇게 두 사람을 바라보고 있던 것도 한참이었다. 두 사람은 그렇게 서로에게 열중해 아직 그가 그 자리에 있는 것조차도 몰랐다. 그것을 의식한 그는 입술을 세게 깨물며 돌아섰다. 그리고 무작정 집을 나가 차에 앉아 시동을 걸었다.

한참을 달려나가면서 그는 자기 자신이 잘못 봤기를 바랐다. 그녀의 입가에 계속 머물러 있던 어딘지 친근하고 다정한 미소며 아버지에게 보내던 다정함과 부드러움이 넘치는 눈빛, 그리고 계속해서 놓지 않고 잡고 있던 아버지와 인희의 손. 그럴 리 없었다. 인희와 아버지가 그런 사이일 리 만무했다. 어떻게 세상에서 가장 흉악한 노인과 그 작고 여린 여자 아이가 그런 사이일 수 있단 말인가?

"말도 안 돼. 절대 그럴 리 없어."

그는 다짐하듯 속삭였다. 하지만 계속해서 그의 뇌리를 스치는 영상은 아버지가 잡고 있던 그 작고 섬세한 손이었다. 그가 꼭 눌러뒀던 욕망과 애정이 폭발했던 그날 밤 끌리는 마음을 어쩌지 못하고 애무했던 그 손, 그 손을 아버지가 잡았다. 그리고 인희를 소유욕 어린 눈동자로 바라보았다.

"그 노인네가 노망이 나지 않고서야."

하지만 노망이 나기엔 아직 노인네가 너무 정정했다. 그가 잘 못 본 것이다. 요즘 너무 여러 가지 일에 신경을 써서 머리가 아파 모든 것을 잘못 보고 있는 것이다. 단지 인희와 아버지는 정원을 산책하고 있었을 뿐이다. 그뿐이다.

하지만 계속해서 뇌리를 스치는 인희와 아버지 사이의 다정한 모습은 그를 괴롭혔다. 준혁은 눈을 질끈 감은 채 차의 속력을 올렸다. 제한 속도 이상으로 달리는 일은 한 적이 없던 그에게 이것은 무모한 일이었다.

영상이 지워지고 쓸데없는 생각이 없어질 때까지 계속해서 과속해 차를 몰았지만, 결국 그 이미지는 없어지지 않고 내내 그에게 남아 있었다.

✳

"망상이었어."

준혁이 쓴웃음을 지으며 고개를 숙였다.

조급해하지만 않았다면 그는 그것을 그렇게까지 염두에 두지 않았을 것이다. 그리고 그것을 아주 단순하게 봤을 것이다. 그러나 그는 당시 인희에 대한 감정 때문에 여러 가지가 혼란스러웠고, 미성년자인 그녀에게 자신의 욕망을 내보인 일에 대해서 허둥대고 있었다. 때문에 아버지와 인희의 다정한 모습이 필요 이상으로 그에게 각인되어 버린 것이다.

그때 그런 오해만 하지 않았다면 인희와 결혼해서도 그렇게 까지 무관심하게 굴지는 않았을 것이다. 간소하긴 했겠지만 제 대로 형식을 갖춰서 결혼했을 거고, 집에서 출퇴근하면서 인희 가 해주는 맛있는 저녁을 먹고 그녀와 차를 마시며 하루 일과를 이야기했을 것이다. 아버지를 돌보느라 정신없는 그녀에게 따 뜻한 말을 건네줬을 것이고, 밤이면 항상 작고 여린 그녀의 몸 을 안고 그 서늘함을 따뜻하게 데워주었을 것이다. 하지만 그는 아무것도 하지 않았다. 집에는 몇 달에 한 번씩 들어갔고, 그녀 가 싸 온 첫 도시락을 냉정하게 내쳤으며, 아버지를 돌보는 모 습에 질투하며 속으로 마음만 태웠다.

그런데 지금 와서 그녀를 찾아가고, 그녀에게 원한다 하고, 그녀에게 입맞춤으로 마음을 전하려 한다고 해서 그녀가 받아 줄 것 같은가? 그것은 천만의 말씀이었다.

하지만 준혁은 어리석은 일임에도 불구하고 그녀가 그러길 바랐다. 혹시나 마음의 상처를 입은 그녀가 자신을 보고 안정된 마음이 산산이 부서질까 두려워, 그녀의 창백한 모습을 직접 봤 던 그 병원 앞의 우연한 마주침 전까지는 그녀에게 다가갈 엄두 도 못 냈다. 아니, 그보다는 그녀가 그의 모습을 보고 지금처럼 원망 어린 눈빛을 보낼 것이 겁이 나서 접근하지 않았다. 하지만 매일매일 그녀가 그리웠고, 매일매일 그녀의 목소리를 가까이서 듣고 싶었다.

그가 그녀에게 붙인 사람들의 보고서는 그녀가 산책에서 비둘기에게 모이를 줬다는 것까지 적혀 있을 정도로 상세한 것이었지만, 그것으로 그의 그녀에 대한 갈증이 풀어지는 것은 아니었다. 그래도 그는 보고서가 너덜해질 때까지 계속 살펴보고 또 살펴보며 그녀에 대한 갈증을 조금이라도 달래려 애썼다. 그리고 지금, 더 이상 참을 수 없었다. 결국 그렇게 달려가 보지 않으면 견딜 수 없었던 것이다. 그래서 찾아가서 받은 그 무심한 눈동자에 그의 가슴은 찢어졌다. 그리고 두 번째 방문했을 때 받은 그 원망 어린 상처 입은 눈동자에 그의 가슴은 넝마가 되었다.

처음부터 그가 조금만 제대로 머리가 돌아갔던들 그녀에게 그런 식으로 상처를 입히지는 않았을 것이다. 하지만 그의 머리가 엉망인 바람에 모든 것이 수포로 돌아갔다.

"젠장."

다시 그 눈빛을 마주한다면 정말 돌아버릴지도 모른다. 지금껏 '이럴 것이다'라고 상상했던 것과 실제의 차이는 컸다. 그는 정말 견딜 수 없었다.

그게 지금 그가 일본을 갈 짐을 싸는 이유였다. 물론 후지무라 공업과의 계약 건은 중요했고, 때문에 양쪽의 회장이 만나 직접 계약을 체결하려는 것이지만 그보다도 지금의 상황에서 도망가고 싶은 충동이 너무 강했던 것이다.

　필요한 서류를 챙기다 말고 그는 한숨을 쉬었다. 피곤했다.
"출장, 꼭 가야겠어?"
"이대로라면 참지 못하고 심한 짓을 할 것 같아."
　그것이 지금 준혁의 솔직한 심정이었다. 부끄러운 속을 다 내
보이고, 예전보다도 더 어리숙한 행동을 할 것 같아 두려웠다.
준우는 그런 형을 물끄러미 바라보았다.
"형."
"그녀는 나를 싫어해. 맙소사, 그것도 당연하지. 나는 말이야,
지금껏 그녀에게 뭐 하나 해준 것이 없어. 마음만 넘칠 뿐이었
지. 하! 믿어지니? 돈은 넘칠 만큼 가질 수 있어. 그녀를 사랑하
는 마음도 넘치도록 가지고 있다고. 하늘에 뜬 달을 따달라고
하면 우주선을 쏘아 올려서 정말 떼다 줄 용의도 있어."
　형이 그러리라는 것은 의심하지 않았다. 그리고 태정그룹이
조금 더 확실하게 자리가 잡히면 언제든지 우주선을 쏘아 올릴
수 있는 재력이 될 수 있다는 것도. 하지만 문제는 형수가 원하
는 것을 형이 해줄 수 없다는 것이 문제였다.
"하지만 과거를 돌릴 수는 없어. 내가 한 말을 안 한 것으로
치부할 수도 없고, 내가 그녀를 엉망으로 취급한 것을 그러지
않았다고 할 수도 없어."
　없었던 일로 하면 얼마나 좋을까? 아버지의 유언을 발표했던

그날 했던 자신의 말에 얼마만큼이나 자신의 의심이 담겨 있었는지 아무도 모른다. 그리고 그렇게 모진 말을 하고 그녀가 정말 충격을 받아 떠났다는 것을 알았을 때에, 자신이 모든 것을 오해했다는 것을 깨닫고 난 후 그가 얼마만큼 무너졌는지도 아무도 몰랐다.

준혁은 마지막 서류를 가방 안에 넣으며 눈을 질끈 감았다. 아내의 하얗게 상처 입은 모습이 그대로 눈앞에 어른거리기 시작했다.

"지금 뭐라고 하셨습니까?"

최 변호사는 그저 안경만 치켜 썼을 뿐이다.

"다시 말해 줘야겠나?"

"예."

준혁의 얼굴이 무시무시하게 굳어 있었다. 그것도 어쩌면 당연했다. 유언장의 내용은 그가 생각하기에 말도 되지 않는 내용이었으므로.

최 변호사는 헛기침을 하면서 유언장을 다시 훑었다.

"자네에게는 이 집과 제주도의 별장을 남기셨고, 그 외에 주식 5%를 남기시네. 그리고 준우 군에게는 주식 3%와 인천의 건물 두 채, 그리고……."

"마지막 부분을 읽어주시죠."

최 변호사는 딱딱하게 굳은 준혁의 말투에 분노가 어려 있다는 것을 눈치 챘다.

"다시 읽을 필요가 있겠나? 이건……."

"다시 읽어달란 말입니다! 젠장!"

"알았네."

최 변호사는 한숨을 쉬었다.

"마지막으로 사랑하는 내 피후견인 박인희에게는 내 장남과 차남에게 물려주지 않은 나머지 주식을 남긴다. 나의 주식은 서준혁과 박인희가 삼 년 동안 이혼하지 않는 조건 하에서 인희의 소유이며, 만일 이혼하게 된다면 나의 차남 서준우에게 돌아간다. 서준혁과 인희의 삼 년의 결혼 생활 동안 아이가 생긴다면 이 주식은 아이의 몫으로 돌아선다. 만일 아이가 없고, 삼 년 후에 서준혁과 박인희가 이혼한다면 주식은 박인희에게 돌아가게 된다."

믿을 수가, 믿을 수가 없었다.

넋을 잃고 서 있는 인희의 존재는 알아채지 못한 채 준혁은 분노로 목소리를 높였다.

"그 늙어 빠진 너구리가 정신이 나간 것이 틀림없어요. 그렇지 않고서야, 그렇지 않고서야!"

"준혁 씨!"

인희가 놀라서 작게 소리 지르는 것도 준혁에게는 들리지 않았다. 눈앞이 온통 새빨갛게 물든 느낌이었다. 지금 느끼는 감정에 비하면 지금까지 그가 느꼈던 배신과 환멸, 증오의 감정은 몇 방울씩 떨어지는 작은 물방울 같은 감정에 불과했다.

"그렇지 않고서야 어떻게 이럴 수 있어?! 어떻게 이럴 수 있냐고! 고작, 고작 옆에서 알랑거리기나 하는 어린아이에게 회사를 통째로 가져다 주는 꼴밖에는 되질 않잖아!"

분노에 찬 그는 자신이 어떤 말을 하는지 느끼지 못했지만 듣고 있는 인희는 멍해지는 느낌을 받았다.

알랑거리는 어린아이.

결국 그가 생각하는 그녀는 그 정도였던 것이다. 인희는 가벼운 현기증까지 느꼈다. 이미 그 사고 이후 그가 그녀를 사랑한다는, 아니, 사랑해 줄지도 모른다는 환상을 버렸지만 그가 그녀를 그렇게 생각한다는 것은 미처 생각지 못했기에 인희는 또다시 상처를 입었다.

"형!"

소리를 지르며 그에게 대든 것은 그의 동생.

"그래, 노친네 어디 두고 보라지. 두고 봐! 내가 당신 뜻대로 움직여 줄 거라고 생각하면 오산이야!"

분노에 가득 찬 그는 한쪽에서 자신이 입고 있는 상복만큼이나 새하얗게 질린 얼굴로 떨고 있는 인희를 인식하지 못했다.

"그래, 도대체 당신, 무슨 짓을 했지? 결혼이란 명목으로 내 발을 당신에게 묶어놓고 뭘 한 거지?"

"나, 난……."

이렇게 화가 난 준혁의 모습도, 그리고 이렇게 심한 말을 퍼붓는 준혁의 모습도 본 적이 없는 인희였다. 부들부들 떠는 아내를 향해 준혁은 마지막 일격을 날렸다.

"말해 보시지! 도대체 무슨 짓을 해서 노친네를 사로잡은 거지? 도대체 무슨 짓을 해서 죽기 한 달 전에 이딴 식으로 유언장을 고쳐 쓰게 만든 거야!"

머리 속을 오가는 영상들에 준혁의 분노는 강도가 높아져 갔다. 아주 예전부터 인희가 아버지에게 좋은 감정을 가지고 있다는 것은 알고 있었다. 그리고 아버지도 인희라면 하늘의 별을 따다줄 수 있을 정도로 좋아하셨고. 하지만 전 재산을 다 물려주실 정도일 줄이야.

생각해 보니 이상한 것도 아니었다. 지금껏 제멋대로만 해온 노인이다. 게다가 연인에게라면 더 더욱 한재산 떼어주고 싶었을 테지.

준혁의 머리 속에서 생각하고 싶지 않은 영상들이 스쳐 지나갔다.

처음부터 아버지와 인희의 다정함을 시샘했던 것은 아니었다. 하지만 어느 순간 그는 아버지와 인희의 사이가 지나칠 정도로 가까워 보인다는 것을 깨달았다.

그 사실을 처음 깨달았던 것은 아버지와 심하게 싸운 것을 인희에게 처음 들키고 인희에게 사과를 하기 위해 늦은 시간 화실을 찾아갔을 때였다. 작은 창 너머로 보이는 인희와 아버지의 모습은 눈물날 정도로 다정했고, 인희가 아버지에게 보내는 그 부드럽고 편안한 미소와 형제들에게와는 달리 그녀에게 다정한 눈빛을 보내는 아버지의 모습은 하루 이틀 사이에 이루어질 수 있는 것이 아니었다.

하지만 그때는 그저 그가 너무 지나치게 생각했던 거라고 생각했다. 게다가 이후에 있었던 인희와의 첫 육체적 접촉 때문에 아버지와 인희 사이에 느꼈던 이상 기류를 그다지 크게 마음에 둘 수도 없었다.

하지만 그 후부터 그의 눈에는 아버지와 인희의 다정한 모습이 자주 보였다. 그녀를 만나기 위해 말도 안 되는 이유로 다시 아버지의 집에 방문했을 때 보았던 아버지가 인희의 어깨에 손을 올려놓고 산책을 하던 모습이라든지 준영의 일 때문에 다급하게 집에 갔을 때 보았던 쓰러진 아버지를 일으키던 인희의 안타까운 표정 같은 것들이 계속 그의 속을 건드리고 있었다.

그래도 그는 믿고 싶지 않았다. 자신에게 보이는 조심스러운 미소와는 달리 아버지에게 다정함이 담긴 수줍은 미소를 띠는 인희의 모습이 마음에 걸렸어도, 어딘지 모르게 한 걸음 거리를 두고 있는 인희가 아버지에게만큼은 그 거리를 두고 있지 않는 다는 것도 느끼고 있었지만, 아니라고 믿으려 했다.

하지만 아버지가 그에게 결혼을 강요했을 때 그는 결국 어느 정도의 진실을 인정해 버렸던 것이다.

"젠장, 지금 무슨 노망날 말씀이시란 말입니까?"
"노망? 노망이라고 했느냐?"
그는 아버지에게 소리를 지르고 있었다. 방금 들은 말도 안
되는 아버지의 명령 때문이었다.
"그럼 다 큰 아들의 결혼을 강요하시는 아버지가 노망이 나지
않았다면, 누가 노망이 났단 말입니까? 제정신이신 겁니까?"
서 회장은 울분에 가득 찬 표정으로 자신의 큰아들을 노려보
다가 작게 상소리를 중얼거렸다.
도대체 뭐가 불만인지.
서 회장은 도통 알 수가 없었다. 인희는 착하고 예쁜 아이였
다. 게다가 우아하고 기품있기까지 하질 않는가? 누구라도 사랑
하지 않고는 못 배길 아이인 것이다. 그런 애와 결혼을 하라는
데, 왜 저렇게 펄펄 뛰느냔 말이다.
"내 정신은 말짱하다. 감히 아비를 노망난 늙은이 취급하지
말아라."
서 회장의 말이 끝나자 무시무시하고 써늘한 침묵이 서재를
감싸고 돌았다.
준혁은 정말 참고 서 있을 수가 없었다. 고집 세시고 강요하
는 데에 능숙하신 분이라는 것은 익히 알고 있는 일이었지만,
설마 이런 일로 강짜를 부리실 줄은 상상도 못했다.

"그런 쓸데없는 말을 하기 위해 절 부르셨다면 이만 나가겠습니다."

"내 말이 끝나기 전까지는 나가지 말아라. 그랬다가는 내가 가진 주식을 전부 준우에게 주고 말 거니까. 너에게 양도하거나 팔지 않는 조건으로."

준혁은 멈칫거리며 뒤를 돌아보았다. 항상 회사를 장악하기 위해서 애를 쓰는 노친네라 그에게도 주식을 통해서 자신의 고집을 관철시킨 일이 종종 있었다. 그러나 이렇게 강하게 나온 일은 처음이었다.

"지금 뭐라 하셨습니까?"

"내가 언제 빈말하더냐?"

아버지에게는 무수한 단점이 있었지만, 한 말은 무슨 일이 있어도 실행한다는 것 하나만큼은 믿을 만한 좋은 점이었다. 그것을 아는 준혁은 이를 갈며 자리에 앉았다.

"난 인희와 결혼을 하는 아들에게 회장 자리를 물려줄 생각이다. 그리고 어쨌든 인희랑 결혼하는 아이는 너에게도 위협이 될 것이 틀림없어. 죽은 박 이사는 전 재산을 인희에게 주고 죽었고, 그 재산 중에는 우리 회사 주식 5%가 있으니까. 우리 집안 사람들을 제외한다면 박 이사가 최대 주주였다는 사실을 네가 편리하게 잊은 듯하구나."

준혁은 쿵 하는 소리를 냈다. 아버지의 말이 맞았다. 박 이사는 창업 때부터 죽을 때까지 아버지와 함께 일해오면서 믿음을 쌓아오셨다. 그 많은 지분을 가지고 계심에도 아버지의 자리를 위협하지 않으리라 생각이 되었던 것은 그분이 그만큼 회사와 아버지에게 막역한 사이였기 때문이다. 그리고 그 지분은 지금 딸인 인희의 손에 있다.

누가 인희와 결혼하든 회사를 장악하려는 그에게는 어떻게 해서든 영향을 끼칠 것이 틀림없다. 젠장, 저 고집 세지만 너구리 뺨치는 머리를 가지고 있는 아버지는 그 사실을 파고들고 있었다.

"난 그 애가 좋다."

그 말에 준혁이 흠칫했다. 아버지의 얼굴에 떠오른 흐뭇한 표정은 그가 잘못 보지 않았다면 좋아하는 여자를 떠올릴 때나 지을 수 있을 아련한 표정이었다.

설마, 아니겠지. 인희와 아버지의 나이 차이가 얼만데. 그리고 지금껏 두 사람은 함께 살아왔지 않은가?

하지만 미묘한 아버지의 표정이 계속 그의 신경을 건드렸다. 게다가 뒤이어 들은 말에 그는 속으로 엄청나게 기함하고 말았다.

"그리고 최 박사의 말에 의하면 난 이제 살 날이 얼마 남지 않았어. 그러니 좋지 않은 소문을 내지 않고 그 애를 옆에 두고 싶구나."

좋지 않은 소문을 내지 않고? 도대체 후견인과 피후견인 사이에 좋지 않은 소문이 돌 이유가 뭐가 있단 말인가? 뜨악한 표정으로 자신을 응시하는 아들은 신경 쓰지 않은 채, 서 회장은 자신이 정말로 좋은 생각을 했다는 듯 흐뭇하게 고개를 끄덕이고 있었다. 그리고 준혁은 그 모습에 정말 구역질이 치밀어 오르는 것을 느꼈다. 그러니까 좋지 않은 소문은 싫고, 인희는 원한다? 그럼 뭔가 좋지 않은 소문이 이미 났다는 의미였다. 그렇지 않고서야 지금껏 조용히 있다가 갑자기 이런 변칙적인 방법은 쓰지 않을 테니까.

"뭐든 아버님 마음대로 하실 수 있겠지만, 결혼은 두 사람이 인생을 함께하는 겁니다. 그런데 서로의 의향은 묻지도 않고……"

그가 힘들게 말을 꺼냈다. 도무지 상상하기 힘든 영상들이 그의 뇌리를 스쳐 갔다. '아니 땐 굴뚝에 연기가 날까?' 라는 속담이 생각났다. 좋지 않은 소문이 난 것에는 반드시 이유가 있을 것이다.

"인희는 네가 너무너무 좋다더구나."

서 회장은 준혁의 말을 뚝 잘랐다.

"그 정도면 되지 않느냐?"

뜨악한 표정을 하고 있는 큰아들을 아주 흡족한, 한편으로는 고소한 표정을 지으며 서 회장은 아들의 기색을 살폈다.

"말도 안 돼요! 그 앤 아직 어리고……"

"회사를 얻고 싶으면 결혼하거라. 난 어떤 아들놈이든 상관없다. 그 애만 내 옆에 오래 머물러 줄 수 있다면야."

혼자만의 생각에 잠겨 흡족한 표정을 하고 있는 아버지가 그는 너무너무 증오스러웠다. 맙소사, 일생 동안 그렇게 아버지를 증오해 왔지만 정말 이 순간은 최고였다. 더 이상 증오할 수 없을 정도로 증오스러웠다. 도대체 자기가 뭐라고 다 큰 아들의 인생을 좌지우지해서 자신의 방패로 쓰려고 하는지 알 수 없었다.

제멋대로에 고집 센, 그가 세상에서 가장 싫어하는 사람.

"생각해 볼 여유를 주십시오."

준혁은 자리에서 일어났다. 제기랄, 저 노친네는 저 나이가 되어서도 그의 목을 조르고 있었다. 그리고 그는 노친네의 목조르기 기술에 승복했다. 반쯤은 체념하고, 반쯤은 분노에 차서.

어떤 아들이든 인희와 결혼하기만 하면 괜찮다는 투의 말에 그는 얼어붙어 버렸다. 그건 어떤 방법으로든 인희가 아버지의 곁에서 나쁜 소문이 나지 않고 있기만 한다면 뭐든 상관없다는 투였고, 그것은 그의 핏줄에 얼음이 흐르는 것처럼 모든 사태를 냉정하게 볼 수 있도록 해주었다.

인희는 아버지의 연인일지도 모른다. 아니, 적어도 그 가까운 존재는 될 것이다.

그것 때문에 준혁은 괴로웠다. 차라리 처음 그녀를 보았을 때 데리고 어디론가 피신하지 않았던 자신을 원망했다. 수많은 사람 중 하필 그의 아버지라니. 그의 아버지!

그녀보다 적어도 사십 살 이상 많고, 제멋대로인 성격을 가진 차가운 위선자를 그녀가 준 연인 정도로 생각하고 있다는 사실은 그를 고뇌에 빠지게 만들었다. 하지만 며칠을 생각한 끝에, 그는 결국 결혼을 결심할 수밖에 없었다. 그것은 한 통의 전화 때문이었다.

「형, 나야.」

"무슨 일이야?"

「아버지가 부대에 전보를 쳐서 나보고 인희랑 결혼해서 회사를 물려받으라고 한 거 알고 있어?」

"뭐라고?"

「어떻게 할 생각이야?」

"내가 알아서 하마."

동생의 말을 듣는 순간 사고 회로가 정지하는 느낌이 들었다. 어떻게든 하지 않으면 아버지는 아무에게나 인희를 들이밀 것이고, 그에게는 기회가 없어지고 말 것이다. 그는 성북동으로 전화를 걸었다.

"예, 접니다. 아버님 계십니까?"

「바꿔 드릴게요.」

곧 이어 가증스러운 목소리가 들렸다.

「어떻게 할 생각이냐?」

"하겠습니다."

그는 거두절미하고 말했다. 하지만 절대로 아버지가 생각하는 것 같은 결혼 생활은 하지 않을 생각이었다. 어쨌든 아버지

가 원하는 대로 인희가 계속 성북동에 머물게 했으니 그는 그것
으로 할 일을 끝낸 것이다. 더 이상은 아버지 욕심대로 움직이
지 않을 생각이었다. 그는 인희의 얼굴을 떠올렸다. 예의 바른
무표정을 하고 있는 인형 같은 얼굴을, 그리고 아버지를 향해
부드러운 미소를 짓고 있던 인희의 모습을.

순간 그는 결정을 내렸다. 아무리 그가 그녀를 사랑한다지만
그녀가 아버지를 생각하고 있는 동안에는 가까이 하지 않을 것
이다. 적어도 그녀의 그 다정한 미소가 모든 사람에게 똑같이
지어질 때까지는 그녀를 가까이 할 수 없었다. 그랬다가는 시시
때때로 떠오르는 아버지의 영상에 괴로워할 테니까.

하필이면 아버지라니, 아버지라니!

생각하고 싶지 않은 결론 때문에 그녀에게 했던 프러포즈는
엄청나게 딱딱한 것이 되고 말았다. 그리고 결혼 후에도 변함없
이 아버지에게만 정성을 쏟는 아내의 모습을 보며 그는 조금씩
숨이 죽어갔다.

아버지를 향한 다정한 눈빛과 헌신적인 행동들을 볼 때마다
그의 가슴이 어떻게 무너졌는지 그녀는 모르리라. 아니, 처음부
터 알려 하지도 않았을 것이다. 결국 그는 아버지와 그녀의 관
계에 방패일 뿐이었으니까.

"난……."

막 입을 연 인희는 기가 막혔다. 아무 짓도 하지 않았다고 말

하고 싶었다. 자신을 딸처럼 대해준 고인을 좋아했고, 고집 세고, 그래서 자식들에게 외면당한 고인의 처지를 십분 이해해서 고인과 보내는 시간을 즐거워했을 뿐이다.

남편이 집에 들어오지도 않고 그녀를 외면했어도, 그녀에게는 그녀를 아끼고 사랑해 주는 시아버지 때문에 결혼 생활을 견딜 수 있었고, 시아버지는 그런 그녀를 안쓰러워했을 뿐이라고 말해 주고 싶었다.

하지만 단 한 마디도 입 밖으로 나오지 않았다. 그렇게 단정 짓는 분노에 찬 눈빛 앞에서 무얼 더 어떻게 말할 수 있단 말인가.

"형, 그만 해."

그만둘 수 없었다. 분노가 너무도 거대하게 준혁을 덮쳐 왔고, 이건 이미 이성적으로 통제할 수 있는 무언가가 아니었다. 준혁은 계속해서 소리를 질렀다.

"몸이라도 팔았나?! 말해 봐! 몸이라도 팔았냐고!"

몸을 판다고? 내가? 그분께……?

인희는 더 이상 어떠한 생각도 할 수 없었다. 그저 그곳을 나가야 한다는 생각밖에는 아무 생각도 할 수 없었다.

"몸을 팔았다고요?"

인희의 목소리는 기묘하게 가라앉았다.

"정말 몸을 팔고 그런 말을 들었다면 이렇게까지 억울하지 않을 거예요."

저 남자만큼은 그녀에게 그런 말을 할 자격이 없었다.

"아버님은…… 아버님은……."

목소리가 산산이 부서지고 있었다. 그녀는 이를 악물었다. 어떻게 해서든 자신을 추슬러야 했다.

"적어도 당신보다는 나았어요. 알아요?"

톤이 높아지는 것은 느껴지지도 않았다. 그녀는 그를 똑바로 바라보았다.

"이름뿐인 아내로 몇 년씩 방치해 놨던 당신보다 몇 배는 더 저에게 잘해주셨어요. 그리고 몇 배는 더 자상하셨어요. 당신만큼은……."

그녀가 깊은숨을 내쉬며 말을 맺었다.

"아버님께 그런 말을 할 자격이 없어요."

말을 마친 인희가 변호사 사무실을 빠져나간 것은 한순간이었다.

"형수님!"

"젠장! 형, 미쳤어!"

희미하게 준우가 준혁을 질책하는 소리가 들리는 듯했지만, 그녀는 더 이상 머무를 수 없었다. 그런 말을 듣고서는, 그런 취급을 당하고서는 더 이상 아무 생각도 할 수 없었다.

"형수!"

뒤에서 준휘가 그녀를 부르는 소리가 들렸다. 하지만 그녀는 멈추지 않고 택시를 잡아 성북동으로 와서 짐을 쌌다. 그리고 삼 년 동안 그곳으로 돌아가지 않았다.

하지만 그녀는 알지 못했다. 그런 그녀의 뒤로 심한 말 했던 것을 자책했던 준혁이 쫓아오고 있었다는 사실을. 그리고 자신의 시아버지에 대한 지극정성이 남편에게 어떻게 비쳤는지, 그런 남편의 의심들이 그 유언장 공개 때 한꺼번에 터져 나왔다는 것도 알지 못했다.

만일 그것을 알았다면 아내는 어떻게 했을까?

씁쓸한 표정으로 준혁이 생각했다.

자신의 뺨을 때리고 당장 이혼 소송을 청구하지 않았을까? 그렇게까지 아내를 믿지 못하고 모욕하는 생각을 하고 있었던 그에게 지금처럼 차갑고, 원망하는 눈길로 바라보며 몸을 돌리지 않았을까?

남편으로서 아내에게 그런 추악한 의심을 단 한 순간이라도 하는 것은 옳지 않았다. 하지만 그는 그랬다. 바보같이 타오르는 질투심으로 그런 얼토당토않은 상상을 키워왔고, 때문에 그런 억지스러운 말을 지껄일 수 있었던 것일 게다.

사실 말을 하는 순간에도 희미하게 이런 말을 하는 것이 옳지 않다는 것은 알고 있었다. 그리고 집으로 돌아와 아내가 오직 옷가지 몇 개와 화구 세트만 가지고 집을 나섰다는 것을 알게 되었을 때, 그의 의심은 조금씩 금이 가기 시작했다.

아내는 엄청난 유산을 받을 통장 같은 것은 챙겨가지 않았다. 그 집에서 살고 있을 때 받았던 것은 무엇 하나 챙겨가지 않았다. 가져간 것은 자신의 모든 것일지도 모른다고 말했던 그림을 그릴 수 있는 수단인 화구 세트뿐이었다.

몇 달을 샅샅이 아내의 행방을 뒤져 겨우 찾아냈을 때, 그의 의심은 산산이 부서졌다. 아내는 그 모든 재산을 가지고도 아르바이트를 하면서 근근히 살아가고 있었다. 그녀의 몫인 주식 배당금은 하나도 찾지 않은 채로.

"젠장."

순간의 실수였다. 다시는 생각하고 싶지 않은 실수였다. 시계 바늘을 돌려서 그 시점으로 갈 수만 있다면, 모든 것을 주고 다시 돌아가서 그녀에게 그런 소리를 하는 자신을 막을 텐데.

*

"그래도 조금 있으면 형수 전시회야. 내가 전에 했던 말 기억하지?"

솔직히 준우는 형이 좀 안타까웠다. 삼 년 동안 한집에서 같이 살면서 형이 형수 때문에 얼마나 괴로워했는지 잘 아는 그였다. 형수가 나간 것을 알고 사람을 수배해서 형수의 행방을 쫓고, 형수를 먼발치에서 계속 지켜봤을뿐더러, 형수가 사용하던 여성적인 분위기가 물씬 풍기는 방을 사용하면서 형수의 물건을 때가 타지 않도록 직접 손봤으며, 형수의 화실을 매일같이 직접 쓸고 닦으며 형수의 흔적을 매만졌다. 웬만한 남자라면 그렇게 하기 힘들었을 것이다.

"난 자격없어."

그는 처음부터 끝까지 카탈로그를 살펴보았었다. 단 몇 점만 이 카탈로그에 명시되어 있었지만, 그것을 찬찬히 들여다보면 들여다볼수록 아직은 그녀에게 시간을 주어야 한다는 생각이 들었다. 그 어딘지 모르게 몽환적이고 갇혀 있는 듯한 무채색의 향연은 그녀가 아직도 아픈 기억에 사로잡혀 있다는 증거처럼 느껴졌던 것이다.

조금은 시간을 더 줄 수 있다. 아버지의 유언장에 명시되었던 기간까지는 아직 시간이 남아 있었다. 조금은 더 시간을 주고, 공식 석상에서 어쩔 수 없더라도 다시 만나게 되는 시기가 오면 그는 그녀에게 무릎 꿇고 애원할 생각이었다. 그에게 시간을 달라고.

"형은 형수 남편이야. 그리고 형수가 사랑했던 사람이라고."

하지만 그가 죽였다. 말도 안 되는 억측과 어리석은 무관심으로 그 사랑을 죽인 것은 그였다. 어쩌면 그도 받을 수 있었던, 다정하고 기쁨에 찬 시선 대신 원망과 무관심 어린 시선을 받으면서 가슴 아파야 한 것도 모두 그의 탓이었다.

"내가 죽였어."

준혁이 담담히 말했다, 쓰라린 가슴을 안고서. 그리고 짐을 들고 밖으로 나갔다. 그런 형의 뒷모습을 지켜보던 준우의 눈이 차가워졌다.

"혜수와 함께 가는 거야?"

"고문 변호사니까."

젠장, 알고 있었다. 그리고 형이 얼마나 형수를 생각하는지도 알고 있었다. 하지만 저렇게 함께 자연스럽게 대화를 나누는 것을 보면, 그리고 혜수의 눈이 어딘가 친근함을 담고 형을 바라보는 것을 보면 가슴 한구석이 싸늘하게 식었다.

사라지는 형과 혜수의 모습을 바라보던 준우는 형의 책상 위에 흩어져 있던 서류를 정리해 둔 채 회장실을 나갔다. 형에 대한 안쓰러운 감정과 어딘지 알 수 없는 싸늘함을 동시에 느끼며.

제7장
깨
어
지
다

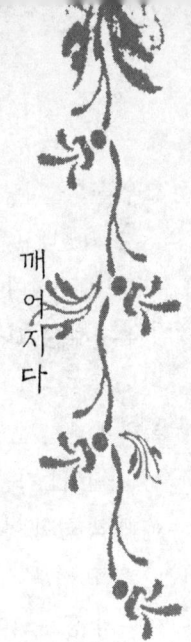

깨어지다

전시회는 대성황 정도는 아니었지만, 그래도 드문드문 사람들이 들어오는 편이었다. 지혜가 흐뭇하게 웃으며 말했다.

"처음치고 이 정도면 대성공이야."

솔직히 인희는 이 모든 상황에 무감각했다. 사람들이 드문드문 오가면서 그녀의 그림을 살펴보는 것이 어쩐지 남의 일처럼 느껴졌다. 자신의 그림이고 자신의 전시회인데도 그랬다. 오히려 화랑을 내어준 지혜가 더 신이 나 보였다.

"두 점이나 팔린 거 알아?"

"그래요?"

"그래. 왜, 자기의 초록 연작 중 하나인 '그늘'이랑 올리브 옐

로우 톤의 '벼랑' 이랑."

"잘되었네요."

"기대 이상이야. 첫날에 두 점이나 팔리다니."

유지혜는 그녀가 대학을 다닐 때 그녀를 지도한 교수였다. 일 년도 못 다니고 학교를 그만두었을 때 가장 아쉬워했고, 그녀가 복학에 대한 문의를 했을 때 쌍수를 들어 환영하며 그녀를 맞아 준 사람이었다. 마치 어미 닭처럼 지혜는 인희를 챙겼다. 그녀 에게 책 삽화 아르바이트를 찾아준 것도, 이번 전시회를 주선해 준 것도 전부 지혜였고, 그런 지혜에게 인희는 얼굴도 못 본 어 머니의 정을 희미하게 느끼고 있었다.

지혜는 입가에 부드러운 미소를 머금은 인희를 바라보며 고 개를 저었다. 인희의 전시회에 대해서 어떤 것을 예상했던 것은 이게 아니었다. 자신의 그림에 대해 누구보다 완고한 인희였다. 그리고 누구보다 사랑과 열정을 쏟아 붓던 인희였다. 그래서 지 혜는 전시회를 하고, 그림을 팔면서 인희가 뭔가 감정적인 격렬 한 반응을 보일 거라고 생각했다. 하지만 아니었다. 그녀는 공 허한 거리감을 유지하며 이 전시회가 자신이 아닌 타인의 것처 럼 행동하고 있었다. 마치 자신과 이 전시회는 아무 상관이 없 는 것처럼.

"인희야?"

"예?"

부드럽고 우아하지만 공허한 미소. 어쩐지 지혜는 오싹해졌다.

"뭘 그렇게 생각하니?"

인희는 그냥 웃어 보일 뿐이었다. 그리고 주욱 화랑에 걸린 그림들을 바라보았다. 솔직히 말하면 한 점도 내주고 싶지 않았다. 아니, 보이고 싶지도 않았다. 그나마 보일 만한 것 중에서 마음에 들지 않은 것만 걸어놓은 것뿐.

수술비가 급하게 생각되지 않았어도 이것들을 내놓는 일은 없었을 것이다. 하지만 몸은 점점 나빠졌고, 주식 배당금으로 수술받는 것은 죽어도 싫었다. 결국은 팔 수밖에 없는 것이다. 그렇게 결정을 하고 나서 그녀는 자신이 골라낸 그림들에 대해서 미련을 버렸다. 손에 잡지 못할 것이라면 미련을 지나 소용없다는 것을 오래전에 알았기 때문이다.

"형수?"

막 입에서 한숨이 새어 나오려는 순간 그녀의 뇌리로 낯익은 목소리가 스며들었다.

"준우 도련님?"

준휘에게 마르고 연약해 보이더란 말은 들었지만, 삼 년 만에 보는 형수의 모습은 준우에게 충격으로 다가왔다. 원래도 그렇게 건강하게 보이지 않았던 인희의 모습이 이제는 창백한 병자처럼 보였기 때문이다.

"다이어트에 성공하셨네요?"

놀라움을 겨우 농담으로 무마하며 준우가 말했다. 인희가 환하게 웃었다.

"그렇게 보이세요? 그럼 다행이네요."

"무정하게 시동생을 버리고 떠나 버린 분치고는 너무 잘 지낸 것처럼 보이세요."

은근히 그녀가 연락을 끊은 것을 빈정거리는 농담이었다. 인희의 미소가 약간 사그라들었다.

"그래도 도련님이 뵙고 싶었어요."

"준우 영감까지 보고 싶었다면 다른 식구들에 대한 그리움은 하늘을 찌를 듯하셨겠네."

"준영 오빠!"

인희는 준우의 뒤편에서 괜히 폼을 잡고 서 있는 준영에게 반가움을 표시했다.

"정말 왔군요."

"네 그림을 씹어댈 수 있는 절호의 기회를 그냥 지나칠 줄 알았냐?"

준영이 그렇게 말하며 인희의 차갑고 가냘픈 손을 잡았다.

"저희에겐 아무 말씀도 안 해주시다니, 정말 서운합니다."

준휘가 인희의 손을 잡은 준영의 손을 마뜩찮은 시선으로 바라보며 말했다.

"모두들 정말……."

어쩔 수 없다는 듯 한숨까지 쉬며 인희가 말했지만, 실은 이 예상치 못한 가족들의 방문이 기뻤다.

"우리가 괜히 온 건 아니죠?"

걱정하는 말투로 준휘가 조심스레 물었다.

"아니에요. 사실은 무척이나 기쁜걸요."

정말이었다. 남의 일과 같았던 전시회가 정말 자신의 전시회라는 것이 이 남자들의 등장으로 일깨워졌다. 자신의 전시회가 아니었다면 절대 오지 않았을 이 남자들의 방문으로. 가슴이 따뜻해져 왔다. 그리고…… 무척이나 아팠다. 그냥 아픈 것이 아니라 가슴을 찌르고 압박하는 것 같았다. 누군가가 가슴을 잡고 심하게 쥐어 터뜨리려는 것 같았다. 인희는 숨을 쉬려고 애를 썼다.

"아……."

숨이 쉬어지지 않았다. 갑자기 세상이 빙글빙글 도는 것 같았다. 어떻게든 숨을 쉬고 똑바로 서려고 했지만 그럴 수 없었다. 다리에 힘이 풀렸다.

"형수?"

준휘의 목소리가 들리는 듯했지만 확실치 않았다. 추스르려고 마지막까지 애를 쓰던 인희는 견딜 수 없는 엄청난 통증을 느끼며 눈을 감고 무너져 내렸다. 그리고 그녀는 정신을 잃었다.

"젠장맞을!"

가장 먼저 움직인 것은 준휘였다. 삼 년 전 그때처럼 준휘는 형수를 자신의 무릎 위에 눕힌 채 맥을 살폈다.

"제기랄."

맥이 멎어 있었다. 우려했던 대로 심장 마비가 온 것이다.

"준영아, 네 점퍼 좀 벗어. 그리고 형, 당장 119에 연락해. 아니, 우리 병원으로 연락해! 어서!"

"무슨 일이냐?"

"심장 마비야. 젠장! 내가 그렇게 몸조심하라고 일렀는데!"

준영이 벗은 점퍼를 접어 인희의 머리 밑에 괸 준휘는 아주 급하게 심폐소생술을 하기 시작했다.

젠장! 형수, 왜 이렇게까지 방치한 겁니까?

"젠장! 도대체 이게 어떻게 된 거야?"

준영이 수술실 앞에서 있는 대로 욕설을 내뱉으며 투덜거렸다. 준휘가 고개를 저었다.

"설마 저렇게까지 스스로를 방치했을 줄은 몰랐어."

"그리고 준휘, 당신은 또 뭐야? 알고 있었을 거잖아? 어쨌든 댁도 닥터 아니야?"

"너무 준휘 탓만 하지 마. 형수 고집이 고래 쇠심줄이었어."

"뭐야. 준우 영감, 댁도 알고 있었단 말이야? 나만 모른 거야?"

준영은 말 그대로 펄펄 뛰었고, 준휘와 준우는 걱정스러운 눈길로 닫힌 수술실을 바라보았다.

"대답해 봐, 두 사람 다! 나만 모른 거냐고!"

"준휘를 탓하지 마. 형수가 고집을 부려서 준휘는 아무에게도 이야기하지 못했어. 게다가 난 준휘에게 형수를 이 병원에서 봤다는 것만 듣고 원무과에서 서류를 좀 빼낸 것뿐이니까. 어쨌든 우리 병원이잖아."

준영이 씩씩거리며 난리를 쳤다.

"아무리 그래도 그렇지, 나한테 한마디 정도는 해줄 수 있었잖아!"

"이럴까 봐 아무 소리 못한 거야. 형수를 만난 다음 바로 형한테 달려간 거 기억 안 나?"

준영이 더 이상 아무 말도 못하고 입을 꾹 다물었다. 한참을 수술실 앞을 서성거리던 준영이 갑자기 물었다.

"그건 그렇고, 큰형은?"

"연락 중이야."

"연락 중은 또 뭐야? 큰형은 아무것도 몰라?"

"형수가 말하길 원하지 않았으니까. 사실 수술도 안 받고 도망갈까 봐 계속 마음이 조마조마했었어."

준휘가 솔직히 털어놓았다.

"이 똥고집 하고는."

준영이 한숨을 쉬며 말을 내뱉었다. 그리고 준우를 슬쩍 바라보았다.

"그러니까 그놈의 연락 중이 뭐냐구."

"형 일본 갔거든. 아마 아직 그 나라에 있을 거야."

"일보오온?"

준영이 기가 차다는 듯 말했다. 준우가 조용히 고개를 끄덕였다.

"일본 후지무라 공업하고의 중요한 계약 건이 있어. 게다가 그 계약 건으로 울산 공장에 있는 노조원들을 다독인 터라서 이번 계약은 성사시켜야 해. 요즘 경기가 얼마나 안 좋은지 알고 있지? 게다가 형이 회사를 맡기 전에 아버지가 너무 무리하게 확장을 시도해서 아직도 그걸 무마하느라 경영진들이 허덕이고 있어."

"그러니까 계약인지 나발인지 한다고 일본에 건너갔다?"

"그렇지. 후지무라 회장은 여행이 불가능한 상태거든. 그런데도 가능하면 오너끼리 만나기를 원했고. 까다로운 인물이야."

"젠장, 애초에 저 똥고집 녀석의 병을 알고 있었다면서 형은 왜 보낸 거야?"

"수술 일자는 다음 달 중순이었어. 설마 저 정도로 몸이 좋지 않을 줄은 상상도 못했어. 게다가 저쪽에서 원한 것은 '태정그룹의 오너'였고. 하지만 이럴 줄 알았다면 차라리 내가 갔을 거야."

"그러니까 뭐야, 연락 중이라는 것은."

"일본으로 연락 중이라는 거야. 하지만 모르겠어. 오늘 안으로 도착할 수 있을지 어떨지."

"젠장. 뭐야, 이건!"

준영이 투덜거렸다

"이래서야 삼 년 전이나 다를 바 없잖아. 안 그래?"

준휘와 준우의 표정이 그대로 얼어붙었다. 준영의 말이 맞았다. 삼 년 전에도 그들은 수술실 앞에서 수술이 끝나기를 초조하게 기다리며 서 있었다. 정작 형수의 수술을 지켜봐야 했던 형은 파티 도중에 사라져서 두 달이 지나도록 모습도 드러내지 않았고, 나중에라도 그 일에 관해 따지려고 했지만 형수가 끝까지 고집을 부려 막았다. 도대체 형에 대한 생각이 어떻게 바뀌었는지, 그 뒤로는 형에 대한 언급도 끝까지 하지 않았고.

이번과 아주 똑같았다. 게다가 준우가 급하게 회사 비서실에 일본으로의 연락을 하도록 했지만, 수술 두 시간째인 지금껏 형에게 연락이 없는 것을 보면 아직까지 연락이 닿지 않은 것이 틀림없었다.

"제길."

"이번에야말로 패줘야 해. 더 이상은 변명의 여지가 없어."

준영이 이를 악물고 중얼거렸다. 준휘와 준우는 한숨을 쉬며 서 있을 뿐이었다.

"그나저나 왜 이렇게 늦는 거야? 젠장."

"응……."

눈을 깜박이자 흰 천장이 보였다.

여긴 어디지?

"형수?"

이건 익숙한……

"준휘……."

"정신이 좀 드세요?"

도대체 여기가 어디지?

"나…… 지금…… 어디……?"

"병원이에요. 혼 좀 나셔야겠어요."

혼나? 왜?

무의식적으로 그녀의 생각이 완전히 드러난 모양이었다. 흐릿하게 보이는 준휘의 눈동자가 엄해 보였다.

"몸 관리 잘하라고 그렇게 당부했건만 왜 안 지키셨죠? 덕택에 수술하는 데 애를 먹은 데다가 형수 심장의 기능이 일찍 끝나 버렸잖아요. 반성 좀 하셔야겠어요."

그렇구나. 내가 가슴이 무척 아팠는데…… 결국 쓰러졌었나?

아무 기억도 나지 않고 그저 피곤만 느껴졌다.

"나……."

"형수?"

"졸……."

인희는 그 한마디만을 남긴 채 곯아떨어졌다. 지친 듯 눈을 감는 어린 형수를 바라보던 준휘의 입가에는 씁쓸한 미소만이 지어졌다.

힘이 빠지고 지친다는 것은 결코 좋은 일이 아님을 인희는 다시 한 번 깨닫고 있는 중이다. 수술 후에 무기력할 줄은 경험으로 알고 있었지만 그래도…… 이렇게까지 맥없이 누워 있는 것은 마치 그녀가 아무런 힘도 없고 홀로 설 수 없는 상태로 방치되어 있는 것 같아 기분이 나빴다.

하지만 어찌 되었든 예상했던 일이 아니었던가? 시동생들을 놀라게 하는 것은 계획에 없던 일이었지만. 몸이 별로 좋지 않다는 것은 알고 있었으나 이렇게 빨리 쓰러질 줄은 생각을 못했었다.

"기분은 좀 나아지셨어요?"

준휘가 옆에서 심전도를 체크하는 의사를 살피며 물었다.

"전시회는? 그리고 교수님이 놀라셨을 텐데……."

준휘는 한숨을 내쉬었다. 이거야 삼 년 전과 다를 바가 없었다. 그때도 제대로 생각할 수 있는 정신으로 돌아오자 그녀는 병든 아버지가 어떤지, 자신이 여행 간 것처럼 꾸미는 것이 좋겠다느니 하는 말을 꺼냈었다. 도대체 쓰러진 것은, 아픈 것은 그녀 자신이라는 자각은 있는지 의심스러웠다.

"물론 놀라셨어요. 작은형이 전시회를 부탁하셔서 병원까지는 쫓아오지 못하고 그냥 화랑을 지키셨어요. 어제 수술이 끝난 다음에 연락드리려고 했는데 연락처를 모른다는 사실을 알았죠."

"제가 직접 연락을 드릴까 하는데 전화기를 쓸 수 있을까요?"

담당 의사가 엄하게 말했다.

"삼 분 이상은 허락 못합니다."

"예."

준휘의 가운에서 핸드폰이 나왔고, 인희는 미간을 약간 찡그리며 뭔가 생각하더니 핸드폰을 들고 전화 통화를 하기 시작했다.

"예, 저예요."

뭔가 시끄러운 여자의 목소리가 들렸다. 인희가 입가에 부드러운 미소를 띠며 핸드폰을 약간 귀에서 떨어뜨렸다가 다시 댔다.

"괜찮아요. 수술은 성공적이래요. 걱정해 주셔서 감사합니다. 전시회 나머지 일정을 부탁드려요. 힘드시겠지만…… 많이 놀라신 거 알아요. 걱정 마세요, 알아서 할 수 있으니까."

인희가 달래는 듯한 목소리로 통화를 계속했다.

"예. 판매 건도 추진해 주시고요. 예, 폐를 끼쳐서 죄송해요."

전화는 곧 끊겼다. 인희는 핸드폰을 준휘에게 돌려주며 미소 지었다.

"많이 놀라셨나 봐요. 그래도 다행이에요."

"제가 하고 싶은 말인데요."

"어제 다른 분들도 많이 놀라셨죠?"

"놀라다 뿐이겠어요? 혼비백산했는걸요. 게다가……."

준휘가 장난스럽게 자신의 목을 매만졌다.

"전 다른 사람들에 의해서 매달릴 뻔했다고요."

"죄송해요, 도련님."

"죄송하실 필요까지는 없지만 이젠 조금 더 형수 자신에게 신경을 쓰셔야 할 필요가 있어요. 다른 사람의 감정이나 사정에 민감하실 게 아니라."

준휘가 진심을 담아 말했다.

"아픈 것은, 쓰러진 것은, 힘든 것은 형수예요. 그걸 잊지 마시라고요. 이런 상태에서까지 남을 생각하실 것이 아니라."

자신을 걱정하는 선량한 눈동자를 바라보자, 인희는 부드럽게 웃어 보일 수밖에는 다른 도리가 없었다. 착하고, 다정한 성격의 이 시동생은 항상 그녀가 가지고 싶었던 오빠 상에 가까웠고, 그래서 더 더욱 다른 시동생들보다 애정을 가질 수밖에 없게 만들었다.

이성 간의 사랑이 아닌 남매 간의 애정.

"쉬세요. 이따가 다시 와서 점심 어떻게 하셨는지 체크해 볼 거예요."

준휘가 엄하게 말했다.

"일류식당 음식보다는 삼류개밥에 더 어울리는 식단이지만, 그래도 형수의 지금 상태에 맞춘 거니까."

"그렇다면 먹기 싫은데요?"

준휘가 빙긋 웃었다.

"그렇게 되면 다른 사람들을 닦달해서 형수 상태에 맞는 맛있는 음식을 사 오라고 그러죠. 뭘 드시고 싶은데요?"

"아, 음…….."

갑자기 새콤달콤한 샐러드가 간절히 그리워졌다. 파인애플과 사과가 들어간 과일 샐러드. 토마토와 양상치가 조금 얹혀 있으면 금상첨화일 것이다.

"과일 샐러드가 먹고 싶네요."

"점심때 정도에 준영이가 온다고 했으니까 전화 넣어둘게요."

준휘가 사람 좋은 미소를 지으며 수첩에 적어두었다.

"좀 많이 주무시고, 딴생각 마시고 편히 쉬세요."

"예."

자신을 배려해 주는 시동생의 마음이 고마워 인희는 병원 침대 위에 놓인 베개 위로 머리를 묻었다. 잠은 상당한 정도로 잤고, 머리 속은 말끔해진 데다가 갑작스런 무력감 외에는 기분은 무척 좋았다.

그 사람은 알고 있을까?

갑작스럽게 그런 생각이 잠시 들었다.

알고 있을 리가 없지.

그녀의 마음속에서, 또 다른 그녀가 속삭였다.

알고 있을 리가 없잖아, 바보야. 예전에는 눈앞에서 네가 피를 철철 흘리며 쓰러져 있는데도 몰랐던 사람이잖아. 그런데 네가 아무 말도 하지 않은 지금은 알 수 있을 것 같아?

인희는 눈을 감았다. 그럴 것이다. 모처럼 상쾌한 기분에 괜한 생각을 했다. 수술 부위라고 생각되는 부분에 약간 통증이 있긴 했지만 기분은 그 어느 때보다도 좋은데, 거기에 대고 이미 잊혀져 기억 저편으로 넘어간 상처를 들이대면 어쩌라는 건가?

그가 없어도, 그가 몰라도 괜찮았다. 그녀에게는 다정한 시동생들이 있고, 호들갑스러운 그녀의 은사가 있었다. 그리고 이제 그녀 자신은 혼자서 모든 일을 해결할 수 있을 정도로 강해졌다.

그래, 난 강해졌어.

인희가 하고 싶지 않은 생각을 머리 속 저편으로 몰아내며 생각했다. 그리고 그 생각은 갑작스레 문이 벌컥 열리고, 결코 오지 않을 거라고 생각했던 사람이 그 문 앞에 서 있는 것을 보았을 때에 더욱 강해졌다.

제기랄!

끊임없이 욕을 하며 준혁은 기록적인 속도로 병원에 도착했다. 생각할수록 바보 같은 자신에 대해서 욕밖에는 나오지 않았다. 아니, 그보다 더 비난받아 마땅했던 일은 그렇게 좋지 않은 몰골로 있던 아내를 자신의 감정에 사로잡혀 그녀의 몸이야 어찌 되었든 신경도 쓰지 않고 대했다는 것이다.

조금만 일찍 알았어도, 조금만 일찍 깨달았어도 지금 그녀는 혼자 수술대 위에 누워 있지도 않았을 거고, 병실에서 혼자 누워 있지도 않을 텐데. 그가 조금만 더 그녀에게 신경을 썼던들……

후지무라 공업의 다카하시 회장과 다섯여 시간의 회담 끝에 그는 겨우 계약을 성사시켰다. 하지만 그 기쁨도 잠시였다. 막회담 장소를 나오는 그의 어깨를 비서가 툭툭 쳤던 것이다.

"회장님."

"응?"

"서 이사님의 전언입니다. 사모님이…… 사모님께서…….."

그 순간, 그의 몸이 단단히 굳었다.

"인희에게 무슨 일이 생겼다는 거죠?"

"저…… 그게…….."

비서는 한참 망설이다 대답했다.

"사모님께서 쓰러지셔서 병원에 계시답니다. 수술을 하고 있는 중이니 되도록 빨리 돌아왔으면 하는 전언입니다."

"예?!"

한동안 말을 잃었다. 지금 누가 쓰러지고, 누가 수술을 받고 있다고?

"지금 뭐라고 하셨습니까?"

"사모님이 쓰러지셔서 병원에서 수술을 받고 계시다고 합니다."

"젠장."

몸이 휘청거렸다. 물론 마르고 너무나 창백한 안색을 가진 것은 알고 있었다. 하지만 쓰러져서 당장 수술을 해야 할 정도로 몸이 안 좋은 줄은 모르고 있었다. 도대체 어쩌다가?

"서울로 떠나는 비행기가 몇 시에 있죠?"

"두 시간 후에 있습니다."

두 시간 후면 너무 늦다. 하지만 한국과 일본 사이에 어딜 경유해서 간다는 것은 시간이 더 걸리는 일이다.

"더 빠른 비행기는 없습니까?"

"예."

"젠장."

어처구니없이 발만 동동 구를 수밖에 없었다. 그사이에 제대로 된 소식을 들어보기 위해 동생에게 몇 통의 전화를 넣어보았지만 연락이 되지 않았다.

"제길."

그가 계속해서 욕설을 중얼거리며 공항을 몇 바퀴 뱅뱅 돌았다. 그리고 계속해서 자신을 자책했다. 아무리 그녀에게 다가가는 것이 괴롭고 힘들다 해도, 그녀를 혼자 놔두는 것이 아니었다. 그렇게나 창백했는데, 그렇게나 약하게 휘청이고 있었는데. 어리석게도 감정의 소용돌이에 휩쓸려서 그녀의 그런 모습을 간과해 버렸다. 그 어떤 것보다도 소중한 그녀였는데.

소중한?

준혁은 갑작스러운 깨달음에 눈을 감았다.

아버지를 사랑한 여자라도 상관없었다. 아버지와 사랑해 자신을 방패막이로 쓴 여자였더라도 상관없었다. 단지 인희는 그에게 가장 소중한 사람이었던 것이다. 왜 모르고 있었을까? 알았더라면 그렇게 그녀를 보내지 않았을 텐데.

그의 마음은 이미 서울로 향하고 있었다.

"맙소사."

막 수술을 마친 사람이 저렇게 아름다워 보여서는 안 된다는 생각이 언뜻 준혁의 뇌리를 스쳤다.

인희는 정말 아름다웠다. 그녀의 그 검은 머리카락이 베개 위로 흩어지고, 마르고 창백한 몸은 흰 침대 시트 사이에 파묻혀 빛나 보였다. 그리고 그녀의 감은 눈과 흰 살결 사이로 붉은 입술이 강조되어 그의 눈에 들어왔다. 평화로워 보였다. 금방 깨어질 듯 무척이나 섬세해 보였다.

뭐라고 말해야 할까?

준혁은 아무리 생각해도 할 말을 찾을 수 없었다. 눈을 감고 평화롭게 누워 있는 폼이 자고 있는 것 같다는 데에 안심할 뿐. 하지만 안심이 조금 일렀다. 그녀의 눈이 천천히 떠졌고, 그 눈에 잠시 놀라움이 담겼다가 곧 무표정해지는 것을 그의 눈으로 확인했으니까.

"인희야."

결국 그의 입에서 나온 말은 그녀의 이름뿐이었다. 약간 메인 것 같은 목소리로 그는 그녀의 이름을 불렀다.

그녀는 아무 말도 하지 않았다. 그저 그 투명하고 깊은 검은 눈동자로 그를 바라보다가 다시 감았을 뿐이다. 그뿐이었다. 준혁은 등 뒤로 식은땀이 흐르는 것을 느꼈다.

아니다, 이건 아니다.

그녀에게 뭘 예상했든지 이런 것은 예상해 본 적이 없었다. 화를 낼 것을 예상했었다. 소리라도 지를지 모른다고 생각했었다. 그것도 아니면, 그 또렷하고 정적인 말투로 그가 왜 오지 않았는지 따져 물을 거라고 그렇게 생각했었다. 이렇게 눈앞에서 거부당할 거라고는 생각하지 못했었다. 모르는 타인을 바라보는 것 같은 무감정한 눈동자로 그를 바라보며, 그를 바라보는 것조차 싫다는 듯 눈을 감아버릴 거라고는 생각하지 못했다.

가슴이 답답해져 왔다. 목 끝까지 뭔가가 뭉쳐서 덩어리로 콱 막힌 느낌이 들었다. 완전히 꽉 메인 목소리로 그는 그녀의 이름을 불렀다.

"인희야."

인희는 눈을 뜨지 않았다. 아니, 그의 말을 들었다는 그 어떤 표현도 하지 않았다. 그저 처음 그가 그녀를 보았을 때처럼 미동없이 그 자리에 누워 있을 따름이었다.

피곤한지도 모른다. 아직 수술 후의 마취에서 깨지 않았을지도. 아까 그가 본 것은 그저 피곤한 인희의 눈동자였을 뿐이며,

그녀가 눈을 감은 것은 단지 졸렸기 때문일 것이다.

　필사적으로 그렇게 생각하며 준혁은 천천히 인희의 침대 맡에 있는 작은 의자에 앉았다. 그녀의 흰 팔뚝에 뭔가 알 수 없는 것이 꽂혀 있었고, 거기에 링거 줄이 연결되어 있었다. 팔뚝이 너무 가느다란 나머지 꽂힌 그 무언가가 지나치게 부담스러워 보였다.

　"미안해."

　이런 어설픈 변명은 통하지 않을 거라는 것을 알고 있었다. 아내의 수술을 방관한 사람치고 너무나 바보 같다고 생각하며 준혁은 인희의 그 가늘고 흰 손을 잡았다. 차갑다라고 느낀 것도 한순간, 너무도 부드럽고 자연스럽게 인희의 손이 그의 손을 빠져나갔다. 눈 깜짝할 사이. 너무 빨랐다. 하지만 그 동작이 의미하는 것은 명백했다.

　"화가…… 많이 난 건가?"

　안 났을 리가 없겠지.

　준혁은 멍하니 생각했다. 남편이란 작자가 아내가 병이 난 줄도, 수술대 위에 누워 있었던 것도 몰랐는데 화가 안 났을 리가 없겠지. 그래, 그녀는 그냥 화가 난 것뿐일 거야. 그래서 지금 그녀 특유의 정적인 방법으로 내게 화가 났다는 것을 표현하고 있는 거다. 그럴 거야. 아니, 그래야만 했다.

　마음 깊은 곳에서는 이것이 그냥 '화가 난' 정도가 아니라는 것을 잘 알고 있었다. 아까 그 무감정한 그녀의 눈을 보았을 때부터 그는 그것을 아주 잘 알고 있었다. 그는 거부당하고 있었다, 다름 아닌 그의 아내에게서. 그리고 그 생각은 그의 가슴을 통째로 난도질했다. 그리고 그것을 깊이 혐오하고, 거부하게 만들었다.

그럴 리가 없어. 그녀가 날 거부할 리 없어. 그녀는 그럴 수 없어.

거칠게 열리는 문으로 들어온 사람은 그녀가 예상치 못한 사람이었다.

저 사람이 왜 여기에 있는 거지?

그를 본 순간 그녀의 뇌리를 스친 생각은 그랬다. 알 수 없었다. 그리고 알고 싶지도 않았다. 그가 무슨 이유로, 어떻게 여기까지 왔든지 상관없이 그녀에게는 그가 필요치 않았으니까. 바로 조금 전에 그런 결론을 내리지 않았던가, 그녀 스스로.

그래서 그녀는 눈을 감아버렸다. 눈앞에서. 그녀의 머리 속에서 그라는 존재를 소거해 버리기 위해서. 하지만 그는 그것을 아는지 모르는지 그녀 침대 옆에 앉아 그녀의 손을 잡았다. 온기가 잠시 느껴졌지만 그게 다였다. 그가 자신의 손을 잡았다는 데 놀란 그녀가 손을 빼버렸으니까.

손은 왜 잡았을까?

인희는 잠시 궁금했다. 여기 올 필요가 없었던 것처럼 손을 잡을 필요도 없었던 것 아닌가?

하지만 그런 것을 오래 궁금해할 여유도 없이 그의 속삭임이 들려왔다.

"인희야."

부드럽고 따뜻한 음성으로 들리는 그녀의 이름. 마치 세상에서 가장 소중한 존재를 부른다는 듯한 어조였지만 그녀는 그게 자신의 이름이라는 생각이 들지 않았다.

"힘…… 들었지?"

힘? 힘이…… 들었나?

그의 따뜻한 손이 다시 그녀의 손 위로 겹쳐졌다.

"힘들게 해서 미안해."

온기가 달갑지 않다고 느끼기는 처음이다. 인희는 그 달갑지 않은 온기에서 또다시 자신의 손을 빼냈다.

"미안하다는 말로 충분치 않다는 거, 잘 알고 있어. 내가 너무 바보같이 굴었다는 것도."

그가? 바보 같아? 왜지?

"당신이 내게 말해 주지 않았어도 내가 알았어야 했는데…… 그래야만 했는데…… 버젓이 당신이 아파 보인다는 것이 눈에 보이는데도 내 감정만 앞세워서 당신을 괴롭혀서…… 그리고 이렇게 혼자 견디게 해서……."

뭔가 메인 듯한 목소리인 것 같았지만 확실치 않았다. 그리고 그의 목소리가 메인들 그녀와는 별 상관 없는 일이었다.

"화가…… 많이 난 건가?"

화? 내가?

인희는 가만히 생각해 보았다. 화는 별로 나지 않았다. 그저 처음부터 끝까지 그냥 궁금할 따름이었다. 이 사람이 도대체 여기서 왜 이렇게 앉아서 말도 안 되는 이야기를 늘어놓고 있는지. 별로 듣고 싶지 않았고, 들을 필요도 없는 이야기를 왜 그렇게 말끝을 흐리며 더듬거리며 하고 있는지.

"지금부터는 내가 당신을 챙길 거야. 사람도 붙여줄 거고, 매일 문병 올 거고, 준휘 말로는 병원 식사가 형편없다던데 먹고 싶은 게 있으면 이야기하고."

당신이 왜 내가 먹고 싶은 것을 알아야 하는 건데요?

당신이 왜 내게 사람을 붙이는 거죠?

당신이 왜 매일 내게 문병을 온다는 거죠?

당신이 왜…… 날 챙겨야 하는데요?

이 남자가 왜 이런 자신의 마음에도 없는 말을 하는지, 그리고 그 아무 의미 없는 말이 왜 그렇게 자신의 귀에 고통스럽게 다가오는지 의아하게 여기면서 인희는 천천히 베개에 머리를 더 파묻었다.

계속 눈을 감고 있으면, 좀 더 베개에 머리를 깊숙이 묻어서 그가 하는 그 모든 거짓말들을 듣지 않으면, 그리고 계속해서 온기를 전해주려는 그의 손길을 피하면 모든 것이 더 편할 것 같았다. 궁금해할 필요도 없고, 가슴이 따끔거리는 과거를 상기할 필요도 없고, 약해지지도 않을 것 같았다. 환상을 봤고,

환청을 듣고 있으며, 환영의 손길을 느낀다고 생각하고 싶었다.

아까까지만 해도 상쾌하고 좋았던 기분이 점점 어둡게 가라앉고 있었다.

제8장

기
회
를
가
지
다

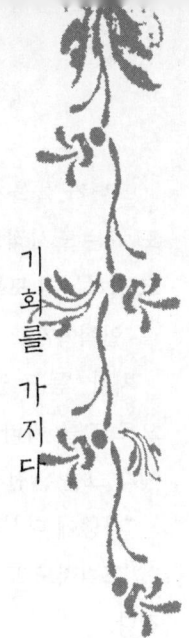

기
회를 가지다

그의 손길을 두 번이나 피했다. 준혁은 더 이상 아내의 손을 잡을 생각을 할 수 없었다. 아내의 두 번의 완곡한 거절은 그에게 생각보다 큰 상처를 남겼다. 그걸 감추기 위해서, 자신이 그녀에게 한 짓을 보상하고 싶어서 그는 바보같이, 두서없이 떠들어댔다. 미안하다고, 화가 많이 났냐고, 앞으로 그녀를 잘 챙기고 몇 배로 보상해 주겠노라고. 하지만 인희는 꼼짝도 하지 않았다. 대신에 그녀의 머리는 병원의 푹신해 보이는 베개에 더더욱 파묻혔다.

"음악을 들을 수 있게 미니 오디오를 설치해 줄게. 영화가 보고 싶다면 비디오도⋯⋯."

그녀가 들을 수 있을 것 같지 않다는 생각이 들었지만, 그래도 그는 필사적으로 뭐라고 떠들어댔다. 그 자신도 자신이 뭐라고 말하는지 모를 지경이었다.

"인희야?"

차마 '듣고 있니?' 라고 물을 수 없었다. 그녀가 무표정한 눈으로 그를 바라보고 눈을 감았을 때부터 스멀거리던 불안감은 이제 그를 완전히 사로잡았다. 그녀는 그를 거부하고 있었다.

"나중에 다시 올게."

'그럴지도 모른다는 것' 과 '그렇다는 것' 은 명백한 차이를 가진다.

전자는 '안 그럴지도 모른다' 라는 희망이 담겨 있지만, 후자는 '확실히 그렇다' 는 것이므로 전자와는 달리 매달릴 희망도 없는 것이다.

힘이 죽 빠져 버린 준혁은 자신을 거부하는 아내 옆에 더 이상 있을 수 없었다. 비참함과 고통이 밀려오고 어딘가에 실컷 욕이라도 하고 싶은 감정에 휘말리는 자신을 겨우 막으며, 욕을 퍼부으며 그녀에게 싫은 소리를 여럿 내뱉기 전에 병실을 나가기를, 병원을 벗어나기를 빌며 정말 도망치듯 병실을 나섰다.

막연히 '그럴 것이다' 라고 생각하는 것과 '틀림없이 그렇다' 라는 것은 많은 차이를 가진다. '그럴 것이다' 는 '그렇지 않을지도 모른다' 의 의미를 약간이라도 가지는 데 반해 '틀림없이 그렇다' 는 '그렇다' 라는 의미 말고 다른 것을 허용치 않기 때문이다. 그리고 사업이라는 것을 하기 시작하면서 그것을 누구보다도 더 잘 알고 있는 것이 바로 준혁이었다. 사업이라는 것은 항상 자신과 남의 확신 사이의 기묘한 줄다리기를 하는 작업이기 때문이다. 그리고 지금 그가 멍청히 앉아서 온갖 서류를 바라보며 일에 몰두하고 있는 이유도 바로 그것이었다.

'그럴 것이다'라고 생각했다. '틀림없이 그렇다'가 아니라 '그럴 것이다'라고. 하지만 아니었다. 그녀는 '틀림없이 그를 거부하고' 있었다.

물론 그런 상황을 예상하지 않은 것은 아니다. 솔직히 말하자면 예상은 하고 있었다. 하지만 그 예상을 그다지 확신있게 하지 않았을 뿐. 하지만 결과는 '그를 거부하고 있을지도 모른다'가 아니지 않는가?

"회장님, 오늘도 밤새실 건가요?"

"퇴근해요."

비서실에서 최 비서의 전화가 들려오자 그는 멍한 표정으로 그저 그 말 한마디만을 했다.

"먼저 퇴근하라고 하시는데요?"

최 비서가 준우에게 조용히 말했다.

"며칠이나 되었죠?"

"한 닷새 정도. 사모님께 문병 가시는 한 시간을 제외하고는 절대 서류에서 눈을 떼는 시간이 없어 보이세요."

최 비서가 회장실의 문을 바라보며 중얼거렸다.

"불쌍하신 양반, 도대체 언제까지 저러실 건지."

준우는 최 비서의 그 말에 대해서 절실히 공감했다. 형은 불쌍한 사람이었다.

"처음 저는 두 분이 정말 결혼을 잘하셨다고 생각했어요. 비록 사모님이 아직 어리다고 해도요."

"예?"

최 비서는 중년의 주름진 입가에 미소를 띠었다.

"여자라면 누구나 그런 시선 한 번쯤은 받아보고 싶어하는 법이지요. 이 세상에 존재하는 것은 나와 나를 바라보는 그 남자뿐이라는, 세상에서 그 남자에게 가장 소중하고 진실된 존재는 나뿐이라는 그런 시선 말이에요. 아직 어린 사모님이 이곳에 들르셨을 때 회장님은 사모님을 그런 시선으로 바라보셨죠. 그리고 그날 전 제 남편을 들들 볶았고요."

피식 웃으며 최 비서가 말을 이었다.

"전 사모님을 부러워했어요. 회장님 같은 분은 흔치 않으니까. 그런 회장님의 사랑을 받는 사모님은 얼마나 행복할까 하는 생각을 했죠. 그런데 아니었어요."

한숨을 쉬며 비서는 하던 작업을 저장하고 컴퓨터를 껐다.

"회장님이 결혼한다고 하셨을 때 전 걱정됐지요. 그 당시 사모님은 아직 어리셨고, 게다가 결혼한다고 하시는 회장님의 얼굴빛은 원해서 하는 결혼이 아니라 억지로 하시는 듯 보였으니까. 이사님도 아시다시피 회장님은 돌아가신 선친을 너무 많이 닮으셔서 일을 자신의 뜻대로 추진할 수 없으시면 말도 안 되는 고집을 부리시잖아요."

비서가 가방을 정리하며 말을 이었다.

"선친을 모신 적이 있고, 대를 이어 저분을 모시고 있으니 제가 그런 면을 못 본다면 바보겠죠. 이 년의 시간을 쓸데없는 고집으로 낭비하셨고, 삼 년 동안 고생을 하셨으면 이제 정신을 차리셔야죠. 왜 저렇게 어린아이같이 구시는지 전 알 수가 없네요."

준우는 최 비서를 바라보았다. 아버지와 이십 년, 형과 십 년을 일한 그들 부자의 연결 고리와 같은 사람이었다.

"형은 가질 수 있는 것은 다 가졌어요. 그런데 왜 행복하지 않은 걸까요?"

"회장님은 자신이 가지고 싶은 것을 자신이 원하는 방법으로 가질 수 없다고 투정을 부리셨죠. 뭐든 완벽을 원하게 되면 행복할 수 없는 법이랍니다."

최 비서가 우울하게 미소 지으며 말했다.

"이 정도 나이가 들면 누구든 알게 되는 진리지요. 하지만 회장님은 그걸 모르셨고, 지금도 모르고 계세요."

준우는 비서실을 나가는 비서의 뒷모습을 보며 우울하게 미소 지었다. 어쩌면 저 중년의 비서가 하는 말이 옳을지도 모른다. 뭐가 되었든 완벽한 것을 원하면 결코 행복해질 수 없는지도. 형은 형수를 사랑한다고 말했다. 그리고 형수가 자랄 때까지 기다려서 그의 여자로 만들고 싶다고 말했다. 하지만 어쩌다 보니 그럴 수 없었고, 그것 때문에 투정을 부린 것이다. 그리고 지금은 자신이 투정을 부린 대가를 치르고 있었다. 형이 투정 부린 상대이고, 형이 간절히 원하는 단 한 가지인 형수는 더 이상 형을 원하지 않고, 그를 거부하고 있었으니까.

"대단하군."

"대단한 것은 형이야."

준휘는 그저 어깨만 으쓱했다.

"면회 시간으로 허락된 이십 분 동안 형수는 그저 눈을 감고 베개 속에 머리를 푹 파묻고 있어. 절대 눈도 뜨지 않고, 움직이지도 않지. 그런데도 형은 그저 앉아서 형수를 바라보고만 있어. 마치 세상에서 가장 귀한 것을 본다는 그런 시선으로. 한참을 그러고 나서 면회 시간이 끝나면 세상 다 산 듯한 표정으로 그냥 병실에서 나와 버리거든."

"둘 다 고집불통이네 뭐."

그들의 작은 형수가 수술을 한 지 일주일 만에 서씨네 형제들은 준휘의 집에서 다시 모였다. 내일이 퇴원 예정일인데 어떻게 하면 좋겠느냐는 준휘의 전화 때문이었다.

"형수에게 간병인을 붙여서 퇴원시키는 것이 가장 좋은 방법이야."

준휘가 말했다. 준우가 눈썹을 살짝 들어 올렸다.

"형은 알고 있니?"

"알고 있겠지. 하지만 큰형은 이것도 알고 있어."

"뭘?"

"형수가 형이 해주는 것 그 모두를 거부할 거라는 것 말이야."

"모르면 바보겠지."

준영이 반쯤 조롱기를 담아 말했다.

"형이 붙인 간병인의 간병을 받지 않고, 불편하면 죽어라 참거나 간호사를 호출해서 형은 결국 간병인을 내보냈잖아. 게다가 음악을 들으라고 놓은 미니 오디오에는 먼지만 쌓여 있고, 비디오는 아직 리모컨 버튼 하나 건드리지 않은 상태고 말이야."

"둘 다 정말 고집불통이야."

준영이 투덜거렸다.

"이젠 둘 다 솔직해질 수 없는 거야? 형은 형수를 사랑해. 그리고 형수도 형을 사랑해. 이것만큼 간단한 명제가 있어?"

"없지. 하지만 그게 가장 복잡하고, 어려워."

준우가 말했다.

"누군가 다른 누군가를 사랑하고, 다른 누군가도 그 누군가를 사랑한다는 것이 말이다."

"형이 알면 절 죽일 겁니다."

준휘가 인희의 휠체어를 밀며 그녀의 귓가에 속삭였다.

"그 사람은 모를 거예요."

"형수에 관해서는 뭐든 형이 알아서 챙긴다는 것을 이젠 깨달으실 때도 되지 않으셨나요?"

준휘가 가라앉은 목소리로 물었다.

"그렇게 하고 싶은 것이 아니라 '그렇게 해야만 한다'고 생각해서 하는 일인걸요. 그러니까 내가 알 필요는 없어요."

"형수."

"위로하려 하지 마세요."

인희가 스쳐 가는 바람과 같이 조용하지만, 공허한 목소리로 말했다.

"도련님은 좋은 분이에요. 항상 오빠와 같은 애정으로 절 생각해 주시고 저에게 다정하게 대해주셨죠. 그런 도련님이니까."

인희가 눈을 감았다.

"제 감정을 알고 어떻게든 절 위로해 주시려는 것도 알아요. 하지만 전 이미 모든 것을 포기했어요."

"예?"

"전 삼 년 전에 모든 것을 포기했지요."

그랬다. 삼 년 전 낯선 타인을 보듯 자신을 바라보는 남편의 눈동자를 바라본 순간 버려진 듯 그의 마음에 자신이 들어갈 공간이라는 것은 예전에도, 지금도, 앞으로도 없을 것이라는 사실을 깨달은 그 순간 박인희는 서준혁에 대한 자신의 사랑을 접었다. 그리고 그가 보내온 메시지를 믿기로 했다.

널 사랑하지 않아.

더 이상 날 너에게 얽매려 하지 마.

너와 난 타인이야.

그토록 그가 그녀에게 말하려 했던 모든 말들을. 그러나 그녀가 바보 같아서, 멍청이 같아서, 자신에 감정에 취해서 무시했던 그 말들을 받아들이기로 했던 것이다.

그는 그녀를 사랑하지 않았고, 그녀는 자신이 가지고 있는 무기를 가지고 자신에게 그를 얽매었을 뿐이라는, 그녀는 그에게 속한 적이 없고, 그도 그녀에게 속한 적이 없는 완벽한 타인이라는 진실을 그녀는 힘들게 깨달은 것이다.

"형수?"

"그 사람과 저는 타인이에요. 저 자신이 그것을 알고 있지요. 이미 삼 년 전에 알아버렸어요. 타인에게, 모르는 사람에게 어쩔 수 없이 받는 자선 같은 것은 이제 받고 싶지 않아요."

"하지만 형수……."

인희는 입가에 미소를 지었다.

"이제는 혼자서도 견딜 수 있을 만큼 강해졌으니까. 그러니까 그 사람이 그러는 것 달갑지 않아요."

그 손의 온기도, 세상에서 가장 소중한 것을 위한 목소리로 부르는 그녀의 이름도 거짓이라는 것을 알기에 그녀는 그것 없이도 지낼 수 있었다. 거짓이어도 그런 것이 필요했던 것은 삼년 전의 어느 날의 일이다.

어느새 휠체어는 병원 문 앞까지 왔다.

"여기 있는 동안 여러모로 도련님께 폐를 끼쳤네요."

인희가 고개를 돌려 준휘와 눈을 맞추며 말했다.

"집에 혼자 계시는 것은 자기를 죽이는 거라는 건 알고 계시죠?"

"간병인을 둘 거예요. 걱정 마세요."

인희가 씩씩하게 말했다.

"형수."

"네?"

준휘가 더듬거리면서 말을 이었다.

"저기, 그러니까, 절 좋은 사람이라고 하셨죠?"

"네."

"그건 절 좋아하신다는 말씀이시죠?"

"그럼요."

"한 가지만 약속해 주시겠어요?"

"예?"

준휘가 인희의 눈을 피하면서 더듬거리는 말투로 말을 이었다.

"저 계속 좋아해 주세요. 미워하시면 안 됩니다."

묘하게 자신을 피하는 시동생의 태도에서 인희는 뭔가 수상

한 낌새를 느꼈다. 그리고 아니나 다를까,

"타시죠."

"준휘 도련님!"

"약속하셨잖아요."

슬슬 몸을 빼는 시동생을 바라보며 인희는 한숨을 쉬었다. 미워하지 않겠다고 약속한 적은 없었지만, 그래도 준휘는 인희를 생각해서 이런 일을 저지른 것이리라.

"전 이 차에 타지 않을 거예요."

"형수님."

기사는 엄숙한 표정으로 그들을 기다리고 있었고, 준휘는 애원하는 표정을 했다.

"고집 그만 부리세요. 형수에게는 지금 그 어느 때보다도 보살핌이 필요한 상태라는 것을 모르세요?"

그건 알고 있었다. 하지만 그의 달갑지 않은 관심과 보살핌이 싫을 뿐이다.

"형수님."

"타."

차의 앞문이 열리며 준혁이 내렸다. 그의 얼굴은 무표정하게 굳어 있었다.

"당신이 타지 않으면 내가 안아서 태우겠어."

인희는 아무 말도 하지 않은 채 그저 고집스럽게 입만 다물고 있었다. 준혁이 약간 비뚤어진 우울한 미소를 입가에 띠었다.

"좋아. 그렇단 말이지?"

준혁이 인희에게 다가와 그녀의 어깨와 무릎에 팔을 넣었다. 인희의 팔과 다리가 힘없이 버둥거리고, 그녀의 눈에 믿을 수 없다는 분노의 기운이 어렸지만, 준혁은 싹 무시해 버렸다.

"짐은 다 챙겼겠죠?"

"예, 회장님."

나이 지긋한 기사가 준혁에게 공범자의 미소를 보내며 대답했다.

"내려놔요."

"당신이 원한 게 이거 아냐?"

준혁이 빈정거리는 어조로 말했다.

"난 그저 집에 가고 싶을 뿐이라고요!"

인희가 힘을 주어 말했다.

"잘됐군."

준혁이 그녀를 차에 태우고 차 문을 잠그며 중얼거렸다.

"우리는 지금 우리 집에 가고 있으니까."

우리 집? 지금 이 남자의 입에서 '우리'라는 말이 나온 건가?

인희는 의구심을 담아 준혁의 얼굴을 살펴보았다. 준혁의 입가는 굳어 있었고, 표정에는 아무것도 떠올라 있지 않았다.

"내려줘요."

준혁은 들은 척도 하지 않았다.

"내려달라고 했잖아요."

반은 무뚝뚝한 어조로, 반은 애원하는 어조로 인희가 말했다.

"내려줘요. 난 집으로 가야 한단 말이에요."

준혁이 무뚝뚝하게 말했다.

"우리는 지금 우리 집으로 가고 있다니까."

"여긴 내 집으로 가는 방향이 아니에요."

준혁의 입가에 비뚜름한 미소가 걸렸다.

"맞아."

"그런데……."

"우리 집으로 가는 길이야. 성북동 말이야."

"내려달라니까요!"

"쓸데없는 고집 부리지 마. 당신을 다시 발견한 순간부터 해야 할 일을 이제야 하는 것뿐이니까. 처음부터 이렇게 했어야 했어. 집 나간 마누라를 그냥 놔두는 것이 아니었지."

인희가 입을 벌리고 놀랐다는 것을 숨기지도 않고 준혁을 바라보았다.

"뭐에 쓰였는지 모르겠어. 처음부터 당신이 속해 있던 곳에 데려다 놨으면 당신이 아프다는 사실도 금방 알았을 테고, 내 마음도 편했을 텐데 고생을 자초했지."

"마……."

"쓸데없는 일로 싸우려 들지 마."

준혁은 뭐라고 말하려는 인희의 말을 단호하게 잘랐다.

"난 이제 아무 말도 듣지 않을 거니까."

"이건 납치예요!"

"납치라니, 무슨 그런 섭한 말을."

준혁의 얼굴 위로 약간의 잔인함이 섞인 미소가 떠올랐다.

"난 남편으로서의 권리와 의무를 주장하는 중이라고."

말도 안 되는 일이야!

미치지 않고서야 이 남자가 이럴 수는 없다고, 인희는 생각했다. 지금 이 남자가 뭐 하고 있는 건가?

뭐, 평범한 남편의 경우라면 그의 말이 맞았다. 병원에서 퇴원한 아내를 그들의 집으로 데려가는 것은 아주 당연한 남편의 권리와 의무였다. 하지만 그들은 평범한 부부도 아니었고, 그는 평범한 남편도 아니지 않은가? 왜 이런 일을 하는지 그녀로서는 이해되지 않았다. 자신의 병실에 찾아와서 부드러운 목소리로 그녀에게 뭔가를 이야기하던, 그리고 그녀의 손에 전해주던 그의 온기가 이해가지 않았던 것처럼 그의 이런 행동은 전혀 이해가 불가능한 것이었다.

"쓸데없는 짓이에요."

결국 그녀는 이렇게 쏘아붙일 수밖에 없었다. 차는 달리고 있었고, 옆 자리에 앉아 있는 남자는 표정을 잔뜩 굳힌 채 그 어떤 말도 듣지 않을 것처럼 눈을 감고 있었기 때문이다.

화가 났을까?

준혁은 슬며시 눈을 떠서 그녀를 흘끗 바라보며 생각했다.

그러면 안 되지 않냐는 동생을 꼬드겨 그녀를 집으로 데려오려는 계획을 짰을 때에는 그녀의 감정은 고려하지 않았다. 아까 그녀에게 퍼부었던 말은 진심이었다. 애초부터 그녀를 집으로 데려왔어야만 했던 것이다. 그랬더라면 그는 그녀가 아픈지 어떤지 금방 알아챌 수 있었을 거고, 그녀를 그녀가 속해 있던 자신의 공간으로 데려왔으면 자신의 진심을 그녀에게 제대로 보여줄 수 있었을 것이다. 하지만 우선 그녀에게 그에 대한 믿음과 사랑을 되살리는 것이 먼저라고 생각했고, 그녀의 마음을 얻는 것이 먼저라고 생각했다. 바보같이 그걸 기다리다가 그녀가 혼자 자신의 병과 싸우고 수술하게 만들었지만 말이다. 실수는 한 번으로 족했다. 이번에는 그에게 확실히 유리한 공간에서, 그녀가 속해 있었던, 그리고 앞으로도 속해 있을 공간에서 그를 거부하는 그녀의 마음을 다시 그를 바라보게 돌려놓을 것이다. 일단 최고의 간병인과 의료진을 배치시키고, 그녀에게 말을 붙이고 관심을 가지는 것부터 시작할 것이다.

서로 다른 생각을 하는 두 사람은 그렇게 아무 말 없이 성북동에 도착할 때까지 불편한 침묵을 지켰다.

성북동에 도착하자 그가 그녀의 손을 꼭 잡고 이층으로 올라갔다.

"여긴 어디죠?"

"당신 방."

"내 방은 여기가 아닌데요."

고집스러웠다. 이곳은 그녀의 방이었다. 결혼 전부터 결혼하고 난 뒤에까지 계속 쓰던 그녀의 방. 단지 이번에 그녀를 데리고 들어온다는 계획을 세우면서 킹사이즈의 더블 침대와 그녀 취향이라고 생각되는 가구들을 들여왔을 뿐 나머지는 예전과 꼭 같았다.

"우리 방이야."

"당신 방이겠죠."

준혁은 어깨를 으쓱했다.

"짐은 어디다 풀까?"

"집으로 돌아가고 싶어요."

정말 그랬다. 화장대 위에 놓인 금이 잔뜩 간 유리 상자와 시동생들이 선물한 드레스덴 도자기 인형, 가지런히 놓인 화장품들을 보자 화장대 앞에 오래 앉아서 인형 배치나 바꿔놓곤 하던 예전의 기억이 확 떠올랐기 때문이다.

남편을 기다리는 긴긴 밤 동안, 그녀는 그 일을 하지 않으면 책을 읽거나 스케치를 하고는 했었다. 그리고 보통은 그런 일을 하면서 밤을 새는 경우가 매일반이었고.

"당신은 집에 돌아온 거라니까."

"여긴 내 집이 아니에요."

"그래, 맞아. 우리 집이지."

"당신 집이지요."

그녀는 그의 말을 고쳤다.

그리고 생애 가장 끔찍했던 이 년을 보낸 곳이기도 하고요.

"옷 갈아입고 쉬어. 조금 있으면 간병인이 올라와서 짐을 풀어줄 거야. 뭐 먹고 싶은 것은 없어? 필요한 것은?"

"집에 가고 싶어요."

태엽이 풀린 자동 인형처럼 그녀는 집에 가고 싶다고만 중얼거렸다. 그리고 그것은 준혁을 화나게 만들었다.

"당신은 집에 돌아온 거야! 그러니까 쓸데없는 소리는 그만 둬! 도대체 왜 이러는 거야? 여기가 당신 집이고, 당신 방이야! 당신은 이제 집으로 돌아온 거라고!"

"여긴 내 집이 아닌걸요. 단 한 순간도 내 집인 적이 없었는걸요."

"도대체 무슨 헛소리야!"

준혁이 소리소리 질렀다.

"말 그대로 내 집이 아니니까요."

"지금 나랑 농담 따먹기 하자는 거야?! 여긴 당신 집이야."

"아니에요."

"당신은 내 아내고 이 집의 안주인이야. 그것 말고 여기가 당신 집이라는 이유를 더 들려줘야겠어?!"

준혁이 흥분해서 고함을 내질렀다.

"난 당신 아내가 아니에요."

"뭐?"

"그러니 이 집의 안주인도 아니고, 이 집이 내 집일 이유도 없죠. 그렇지 않나요?"

그 과거의 외롭고 잔인했던 기억이 모두 돌아오는 것을 느끼며 인희는 조용히 말했다.

"지금 뭐라고 했지?"

"난 당신의 아내가 아니에요. 그런데 어떻게 이 집의 안주인이 될 수가 있는 거죠?"

"우린 결혼했어. 아닌가?"

준혁의 목소리가 험악하게 낮아졌지만, 인희는 신경 쓰지 않았다.

"혼인 신고는 했지요. 하지만 그게 우리 관계의 전부예요."

냉정하고 단호한 목소리로 인희가 말했다.

"그래, 법적으로 우리는 부부야."

"그 외에는 아무것도 아니죠."

"그 이상이 될 수도 있다는 생각은 해보지 않았나?"

인희는 그저 입술만 깨물었다.

"제기랄. 법적으로고 어쨌고 간에 당신은 내 아내라고! 내 집과 내 재산과 내 인생을 같이할 반려자 말이야! 왜 거부하는 거야? 도대체 왜 인정하지 않으려는 거지?!"

당신이 인정하지 못하게 만들었잖아요!

인희는 소리를 지르고 싶었다.

당신이 그렇게 했잖아요. 결혼한 뒤로 신방을 차리지도 않았고, 단 한 번도 나에게 관심 같은 것은 쏟아주지도 않았고, 내가 당신에게 관심 쏟는 것도 무시했잖아요! 육체적으로도, 정신적으로도 당신이 날 인정하지 않았잖아요. 그런데 왜 이제 와서 내가 그 사실을 인정하지 못하는 것을 가지고 화를 내는 거죠? 당신에게 있어서 나라는 존재는 아무것도 아닌데 왜 내가 당신에게 뭔가 대단한 존재인 것처럼 그런 식으로 말을 하는 건데요?

"서류상으로만 그렇겠죠."

서류상으로만 그랬다. 항상 그랬다. 결혼이라는 이름이 그들에게 의미하는 것은 서류상에서의 관계 이외에는 아무것도 아니었다.

"정말 그렇게 생각해?"

"그래요."

예전에는 서류상으로 그렇게 된다면 인생에서도 그렇게 만들 수도 있다고 꿈꾸던 때가 있었죠. 노력할 때도 있었고요. 하지만 알아요? 그렇게 꿈을 꾸다가 문득 현실에 부딪치게 되면 그 누구보다도 현실을 잔인하고 확실하게 인식해 버린다는 것. 내가 그랬어요. 그러니까 더 이상 그런 소리 하지 말아요. 그렇게 화를 내지도 말고요. 그 모든 것을…… 난 받아들일 수가 없네요.

준혁은 인희의 입에서 나온 말을 믿을 수가 없었다. 어떻게 그녀 입에서 그녀가 그의 아내가 아니라는 말이 나올 수 있는가? 그런 것은 생각을 해본 적이 없었고, 생각할 수도 없는 일이었다.

그녀가 그의 아내라는 사실 하나만으로도 그의 가슴은 따뜻해져 왔다. 아내라는 것은 인생의 반려이며 그가 소유한 것을 나누고 함께할 사람이었으니까. 그리고 그의 생각으로 그 자리에 어울리는 사람은 박인희 한 사람뿐이었다. 그런데 그런 그녀의 입에서 그녀가 그의 아내가 아니라는 말이 나왔다.

화도 나고, 비참한 기분도 들고, 마지막 지푸라기에 매달린다는 심정으로 그는 다시 물었다. 최소한 '내가 잘못 생각했어요'라는 대답 정도는 나올 것이라고 기대했었다. 하지만 그런 기대도 서류상에서일 뿐이라는 아내의 한마디에 산산이 부서져 버렸다.

젠장, 서류상일 뿐이라고? 어쨌든 결혼한 것은 한 것 아니야? 서준혁과 박인희는 부부가 아닌가 말이다.

아니, 필사적이리만큼 그렇게 생각하는 것은 그 하나뿐인 것 같았다. 정작 그 사실을 믿고 그에게 마음을 붙여야 할 그녀는 그렇게 생각하고 있지 않았다. 부드럽고도 단호하게 서류상일 뿐이라고 그녀가 말했고, 그의 다그침에 그녀는 그렇다고 대답했다.

몸이 잠시 휘청했다. 그녀의 눈은, 그녀의 입은 자신이 진실이라고 생각되는 말과 생각을 그대로 내보였고, 그것은 그에게 있어 지옥이었다.

"하하, 그렇단 말이지?"

"그러니까 집으로 보내줘요."

인희가 공허하게 말했다, 어쩌면 약간의 애원이 담긴 그런 어조로.

이곳은 공허하고, 희망이라고는 조금도 없는 상황에서 언젠가는 그녀가 원하는 것처럼 그가 따뜻한 눈동자로 봐줄지도 모른다고 꿈꾸던 장소였다. 그리고 항상 따뜻한 가정으로 만들어 가고 싶다고 욕심 내던 곳이었다. 하지만 결국은 그녀의 것이 될 수 없다는 것을 깨달아 버린 장소에서 바보 같은 짓을 했던 과거를 떠올리며 머문다는 것은 참을 수 없었다. 그는 잔인했다. 이 집에 그녀가 머무는 것이 어떤 의미인지 모르지 않을 것이다. 그런데 그는 그녀를 이곳에 머물라 하고 있었다.

집에 가고 싶었다. 작지만, 그리고 이곳과는 비교도 안 되게 초라할지 모르지만 적어도 그녀의 오피스텔은 그녀 자신이 꾸민 그녀만의 공간이었다. 그녀가 만든, 그녀가 속해 있을 수 있는 작은 둥지 말이다.

"당신이 어떻게 생각하든 당신은 이 집에 머무는 편이 더 나아. 좁은 오피스텔보다는 넓고, 움직이기 좋은 성북동 집이 나을 테니까. 간병인이 머물기도 편하고 말이지. 게다가 여기는 일하는 사람들도 있어. 간병인이 없더라도 무슨 일이 생기면 당장이라도 병원에 연락해 줄 사람들 말이지. 그런데 꼭 그 좁고, 도움 구할 데라고는 아무 데도 없는 오피스텔로 돌아가고 싶다는 말이 나오는 거야?"

"내 집이니까요."

내가 속한 곳이니까요. 그 어느 곳보다 내가 마음 편히 쉴 수 있는 곳이에요. 모르겠어요?

"그냥 속 편히 생각하는 것이 좋을 거야."

뭔가를 부숴 버리고 싶은 충동을 느끼며 준혁이 중얼거렸다.

"당분간은 당신을 여기서 내보낼 생각은 없으니까."

"알겠어요."

조용하지만 단호한 어조가 어쩐지 그의 신경에 거슬렸다. 준혁은 인희를 바라보았다.

"그렇게 바라보지 말아요."

참을 수 없었다. 이런 상황을 참을 수 없었다. 자신에 대해서 진심이라고는 전혀 없는 남편에 의해서 과거 자신의 실수들과 비참한 감정들을 모두 떠올리게 만드는 커다란 집에 갇히게 된 이런 상황을 참을 수 없었다.

그가 집으로 보내주지 않겠다면 그녀 발로 이 집에서 나갈 생각이었다. 어떻게 해서든지 그녀가 가질 수 없는 모든 것을 상징하는 이 집에서 나가리라. 그리고 그녀의 집으로 돌아갈 생각이었다. 그녀가 만든 그녀의 공간 안에서 혼자 이 사태를 생각하고 그녀가 받은 새로운 상처를 핥을 것이다. 오직 그곳에서만 가능한 일이었다.

집으로 돌려보내 달라고 말했다.

하! 집으로 돌려보내 달란 말이지?

준혁은 서재에서 컴퓨터를 켜놓은 채 멍한 표정으로 계속해서 그 말을 곱씹고 있었다.

도대체 뭐가 불만이란 말인가? 여기가 그녀의 집인데.

그녀가 오 년 동안 지낸 그녀의 집이었다. 그런데 그녀의 입에서 어떻게 이곳이 자신의 집이 아니라는 말이 나올 수 있을까? 혹시 강제로 데려온 것이 불만인 걸까?

하지만 그것뿐만은 아니라는 것을 그는 알았다. 그녀의 눈동자에 비친 진실이 너무나 강렬하게 그에게 전해졌기에. 그녀는 정말 이곳이 자신의 집이 아니라고 생각하고 있었다.

"젠장! 우리 집이라고!"

겨우 새로 시작할 수 있을 거라고 생각했다. 조금만 그녀가 그를 도와주면 금방 다시 시작할 수 있을 거라고 생각했다. 하지만 아니었다. 그녀는 무작정 그를 거부하고 있었고, 그는 다가갈 곳이 없어서 그녀의 주변을 빙빙 돌고만 있는 것 같았다.

"회장님?"

"말씀하세요."

"저, 사모님께서……."

가정부의 말에 준혁은 고개를 휙 쳐들었다.

"인희가 왜요? 무슨 일이……?"

"짐 가방은 나중에 찾으러 오시겠답니다."

준혁은 자리에서 벌떡 일어섰다.

젠장, 이 여자가 기어코 이 집을 나가려는 건가!

격한 감정을 누르지 못하고 씩씩거리며 준혁은 서재를 나와 문을 거칠게 닫고 현관으로 달려갔다. 현관에는 창백한 얼굴에 거의 쓰러질 것 같은 표정의 인희가 유령처럼 서 있었다.

"뭐 하는 거야?"

"집에 가려는 거예요."

"말했잖아, 당신은 이제 집에 돌아온 거라고."

"여긴 내 집이 아니에요! 당신이야말로 내가 몇 번이나 이야기를 해야 알겠어요? 여긴 단 한 번도 내 집인 적이 없었어요. 알아요?!"

격하게 소리 지르는 인희의 얼굴은 창백하게 질려 있었고, 그녀의 숨은 불규칙하게 헉헉거리고 있었다. 준혁은 불안감에 얼른 그녀의 옆으로 다가갔다.

"인희야."

"당신이…… 알아? 아느냐고! 내가 이 집에서 도대체 어떤 생각으로 어떻게 살아왔는지, 이 집에서 '당신 아내'라는 타이틀로 살아왔던 시간이 내게 얼마나 비참했는지?"

"인…….."

"몰라…… 당신은 몰라…….."

가쁘게 심호흡을 하며 인희가 고개를 저었다.

"알면서…… 날 이곳으로 데려…… 왔다면…… 당…… 신은 잔인해…….."

"인희야!"

가슴이 두근거렸다. 그리고 그곳에서 피가 흘러나오는 것 같았다. 상처가 터졌다. 겨우 아물었던 그녀 가슴의 상처는 피가 흐르고, 고름이 새어 나오고 있었다.

"아…… 파……."

"인희야!"

그리고 인희는 자신이 도망치려 했던 집의 현관에서 정신을 잃었다.

"제기랄."

미친 짓이었다. 이번에도 그는 실수를 했고, 그 실수 덕에 막 수술에서 회복하려고 하던 허약한 아내는 그의 앞에서 쓰러져 버렸다. 준혁은 자신에게 욕설을 퍼부으며 인희를 그의 팔에 안았다. 가벼웠다. 너무나 가볍고, 무게감이 없었다.

"미안해."

그렇게까지 이곳이 싫었을까? 정말 이곳 이 집이 아니라고 느꼈을까? 이곳에서 그의 아내로 살아왔던 시간들이 그렇게까지 비참했을까?

준혁은 아내를 방에 있는 침대에 누이며 그녀의 말을 곱씹어 보았다. 어떤 생각으로 어떻게 살아왔는지 아느냐고, '당신 아내'라는 타이틀로 이곳에서 얼마나 비참했는지 아느냐고 물었지?

준혁은 주먹을 꼭 쥐었다.

인희는 그가 그것을 모른다고 말했다. 알면서도 이곳으로 그녀를 데려왔다면 그건 그가 잔인한 거라고. 그리고 그는 그녀의 말이 맞다는 것을 알았다. 그는 그녀와 살아오던 이 년 동안 그녀가 이 집에서 어떻게, 무얼 생각하며 살아왔는지 전혀 알지 못했다. 그녀의 남편으로 살아온 그 이 년 동안 그가 이 집에 발을 들인 것은 한 달도 채 제대로 되지 않았으니 말이다. 게다가 그는 의식적으로 그녀를 무시했다.

집에 아버지만 계시지 않았더라도 그는 그녀에게 하고 싶은 말, 하고 싶은 행동, 그녀에게 보이고 싶었던 자신의 마음을 솔직히 보일 수 있었을 것이다. 하지만 집에는 그들의 결혼을 종용했던, 그래서 증오 그 이상의 감정을 갖게 했던 아버지가 있었고 그 아버지는 지나치게 눈치가 빨랐다.

조금만 그녀에게 신경을 써주는 척이라도 했더라면 며느리의 표정에서 그것을 읽어버릴 아버지라는 것을 준혁은 알고 있었다. 그리고 속으로는 능구렁이처럼 미소 지었을 아버지라는 것을. 그는 아버지의 미소가 싫었다. 아버지가 승리했다는 것을 알리고 싶지 않았다. 그래서 그 이 년 동안 그는 내내 무심했다.

그러기 쉬운 것은 아니었다. 오히려 그러기는 힘들었다. 혼자 집 안에서 병든 아버지와 남아 있을 아내를 생각하면 당장이라도 집으로 뛰어들어 오고 싶은 마음이 굴뚝같았지만, 그는 없는 일도 만들어서 했고, 밤을 새고 직접 출장을 다니면서 최대한 그녀를 피했다.

피해서, 관심을 주지 않아서. 그가 의도하지 않은 이 이른 결혼을 없던 것으로 만들고 싶었다. 그리고…… 아버지가 돌아가실 때를 노려서 새로 시작하고 싶었다.

'아버지가 의도한' 결혼은 싫었다. 항상 그가 생각하던 대로 진행되는 그들의 관계여야 했다. 그래야 한다고 생각했다. 그녀가 이 집을 나가서 어디론가 사라져 버리기 이전에는.

그녀가 사라져 버린 다음 그녀의 빈방을 망연자실하게 바라보며 서 있던 나를 그녀가 알까? 그녀를 찾는답시고 사람을 풀고, 그녀의 별거 통지를 보낸 변호사 녀석의 멱살을 잡고 난리친 것을 그녀가 알까? 내가 아버지의 유언장 공개일에 감정에 북받쳐 그녀에게 말했던 그 심한 말들을 곱씹으며 얼마나 후회했는지 그녀가 알기나 할까?

"미안해."

그녀가 그에게 잘못한 것이 아니었다. 아버지가 그에게 잘못한 것이다. 알고 있으면서도…… 알고 있으면서도 그는 그녀를 아버지에게 대항하고 화풀이하는 무기로 사용했다. 그녀가 단지 '무기'로 사용되었던 그 이 년 동안 그녀가 무슨 생각으로, 어떻게 살았는지 그가 알 리는 없었다. 알려고 하지도 않았거니와 그녀를 피하기 위해 모든 노력을 기울였으니까. 그녀의 말이 맞았다. 그녀가 이곳에 어떤 감정을 가지고 있는지, 그녀가 이곳에서 지내왔던 동안이 어땠었는지 모르는 그가 이곳에 그녀를 잡아두려 했던 것은 어불성설이었다.

눈이 떠졌을 때는 이미 늦은 밤이었다. 아마 기절한 김에 잠까지 잔 것 같았다. 그리고 옆 자리에는……

"혈색이 좀 돌아왔군."

준혁이 퉁명스럽게 말했다.

"기절할 정도로 이 집이 싫었어?"

"난……."

인희는 조용히 눈을 감았다.

"미안해요."

"그렇게 그곳이 좋아?"

"내 집인걸요."

남의 것보다는 자신의 것에 안정감을 느끼는 것은 당연한 것이다. 인희의 말 한마디는 많은 말보다 더 많은 것을 알게 해주었다.

"그렇군."

준혁은 딱 한 마디만 하고 천천히 그녀에게서 시선을 돌려 고개를 떨구었다.

"당신이 원한다면 당신 집으로 보내줄게."

"고마워요."

그녀가 집으로 가는 것은 당연한 일이었지만, 왠지 그녀를 집으로 돌려보낸다는 그에게 그 정도의 말은 해야 할 것 같았다. 그 집으로 온 후 처음으로 그녀는 살짝 미소를 지었다.

"대신 당신 간병인과 가정부는 붙여줘야겠어. 그리고……."

준혁이 심호흡을 했다.

"나도 거기서 머물 거야."

인희의 눈이 커졌다.

"농…… 담이겠죠."

"아픈 사람 앞에 두고 농담할 기분 아니야."

준혁이 퉁명스럽게 말했다.

"나와 함께가 아니면 당신 그 집으로 안 보내. 몸이 그 지경인 마누라를 혼자 놔둘 것 같아?"

"난 당신……."

준혁이 비뚜름한 미소를 지었다.

"지금 당신, '난 당신의 아내가 아니에요'라고 말하려고 하는 거지?"

인희는 고개만 끄덕였다.

"하지만 당신이 그렇게 말하고 생각한다 해도, 내 마음속에서는 당신은 언제나 내 아내야."

거짓말이다.

인희가 눈을 감으며 생각했다.

"오지 말아요."

"말했지, 함께가 아니면 당신 보내지 않는다고?"

준혁이 결연하게 말했다.

"당신도 말했잖아요, 좁은 공간이라고. 가정부도, 간병인도 필요없어요. 그리고 당신도 필요없어요."

"쓸데없는 고집 부리지 마. 당신이 뭐라 그래도 지금 당신 상태에는 옆에서 당신을 보살필 사람이 필요해."

"당신 보살핌은 받고 싶지 않아요."

준혁이 한숨을 쉬었다.

"어린애처럼 굴지 마. 나도 아픈 사람과 말싸움하고 싶지 않아."

인희는 그저 눈을 감고 고개만 저어 보일 뿐이었다.

"그냥 내가 해주는 것만 받으면 안 되는 건가? 난 당신에게 이렇게 해주고 싶단 말이야. 내 아내를 내가 보듬고, 보살피고 싶단 말이야. 그런데 그게 그렇게도 이해가 가지 않아?"

내가 왜 이해를 할 거라고 생각하는 거죠? 당신은 예전에도 그런 짓은 하지 않았어요. 그저, 그저 날 바로 눈앞에서 외면했을 뿐. 난 전혀 이해가 가지 않아요, 도대체 왜 당신이 이런 짓을 하고 있는 건지⋯⋯.

"난⋯⋯."

"솔직히 난 당신이 왜 이러는지 모르겠어."

준혁이 계속 고개를 숙인 자세로 뚜벅 말했다.

"당신이 말한 것도 맞겠지. 나와 결혼해서 이 집에서 내 아내라는 타이틀로 어떻게 지내왔는지, 거기에 대해서는 난 몰라. 한 번도 알려고 한 적 없어. 그래도 난 당신을 항상 생각했어."

거짓말!

소리를 지르고 싶은 마음이 굴뚝같았지만, 인희는 입술을 깨물며 참았다. 이미 낮에 난리를 친 것만 해도 충분했다. 자신의 몸을 생각해서라도 더 이상의 감정 소모는 안 하는 것이 좋았다.

"당신이 나간 다음 내가 당신에게 무슨 짓을 했는지 깨닫고는 얼마나 당신을 찾았는지 몰라. 당신은 이 년 동안 당신이 어떤 생각으로 어떻게 지냈는지 내가 몰랐다고 했지만, 그건 당신도 마찬가지라는 생각이 들지 않아?"

준혁이 고개를 들었다.

"내가 지난 삼 년 동안 당신을 찾으려고 애를 쓰면서 무슨 생각 했는지, 어떻게 지냈는지 당신이 알고 있어?"

인희는 고개를 저었다.

"지옥 같은 시간이었어. 알고 있어? 혹시나 당신이 어떻게 되었을까, 어디서 뭘 하고 지낼까 이런저런 생각을 하면서 이 나라를 샅샅이 뒤졌다고." .

인희는 입가에 조소를 띠었다.

그의 말이 거짓임을 그녀는 잘 알고 있었다. 그녀가 편지 한 장 없이 이 집을 나가긴 했지만 정말 그녀를 찾고자 마음먹었다면 못 찾을 이유가 없었다. 본명으로 생활하고 있었던 데다가 시아버지가 그녀 명의로 돌려준 일산의 화실을 그대로 사용하고 있었던 것이다. 게다가 주식 배당금이 나오는 주소를 그대로 추적하면 그녀가 있는 곳을 알아내는 것 정도는 식은 죽 먹기였다. 노력한 사람의 입에서 나온 말이 아니었다. 그저 그녀가 듣기 좋으라고 연기를 하는 사람의 입에서 나오는 말이었다.

그는 찾지 않았다. 그리고 그녀가 이 집을 나갔을 때 처음 생각했던 것처럼 그녀를 찾으려고 노력하지도 않았다. 알고 있었다. 알고 있었지만 직접 그의 입에서 확인하고 나니 그저 알고 있었던 때와는 달리 가슴이 아팠다. 하지만 울지는 않았다. 눈물은 나오지 않았다. 그저 이가 꽉 다물려지고, 무척이나 소리 지르고 싶다는 생각은 들었지만.

"그러니까 이번 한 번만 양보해 주는 게 어때?"

"뭘 어떻게 양보하라는 거죠?"

"간단해. 난 당신이 내 눈앞에서 또다시 사라지는 것을 두고 볼 수 없어. 게다가 지금같이 허약한 모습을 해서. 당신도 누군가의 보살핌이 필요해. 그렇지?"

그의 말은 믿을 수 없었다. 보살핌이 필요한 상태라는 것도 인정하기 싫었다. 그래서 그저 고집스럽게 눈을 감고 머리를 베개에 묻었다.

"그러니까 다 나을 때까지만 여기 머물러 줘. 그 다음에는……."

준혁은 심호흡을 했다.

"당신이 뭘 어떻게 하던 상관하지 않을 테니까."

그저 당신 없이 집으로 돌아간다고 말하려고 했다. 그러려 했지만 그의 눈이 그녀의 말을 막고 있었다.

"그럼 허락한 것으로 알겠어."

준혁이 퉁명스럽게 말하고는 일어섰다.

"서산 댁 아주머니께 뭔가 만들어달라고 할게. 배고플 것 아
냐?"

"늦었는데……."

"괜찮아."

무뚝뚝하게 말한 준혁은 인희를 주욱 훑어본 다음 천천히 방
을 나섰다.

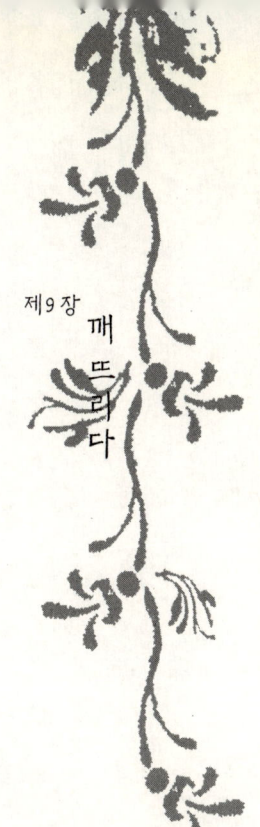

제9장
깨
뜨
리
다

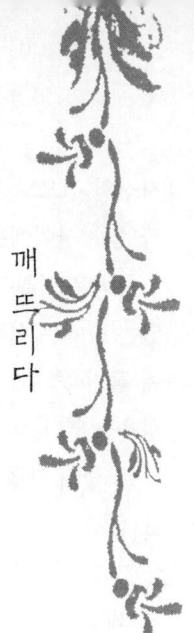

깨
뜨
리
다

*기*묘한 동거였다. 적어도 옆에서 보는 사람들은 그렇게
생각했다.

주인의 침실에는 주인의 아내가 혼자 누워 있었다. 책도 읽었
고, 가끔은 공책에 뭔가 끄적이기도 했지만, 수술 직후 회복기
라는 이유로 몸을 움직이는 일은 드문 사람이. 그리고 그 남편
이 있었다. 이 집의 주인이며, 아내가 집으로 들어온 이후 뭔가
안절부절못하면서 주변 사람들을 들들 볶는 남편이.

"그랬다가는 형, 고용인들이 다 나가 버릴 거라고."

"참견 마라."

준우가 자신의 형 얼굴을 재미있다는 듯 바라보았다. 형수가 자신의 집으로 가고 싶다고 소리 지르며 기절한 그날 이후, 형과 형수 사이에는 조심스러운 뭔가 '벽'이 형성된 것 같았다.

준혁은 안절부절못하며 걱정을 놓지 못하면서도 인희가 누워 있는 방에는 선뜻 들어가지 못하고 있었다. 그리고 인희는 뭔가에 홀린 듯 뭐든 잘 먹고, 가끔 운동도 하는 등 회복 과정에 열성을 보였다.

"그렇게 안절부절못하니 차라리 나는 형수를 한번 보고 오겠다."

"그건 아냐."

"왜?"

"그 사람 말이지, 내가 들어가면 분명히 눈을 감고, 귀를 막고, 내 손길을 피할걸."

피식, 입가에 쓴웃음을 지으며 준혁이 말했다.

"그리고 나서는 회복 의지도 저하될 거다."

"그걸 아는 사람이 왜 형수를 형수 아파트로 보내주지 않았지?"

"너 같으면 다 잡은 고기를 손에서 놓아주겠니?"

준우가 형을 노려보았다.

"다 잡은 고기?"

담배를 손가락 사이에서 돌리며 준혁이 피식 웃었다.

"무서운 표정 짓지 마. 말이 그렇다는 거니까."

"난 그 말이 진심이 아닐까 생각했지."

"아니야!"

소리를 지른 준혁은 금세 조용해졌다.

"오래, 아주 오랜 세월이 지나서 그녀가 겨우 내 곁으로 돌아 왔어. 그러니까 더 놓아주고 싶지 않다는 거다."

그랬다. 사실은 그녀가 그의 곁에 있다는 사실 하나만으로도 그는 마음이 놓이고 푸근해졌다.

"지금으로선 이 상태도 나쁘지 않다고 생각해. 하지만……."

분명 회복하게 되면 인희는 바람처럼 그의 곁을 떠나갈 것이 다. 그리고 그 좁고 작은 그녀의 아파트로 돌아가서 다시는 그 를 보지 않으려 할 것이다.

"내가 안절부절못하는 이유가 뭔지 아니?"

"글쎄?"

"그녀의 건강 문제도 있지. 물론 그것도 있어. 하지만 건강해 지고 난 다음도 문제라는 거지."

준우는 눈썹을 치켜 올렸다.

"그녀는 뒤도 돌아보지 않고 내 곁을 떠날 테니까."

그녀가 떠나는 것이 두렵다. 무척이나 두렵다. 그녀가 왜 떠 나려 하는지 아주 모르는 것은 아니다. 그리고 그가 그녀에게 한 짓을 모르는 것도 아니다. 하지만 그래도 그녀가 다시 그의 곁에서 사라져 버린다는 것은 두려움 그 이상의 것이다. 준우는 더 이상 해줄 말이 없었다. 그저 자신의 형을 안쓰러운 눈으로 바라볼 뿐.

"내 손에 새를 쥐고 있는 느낌이야. 부드럽고 따스해. 손에 새를 쥐고 있는 동안은 그 새를 느끼는 기분이 마치 천국에 있는 것 같아. 하지만 영원히 새를 손에 쥐고 있을 수는 없잖아? 그렇다고 손을 놓을 수도 없어. 손을 놓으면 새는 뒤도 돌아보지 않고 내 곁을 떠나 버릴 테니까."

"그래서 서산 댁이랑 임 기사랑 간병인 아주머니를 마른 멸치 볶아대듯 들들 볶고 있는 거야?"

준혁이 피식 웃었다.

"초조한 걸 어쩌겠니?"

"한심하군."

정말 그랬다. 준혁은 자신이 한심하게 느껴졌다. 잡고는 싶은데, 떠나지 못하게 하고 싶은데 자신을 싫어하는 아내를 그의 곁에 잡아놓을 방법이 아무것도 없었다. 그저 그녀의 속을 긁지 않으려 노력하면서 그녀의 주위를 맴돌 뿐.

"이러지 말고 형수와 함께 있으려고 노력해 봐. 혹시 알아, 형수도 형의 존재에 익숙해져서 받아들일지?"

정말 그럴까? 그냥 함께 있는 것만으로도 그녀가 내 존재를 조금쯤 익숙하게 받아줄까?

병원에 입원해 있을 때 그녀가 자신에게 어떻게 반응했는지 모르지 않는 준혁이었다. 그리고 그 감은 눈과 조용하고도 필사적으로 자신의 손길을 피하던 그녀의 손이 의미하는 것이 무엇인지 모르는 것도 아니었고. 게다가 집으로 돌아가면서 그가 오지 않았으면 좋겠다고 못을 박았던 그녀 아니던가?

"후⋯⋯."

담배를 손바닥에 굴리며 준혁은 다시 생각을 정리해 보았다.

어차피 놓아주기 힘들다는 것은, 아니, 놓아줄 수 없다는 것은 잘 아는 일 아닌가? 그렇다면 도박을 해볼 수도 있지 않을까? 능구렁이 아버지까지도 받아주고 진심으로 사랑해 주었던 그녀의 고운 심성에 옆에 있는 그를 외면하려 할지는 몰라도, 드러내 놓고 내치지는 않을 것 아닌가? 단지 그의 마음은, 그의 심장은 타격을 받을 것이다. 처음 그녀가 그를 거부한다는 것을 깨달은 그 순간부터 계속 피를 흘리고 있는 그것은.

하지만 그게 어쨌단 말인가? 이미 상처는 입었다. 그리고 그가 받은 상처는 그 치료제에 비하면 미약한 것이다. 뭐가 어찌되었든 처음 그가 놀라고 상처 입은 것보다 더 입을 수는 없을 것이다. 그러니까 안 하는 것보다는 시도하는 것이 나았다.

새가 날아가기 전에, 그 새가 그의 주변에서 노래하게 할 수 있다면 그는 그 어떤 방법도 쓸 것이다.

"사모님이 점점 더 말이 없어지고 계세요."

"식욕도 떨어지셨어요. 애써서 한 전복 무침인데."

주변에서 이렇게 말하는 것은 '당신 때문에 인희가 회복이 제대로 되지 않는다'라는 뜻이었다. 준혁 자신도 인희가 자신이 있을 때면 음식을 입에 잘 대지 못한다는 것을 알고 있었다. 그렇지만 반은 의식적으로, 반은 무의식적으로 무시했다.

어쨌든 여러 가지 의미로 인희가 그의 존재에 적응해 가는 것은 사실 같았다. 적어도 이제는 눈을 감고 고개를 돌리고 있지만은 않았으니까.

저 사람이 뭘 하고 있는 걸까?

인희는 궁금했다. 벌써 한 달 반 정도를 그녀의 곁에서 시간을 보내고 있는 그였다.

처음 한 달 정도는 그녀가 누워 있는 방에 들어오지 않았다. 대신에 간병인에게 그녀의 상태를 달달 볶듯이 물어서 귀찮기도 하고, 무섭기도 하다는 말을 들었었다. 차라리 익숙하고 이상하지 않다고 생각했던 그 시간이 지난 다음의 그는 갑자기 달라졌다.

퇴근 후에 일거리를 잔뜩 들고 그녀의 방으로 들어오기 시작했던 것이다. 게다가 주말에는 출근을 하지 않고 내내 그녀의 방에서 사무를 보기 시작했다. 방 안에 들여놓은 컴퓨터와 전화, 그리고 서재에서 옮겨온 책상에 앉아서 일을 보고 있는 준혁의 존재는 신경을 쓰지 않으려 해도 신경이 쓰였다.

그렇다고 준혁이 그녀에게 병세를 묻거나 뭔가 다른 말을 거는 것은 아니었다. 그저 그녀는 누워서 책을 읽거나 하면서 시간을 보내는 거였고, 그는 일을 하며 시간을 보내는 것이었으니까.

이상했다. 그녀의 병세나 그녀의 주변에 관심을 가지는 것만
큼이나 그녀 옆에서 시간을 보내는 그가 이상했다.

"이상해."

"뭐가요?"

자신의 앞에서 심각한 표정을 짓는 준우를 바라보며 인희는
얼굴을 붉혔다.

"아무것도 아니에요."

"정말인가요?"

사람을 꿰뚫는 듯한 큰 시동생의 눈동자에 인희는 입술을 깨
물었다.

"예."

"입술에서 피나는데요?"

인희는 입술에서 이를 뗐다. 그리고 초조하게 몸을 뒤척였다.

준우는 언제나 이랬다. 남의 속을 뚫어보는 눈동자에, 정말로
남의 속을 뚫어보는 능력을 가졌다. 그래서인지는 모르지만 다
른 오빠들에 비해 속 편하게 대하기 힘들었다.

"제가 불편하신가요?"

인희가 얼굴에 당황스러운 표정을 지었다.

"아뇨. 그건 아니지만……."

"그럼 왜 그러고 계세요?"

준우가 진지한 얼굴로 집요하게 캐물었다.

"죄송해요."

"죄송하시긴요."

불편하지 않다고 하지만 얼굴에 다 쓰여 있었다. 준우는 한숨을 쉬었다. 그는 인희가 형을 어떻게 생각하는지 물으러 왔다. 되도록 우회적으로, 천천히 묻고 싶었지만 눈에 띄게 불편해하는 것을 보아 정공법이 나을지도 모르겠다.

"형수님."

"네?"

"형을 어떻게 생각하시죠?"

"네?!"

인희의 얼굴이 반사적으로 약간 붉어졌다가 다시 제 색깔로 돌아왔다.

"형을 조금이라도 마음에 두고 계신 건가요?"

"아니에요."

준우는 불편해하면서 고개를 돌리는 인희를 보고 말을 이었다.

"형은 형수를 사랑해요."

"아니에요."

"사랑하고 있어요, 아주 예전부터."

"아니에요."

"언제까지 고집을 피우실 거죠?"

"네?"

"언제까지 고집을 피우실 거냐고요."

"고집?"

인희가 의아한 표정을 지었다.

"형을 어떻게 생각하시는지 곰곰이 생각해 보세요."

"그건……."

내가 그를 어떻게 생각할까?

문득 인희는 자신이 그를 어떻게 생각하는지 모른다는 것을 알았다. 예전에는 그냥 그를 사랑한다고 생각했다. 그리고 그의 그 냉담한 눈동자를 본 삼 년 전부터는 자신을 타인으로 생각하는 그를 타인으로 받아들이겠다고 생각했다.

하지만 지금은…… 타인이라면 옆에 있는 것이 그렇게 신경쓰이지 않는다. 그리고 타인이라면 그렇게까지 거부하려고 애쓰게 되지 않는다. 자연스레 나와 상관없는 사람으로 인식될 뿐.

"모르겠어요."

"너, 형을 사랑한다고 했었지?"

준우가 갑자기 엄한 목소리로 물었다. 예전, 그녀가 그의 형수이기 이전 한집에 사는 동생일 때에 쓰던 말투였다.

"예."

인희도 고분고분 대답했다.

"사실 나 그때에는 그 말 믿지 않았던 거, 아냐?"

"네?"

"놀란 것처럼 보이는구나."

담배를 피우고 싶다는 생각을 하며 준우가 중얼거렸다.

"어떻게 그 말을 믿을 수 있겠냐? 네가 우리 형제들 중에 가장 감정적으로, 인간적으로 교류가 없던 사람이 바로 큰형이었는데."

"하지만……."

"이 오빠는 말이다, 단 한 번도 첫눈에 반한다는 명제를 믿어본 적이 없어. 그래서 네가 큰형을 사랑한다고 말했을 때 믿지 않았지. 하지만 네가 결혼을 밀고 나가고, 형이 너에게 한결같은 무관심으로 일관할 때에도 네가 형에 대한 관심과 마음을 지우지 못하는 것을 보고, 네가 형을 사랑한다는 것을 믿었거든."

준우가 인희의 눈을 똑바로 바라보았다.

"물론 내가 널 딱하게 생각하는 것은 사실이야. 넌 결혼 생활 동안 형에게 최선을 다했고, 너의 마음을 전하려고 애를 썼지만 외면한 것은 형이니까. 그리고 잔인해졌던 것도 형이고. 하지만 그거랑 네가 지금 똥고집 부리는 것과는 차이가 있단 말이다."

"똥고집 같은 건 부리지 않아요."

"그래?"

준우가 부드럽게 웃으며 인희의 머리를 쓰다듬었다.

"이게 똥고집이 아니면 뭐지?"

"난 똥고집 같은 거 부리지 않는다니까요."

준우는 아무 말 없이 그저 날카로운 눈매로 인희를 바라보더니 고개를 저었다.

"너 지금 무슨 짓을 하는지 알고 있어? 삼 년 전 형이 한 짓과 똑같은 짓을 하고 있잖아."

"제가 언제……?"

인희는 항의하는 듯한 신음 소리를 냈다.

"지금."

"난 달라요!"

"다르긴 뭐가 다르지? 그때의 형과 지금의 너의 차이점은 넌 형을 피하고 싶지만 완전히 피할 수 없다는 것 하나뿐인데."

"그 사람은 날 진심으로……."

"진심?"

준우가 무슨 소리를 하나는 표정으로 인희를 바라보았다.

"진심이라, 이거 정말 둘 다 바보가 따로 없잖니?"

"누가 바보라는 거죠?"

"너나 형이나 둘 다. 왜 이미 오 년 전에 끝내야 했던 신경전을 계속하고 있는 건지 알 수 없구나."

"신경전 같은 것은……."

"지금도 하고 있잖아. 형이 불쌍하다. 마누라가 자길 싫어한다는 것을 느끼면서도 마누라를 못 놔줘서 곁에서 빙빙 도는 꼴이라니."

"그, 그 사람은!"

인희가 방어적으로 몇 마디 하려 했다.

"그 사람은 뭐?"

준우가 조용한 목소리로 말했다.

"널 사랑하지 않는다고? 너에게 요만큼도 관심이 없다고?"

"그만 해요."

인희가 피곤하다는 목소리로 말했다.

"인희야, 사람은 변하는 거야. 게다가 자존심이 강한 사람은 꼭 손해를 봐야지 변해."

고집스럽게 입을 꽉 다물고 있는 인희를 보고 준우는 고개를 저었다.

"난 해주고 싶은 말, 해줘야 할 말은 다 했어. 그러니 어떻게 할지는 네가 알아서 결정할 일이야."

인희가 고집스럽게 고개를 돌리자 준우가 한숨을 쉬며 말했다.

"잘 생각해 보렴, 꼬맹아."

똥고집이라니!

인희는 솔직히 화가 났다. 똥고집, 똥고집이라니!

보답받지 못한 사랑으로 고민한 것은 그녀였다. 그래도 노력을 하고 안달을 했던 것도 그녀였고, 결국은 계란에 바위 치기라는 것을 스스로 깨닫고 무릎을 꿇은 것도 그녀였다. 그런데 그런 그녀가 진심도 아닌 남편의 거짓된 모습을 받아주지 못한다고 똥고집이라고 부르다니!

다른 사람도 아니고, 어떻게 준우가 그렇게 말할 수 있는가?

그녀가 고생한 지난날을 누구보다도 잘 아는 사람이!

사람은 변한다고 말했죠, 준우 오빠? 하지만 변하지 않는 사람도 있어요. 나는 변했죠. 하지만 그건 현실을 인식한 다음에 그 현실을 몸으로 받아들이고 적응하기 위해서였어요. 하지만 나에게 현실을 인식시킨 그 사람은 변하지 않아요.

서준혁은 변하지 않는다. 그럴 리가 없다.

그 사실을 곱씹고 곱씹었지만, 예전같이 자신에게 설득력있게 들리지는 않았다.

"샤워하실래요?"

간병인이 상냥하게 물었다.

"그래요."

아물어가는 수술 자리에 부담을 주면 안 되었기 때문에 아직 목욕을 하는 것은 무리였고 샤워도 자주 해서는 안 된다는 의사의 진단을 받았기 때문에, 인희는 일주일에 한 번 있는 샤워 시간을 한껏 즐겼다.

"오랜만이시죠, 저녁에 샤워하시는 건?"

"그렇죠 뭐."

그동안 인희와 간병인은 준혁을 의식해서 샤워를 낮 시간에 해왔다. 하지만 샤워를 하고 나면 곧 기진맥진해지기 때문에 낮잠만 늘 따름이어서, 눈치 보지 않고 하는 저녁 샤워가 얼마나 그리웠는지 모른다.

"오늘은 회장님이 늦으신다고 전화하셨다니까, 좀 여유있게 샤워하실 수 있을 거예요."

"고마워요."

인희가 간병인에게 상냥하게 웃어 보이며 천천히 부축을 받아 침대에서 일어났다. 그녀가 잠옷의 단추를 풀자 간병인이 그녀의 팔을 옷에서 빼냈다.

"쯧쯧쯧."

이제는 눈에 익숙해진, 인희 등의 상처를 바라보며 간병인이 혀를 끌끌 찼다.

"성형해 볼 생각은 안 해보셨어요? 아직 나이도 젊은데."

성형할 상처가 아니었다. 물론 의사가 자잘한 상처들은 성형이 된다고 했지만, 왼쪽 어깨를 가로지르는 커다란 자상은 성형을 해도 그 깊은 상처 자국은 없어지지 않는다고 말했다. 왼쪽 어깨 상처 말고도 그녀가 굳이 등의 상처들을 성형하지 않은 것은 잊지 않기 위해서였다.

자신을 타인으로 생각하는, 자신을 사랑하지 않는 사람을 사랑하는 일이 얼마나 무모한지. 그리고 사람 마음을 자신의 마음대로 바꾸려는 것이 얼마나 헛된 일인지 그녀 스스로 기억할 수 있게 하기 위해서 그녀는 등의 상처를 그대로 남겨놓았다. 그녀가 직접 볼 수 있는 상처는 거의 없다시피 했지만, 그래도 그녀의 등에 상처가 아직 남아 있다는 것만으로도 그녀는 자신이 인생에서 실수한 것이 무엇인지를 똑똑히 알 수 있었다.

"회장님이 안타까우시겠어요."

그 사람 때문에 생긴 상처인걸요.

이렇게 말하고 싶은 마음을 참으며 인희는 돌아섰다.

"자, 씻으러 가요."

예상보다 회의가 일찍 끝났기에 준혁은 서류들을 챙겨 급히 집으로 향했다. 반겨 맞아줄 사람은 없었지만, 그래도 그가 가장 보고 싶어하는 사람이 그곳에 있었기 때문이다.

요즘 들어 그의 행동이 신경 쓰이는 듯 바라보는 인희의 모습을 보며, 준혁은 뭔가 희망적인 생각을 해도 되지 않을까 하는 바람을 가지고 있었다. 그래도 그가 들어오면 바로 눈을 감고, 귀를 막고, 손길을 피하는 예전과는 사뭇 다른 태도였기에. 아마도 조금만 시간을 들이면, 조금만 더 그가 참으면 그가 손을 내밀어도 피하지 않을지도 모른다.

"후."

집에 가는 발걸음이 가벼웠다. 하지만 뒤이어 그가 볼 것이 무엇일지 알았더라면, 그렇게 가벼운 발걸음으로 집으로 가지 않았을지도 모른다.

"지금 뭐 하시는 거죠?"

요즘 늘 하는 것처럼 별 생각 없이 서류 더미를 들고 방으로 들어서는 그를 향해 간병인이 앙칼진 소리를 질렀다.

"아, 저……."

아내가 막 샤워를 마쳤나 보았다. 몸을 반쯤 타월로 가리고, 막 욕실에서 나오던 인희는 얼굴을 약간 붉히며 천천히 등을 돌렸다.

"뭐지?"

준혁의 얼굴은 일시에 굳어졌다.

"예?"

"당신 등…… 말이야."

타월로 가려지지 않은 상반신의 일부는 엄청난 자상으로 얼룩져 있었다. 언뜻 보기에도 엄청나다는 것을 짐작케 하는 왼쪽 어깨에 있는 상처를 비롯해서, 목과 등 윗부분에 무수히 난 자상들은 유리 더미에 누웠다가 일어난 사람이 가질 수 있는 그런 종류였다.

인희의 몸이 굳어졌다.

"왜 그래? 응?"

지금 왜 그러는 거냐고 내게 묻는 거예요?

"인희야?"

꼼짝 않고 서 있는 아내의 어깨가 조금씩 떨리는 것을 보고 준혁이 서류를 떨어뜨렸다.

"왜?"

"저, 회장님?"

간병인이 조용히 준혁을 불렀다.

"나가 계세요."

"저, 하지만……."

"아내와 조용히 할 이야기가 있어요."

간병인이 약간 서둘러서 그 방을 나가자 준혁은 천천히 인희에게 다가갔다.

"말해 봐. 등이 왜 이렇게 된 거지?"

등에 대해서 말하는 것만으로도 부들부들 떨 정도라면 등에 생긴 상처에는 뭔가 그가 모르는 엄청난 사연이 있을지도 모른다는 생각이 들었다.

인희는 그저 목석처럼 서서 떨 뿐이었다.

"인희야?"

당신이 내게 그렇게 물을 자격이 있어? 이 상처가 왜 생겼는지 누구보다도 잘 아는 당신이? 그리고 내가 이 상처를 치료하고 아물기를 기다리는 동안 돌아보지 않았던 당신이 그런 식으로 물을 자격이 있다고 생각해? 그런 아무것도 몰랐다는 자못 걱정스럽다는 목소리로?

"제기랄."

아무 말도 안 한 채 그의 얼굴을 바라보지도 않고 그저 석상처럼 서서 몸을 떨고 있는 아내가 답답하기도 하고, 화도 나서 준혁은 인희의 몸을 돌리려고 손을 뻗었다.

"손대지 말아요!"

앙칼지게 말하며 갑자기 움직인 인희의 몸에서 타월이 떨어져 흘러내렸다. 그리고…… 준혁은 그가 본 것 이상의 지옥을 보았다.

"세상에⋯⋯."

등 전체가 엄청난 자상으로 뒤덮여 있었다. 크든 작든 상처가 없는 곳이 없을 정도였다.

"맙소사⋯⋯."

이렇게 심한 상처가 도대체 어쩌다가 생긴 거지? 그리고 그녀에게 이런 상처가 생겼는데, 왜 내가 모르고 있는 거지?

"제기랄. 도대체 어떻게 된 거야?"

자신과 인희에 대한 분노로 폭발 직전이 됨을 느끼며 준혁은 무의식적으로 인희의 상처에 손을 댔다.

"손대지 말라고 했잖아요!"

"왜? 난 당신 상처에 손을 댈 자격도 없다는 건가?!"

준혁이 소리를 질렀다.

"이건 안 돼요. 이 상처만은 안 돼요!"

"특별한 상처인가, 당신을 방치해 둔 남편은 만지고 위로해 줘선 안 되는?"

그녀에게 뭐라고 한마디 해주고 싶은 마음에 한껏 비아냥거리면서 한 말이었지만 그녀의 대답은 그의 가슴에 비수를 꽂았다.

"그래요."

"뭐?"

"그렇다고요. 당신이 만져서는 안 되는 상처예요! 당신⋯⋯."

인희는 불규칙하게 뛰기 시작하는 심장을 진정시키며 겨우 말을 이었다.

"그만두죠. 나도 더 이상 비참해질 마음은 없고, 더 이상 당신의 그 말도 안 되는 연기를 봐줄 기력도 없으니까."

"무슨 뜻이지?"

준혁이 이를 갈면서 물었다.

"됐어요. 혼자 있고 싶어요."

말도 안 되는 연기? 도대체?

영문을 알 수 없었던 준혁은 결사적으로 등을 감추며 피하려는 인희의 팔을 움켜잡았다.

"제대로 말해 봐. 도대체 무슨 뜻이야?"

"위선자!"

위선자? 내가?

준혁은 인희의 분노에 찬 시선에 노출된 채 그저 멍하니 서 있기만 했다.

"인……."

"당신도 내 등이 왜 이렇게 되었는지 알잖아요. 그런데 어떻게 그런 식으로 말할 수 있죠? 마치 몰랐다는 듯, 내 상처가 너무 안쓰럽고 걱정이 된다는 듯이."

"나는 그 상처를 처음……."

인희의 눈에서 눈물이 떨어지기 시작했다.

"당신이 이렇게 증오스럽게 느껴졌던 것은 처음이야. 당신이 날 남 쳐다보듯 쳐다볼 때에도 난 이렇게까지 당신이 증오스럽지 않았어. 난 그래도 당신이 적어도 이 상처에 대해서는 아무 말 못할 줄 알았어. 그 정도는 상식이 있는…… 사람이라고 생각했다고요."

"인희야."

준혁은 눈에서 눈물을 흘리기 시작하는 인희를 껴안았다.

"이거 놔! 당신은 자격없어!"

"난……."

울고 있는데, 이렇게 괴로워하고 있는데 옆에서 가만있으라니.

"난 당신에게 힘이 되고 싶어. 그냥 안아주고 싶다고."

"왜 지금? 왜 이제 와서?"

"뭐?"

인희가 눈물로 범벅이 된 눈에 분노를 담고 그를 바라보았다.

"모른다고 하지 말아요. 그런 말을 해서 날 더 비참하게 만들지 말아요. 당신도 봤잖아! 내가 왜 이렇게 되었는지 알잖아요! 그날…… 여자를 만났던 것은 당신이야. 내가 다른 남자 손에 희롱당하고 있던 것을 내버려 둔 것도 당신이야. 그리고 깨진 유리 위에서 당신을 바라보고 있던 날 무심한 시선으로 바라본 것도 당신이야. 내가 그걸 잊었을 거라고 생각했어요?"

"뭐?!"

설마, 설마 그럴 리는 없었다. 자신이 아무리 남들과 아버지

앞에서 그녀를 외면하는 연기를 해왔다고는 해도, 상처를 입은 그녀를 그대로 방치했을 리는…….

"난…… 절대로 못 잊어."

그녀가 사랑하는 사람이 다른 사람을 만난다는 것. 그녀가 어떻게 되든 결국 타인의 일로 상관하지 않는다는 것. 결국 그녀는 그녀가 사랑하는 그 사람에게 있어서 아무것도 아니라는 잔인한 진실.

그녀의 사랑과 마음과 희망을 산산이 부숴놓은 그 사건을 그녀가 잊기를 바랐단 말인가? 그리고 그가 그렇게 손쉽게 뇌리에서 지워 버렸단 말인가?

"역시 당신은 잔인한 사람이었어. 날 여기 왜 데려왔는지도 모르겠어. 이번에는 내가 그렇게도 가지고 싶었던 것을 손에 닿을 듯 펼쳐 놓고, 나에게 더 간절히 원하게 만들 생각이었어요? 그래요? 그날 이전에는 당신이 지금 하는 것에 반만큼, 아니, 백분의 일이라도 보여줬다면 난 그냥 당신의 좋은 아내로 남아 있었을 거예요. 아니, 적어도 그날 하루 만이라도 그랬다면 그랬을 테죠."

"인희야."

"난 당신 에스코트를 받고 싶었지만, 결국 내 에스코트를 해준 사람은 다른 오빠들이었어요."

"인희야, 그건……."

준혁은 도대체 인희가 언제의 어떤 이야기를 하는지 몰라 허둥댔다. 그녀만 알고, 그는 모르는 그녀를 완전히 망가뜨린 사건은 도대체 뭐였는지.

"나는 그곳에 가지 말았어야 했어요. 차라리 그곳에 가지 말았어야 했다고요. 다른 사람들이 뭐라고 하든 가지 말았어야 했는데. 그렇게 온실 유리 문 위로 쓰러질 줄 알았다면, 아니, 그런 나를 내 남편이라는 사람이 모르는 사람 바라보듯 그렇게 무심하게 바라볼 줄 알았다면, 그리고 그렇게 잔인하게 현실을 깨닫게 될 줄 알았다면……."

온실 유리 문?

준혁은 아주 오래전처럼 느껴지는 한 파티를 기억해 냈다. 그리고 깨어진 온실 유리 문 위에 흰 드레스를 입고 쓰러져 있던 여자의 모습도.

"설마 당신……."

"난 준휘 오빠가 아니라 당신이 날 안아주길 바랐죠, 날 모르는 사람처럼 다른 사람과 이야기할 것이 아니라. 내가 당신에게 사랑하는 마음이 있었다면 그날 모두 깨져 버렸어요. 알아요, 보답받지 못하는 사랑이 어떤 마음인지? 그리고 알아요, 결국은 무슨 짓을 해도 그 사람의 마음 한 조각도 못 얻을 거라는 것을 알았을 때의 기분을?"

"제기랄."

몰랐다. 설마 그녀가 그 파티에 와 있을 줄은 상상도 못했다. 그는 그녀를 파티장 같은 곳에 데려가지 않았고, 그녀도 아픈 아버지를 두고 외출하지 않는다는 사실을 알고 있었기 때문이다. 단지 그녀와 약간 닮았다고 생각했을 뿐이다. 화장과 성장한 드레스 차림의 부서진 인형처럼 쓰러진 여자가 설마 하니 인희였다고는⋯⋯.

눈앞에 그녀가 다쳐서 쓰러져 있었지만 그는 알지 못했고 그녀에게 다가가 안아주지도, 그녀를 위로해 주지도 않았다. 그저 모르는 사람 보듯 바라보며 다른 사람과 그녀에 대한 이야기를 했을 뿐이다. 모르는 여자인 양⋯⋯ 사실은 그의 아내였는데도.

"나는⋯⋯ 젠장."

"난 기다리지 않기로 했어요. 그냥 받아들이기로 했다고요. 당신이 날 사랑하지 않는다는 것, 앞으로도 날 사랑할 일은 없을 거라는 것."

"제기랄."

그는 인희를 안았다. 자기 자신이 죽일 정도로 미운 것은 인희가 아무 말 없이 집을 떠난 이후로 처음이었다. 그리고 이번 것은 그 정도가 그때보다도 더 심했다.

그가 그렇게 끔찍해했던 그 상처는 실은 그가 외면해 버린 상처였다는 것. 그리고 그 외면은 그녀의 마음에 더한 상처를 내버리고 말았던 것이다.

"당신은⋯⋯ 자격이 없어."

"알아."

"놓으라고 했잖아요."

"아니."

그때는 그녀를 안아주지 않았었다. 위로해 주지도 않았었다. 상처에서 피를 흘리고 있던 그녀를 그대로 동생에게 방치한 채 그는 뉴욕으로 사라져 버렸었다.

"놓아줘요."

인희가 힘없이 그의 품에서 발버둥을 쳤다.

만일 뉴욕에 가지 않았다면, 그녀가 다쳤다는 것을 알았을까? 그랬을 것이다. 아마도 알고 그녀의 병실을 지켜줄 수는 있었겠지. 그리고 만일 그날 그녀를 그렇게 내버리지 않았다면 지금 그녀가 이렇게 울고 있을까? 아니었다. 그날 그녀를 안았던 것이 그였고, 그녀를 에스코트하고, 그녀와 춤을 추었던 것이 그였다면 그녀는 애초에 다치지 않았을지 모른다. 그의 작은 새는 희망이라는 날개를 꺾이고 사랑이라는 먹이를 포기해 버렸던 것이다. 그라는 둥지가 그녀를 그렇게 내팽개쳐 버렸으므로.

"미안해."

미안하다는 말로 충분할 수 있을까?

준혁이 인희를 토닥거리며 계속 중얼거렸다.

"미안해. 내가 잘못했어."

"당신을 증오해."

"알아."

"이젠……."

원하지 않았다, 이제 와서 안아주고 토닥여 주고 위로해 주는 손길 같은 것은. 원하지 않는다고 생각했다. 하지만 그의 품이 따뜻하다는 것, 그의 토닥거림이, 위로해 주는 그 손길이 부드럽다는 것은 부인할 수 없는 사실이었다. 그래서 인희는 목놓아 울었다. 이미 삼 년 전 그랬어야 할 모든 눈물을, 삼 년 전에 원했던 그 품 안에서 그 손의 위로를 받으면서.

그리고 준혁도 울었다. 삼 년 전, 자신이 내밀어야 했던 손길과 위로를 내밀며, 자신이 그녀에게 저질렀던 그 모든 잘못을 다시금 끄집어내며 그렇게 소리를 죽여서 울었다.

"이러지 말아요. 당신은 자격이 없어."

그녀가 계속 울먹거리며 말했다. 하지만 그녀를 놓아줄 수 없었다. 그가 낸 상처였다. 그의 주변에 대한 무심함이 그녀에게 만든 상처였다. 손끝에 희미하게 잡히는 상처 자국들이 그의 속을 헤집고 있었다.

"아아, 인희야……."

아무 말도 할 수 없었다. 심지어 미안하다는 말조차도. 단지 그런 짓까지 했는데도 그녀를 놓칠 수 없다는 생각을 하고 있는 자신이 소름 끼치기조차 할 뿐. 그리고 안고 있는 그녀가 너무 작고, 너무 섬세하고, 금방이라도 자신의 손에서 녹아버릴 듯 계속 눈물을 흘리고 있어서 마음이 아플 뿐이었다.

"당신이 미웠어요. 다른, 여자……."

그녀가 말을 더듬거리고 있었다.

다른 여자? 누구?

그의 인생에 그녀 외의 다른 여자는 없었다. 도대체 어떤 다른 여자를 만났다는 건지 그는 알 수 없었다. 그가 혼자 생각하던 것이 입 밖으로 나온 모양이다. 그녀가 고개를 들었다.

"그날 같이 있었잖아요."

어떤 여자를 말하는 걸까? 그가 그녀와 함께 살았던 정확히 말하자면 혼인 신고만 하고 별거 상태인 지금과 다를 바 없는 상태였던 그때에 공식 석상에서 단둘이서 만날 수 있는 여자라면 단 한 사람뿐이었다. 그녀는 혜수와 함께 있는 그를 본 것이었다. 그리고 충격을 받았으리라.

"미안해."

지금 사정을 모두 설명해 봤자 변명으로밖에는 들리지 않을 것이다. 특히 이렇게 그녀가 감정을 있는 대로 다 드러내고 있을 때에는.

"날 놔줘요."

그녀가 조용히 말했다.

"제발 놔줘요. 처음엔 미워했어요. 왜 나를 그렇게 아프게 할까 생각도 했어요. 하지만 더 이상 나를 사랑하지 않는 사람들을 사랑하는 것은 나만 아프다는 것을 깨달았어요."

그녀가 그의 젖은 셔츠에서 얼굴을 떼고 눈물 젖은 눈을 그의 눈에 맞추었다.

"아버지는 일 중독자였죠. 그 누구에게도, 관심이 없었어요. 마, 마지막으로 아버지를 만났을 때, 아버지는 나를, 새로 온 가정부로 착각하시더군요. 그리고 당신은, 내가 가지고 있는 주식 때문에…… 결혼 생활을 유지하고 있지요. 처음에 결혼했던 것도, 결국 아버님의 병환 때문이었고요. 내가 평생 원한 것은, 단 하나였어요. 당신…… 당신을 가지고 싶어서 가졌어요. 단 한 번, 원하는 것을 갖기 위해서, 행동한 것이…… 당신이 좋다고 말했던 거였어요. 하지만, 지금은, 후회해요…… 많이 후회해요."

그녀가 헉헉거리며 말을 이었다.

"또다시 진열장 안에 있는, 먼지 쌓인 인형보다 못한 신세가 되려고 당신을 원한…… 하아…… 게 아니에요. 하아…… 당신에게, 사랑, 받기, 위해서, 나를, 보이기, 위해서, 하아……."

숨이 차서 자꾸만 말이 끊겼지만, 어쨌든 말을 다 해야만 했다.

"나, 나는, 노, 노력했어요. 처, 처음으로…… 헉."

감정의 지나친 격발과 많아진 말수 때문에 숨이 계속 가빠왔고, 눈앞이 약간 흐려지는 듯도 했다. 그녀를 안고 있는 그의 팔에 힘이 주어졌다.

"나, 나를, 왜, 왜……?"

그는 가슴이 터질 것 같았다. 도대체 무슨 짓을 한 거란 말인가?

정적인 여자가 그에게만은 정적이지 않았다. 그는 그녀가 어떤 노력을 했는지 알고 있다. 그가 싫은 내색을 보여도, 그가 오래 자리를 비울 때를 제외하고 단 한 번도 그를 위한 도시락을 만드는 것을 거르지 않았다. 그리고 어쩌다 집에 들어가면 어떻게 알고 그를 위해 살뜰히 챙겨주었고, 비서에 의해 그에게 하는 연락이 모두 차단되어도 그녀는 꾸준히 전화를 걸었었다. 그렇게 조심스러운 여자가 그를 위해 그만큼이나 노력을 한 것이다. 이제는 알 것 같았다. 결국 그녀는 그를 사랑했던 것이다.

그 어떤 남편도, 그처럼 멋지게 아내의 사랑을 쓰레기로 만들 순 없을 것이다. 조금만 고개를 돌리면 그녀가 어떻게 하고 있는지 다 보였을 텐데, 그는 잠시도 고개를 돌리지 못했다. 그저 지금은 안 된다, 기다려야지, 기다려야지 하면서…….

"나도 그러고 싶지 않았어."

그의 인내가 결국 그녀에게 잔인한 비수가 되다니.

"인희야."

"제발…….."

그녀는 애원하고 있었다.

"날 집으로 돌려보내 줘요."

그녀를 보내게 되면 더 이상의 희망은 없을지도 모른다. 특히 자신이 어떤 짓을 저질렀는지 잘 아는 이때에는. 그리고 더 이상 그녀가 그의 곁에 없다면, 그의 인생은 끝난 것이다.

하지만 아내가 처음으로 부탁하고 있었다. 그리고 아내의 그런 마음이 조금은 이해가 되었다.

"알았어."

가슴이 쓰렸다. 이유는 잘 모르겠지만 어떻게든 할 수 있다고 생각했던 것과 이유를 알고 이제는 희망이 거의 없다는 것을 알게 된 것은 달랐다. 준혁은 고개를 떨구었다.

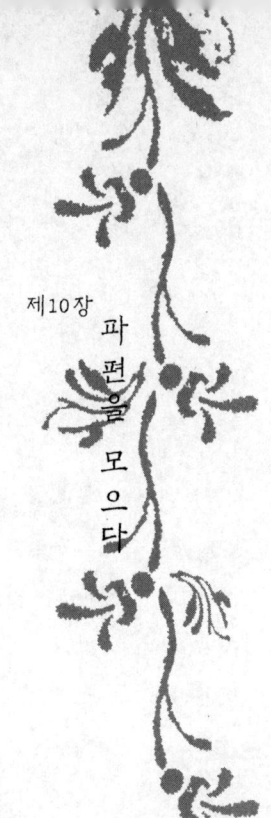

제10장 파편을 모으다

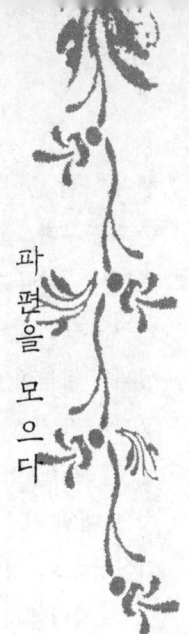

파
편
을
모
으
다

"이러시면 안 돼요. 형수도 아시다시피······."

"집으로 돌아가겠어요."

인희가 굳은 얼굴로 말했다. 준우는 어깨를 으쓱했다.

"형 생각 조금이라도 해보셨어요?"

"처음부터 그 사람이 약속한 거였어요."

나을 때까지만 있으라고. 그 다음에는 무슨 짓을 해도 좋다고.

"그러지 마세요, 제발. 형은······."

의사가 무리하지 않는 선에서 일상생활을 할 수 있다는 진단을 내리자마자 인희는 집에 가기 위해 서둘렀다. 그녀가 짐을 챙겨 나갈 준비를 하고 있다는 서산 댁의 말을 들은 후, 준우는 단속을 무릅쓰고 과속을 해가면서 서둘러 성북동 집으로 왔다.

"형수, 지금 형은 제정신이 아니에요. 아시잖아요."

그렇게 그녀의 눈물을 다 받아주고 난 다음, 그가 비틀거리듯 서재에 파묻힌 이후 나오지 않는다는 것은 알고 있었다. 하지만 그게 그가 제정신이 아니라는 것을 대변해 주는 것은 아니다.

"전 모르겠어요."

"도대체 언제부터 형수가 이렇게 메마를 대로 메마른 사람이 되어버렸죠? 형수는 항상 남들을 배려하던 사람이었잖습니까?"

"그 사람에게 내 배려는 필요없어요."

"형에게 형수 배려가 가장 필요하다는 거, 알고 계시잖습니까?"

"그 사람에게는 내 배려가 필요없다는 거, 도련님도 알고 계시잖아요."

결국 인희가 얼굴을 붉히며 화를 내기 시작했다.

"그 사람이 언제 저에게 배려를 필요로 했던가요? 아니, 저에게 뭔가 필요로 하긴 했던가요? 아, 한 가지 있긴 했죠. 제가 가진 주식을 원하긴 했으니까. 하지만 그것도 그렇게 신경 쓸 필요 없을 텐데."

"형수!"

준우는 인희의 말에 충격을 받았다.

"저도 알고 있어요, 한 달 후면 삼 년의 기한이 끝난다는 것.

드디어 저와 서준혁 씨 사이의 관계가 완벽한 타인이 된다는 것을. 저에게는 그 주식은 필요없어요. 전 제 직업이 있고 혼자 선다는 데에 상당히 만족하고 있어요. 그러니까 그 주식을 그 사람에게 양도할 생각이에요."

인희가 심호흡을 했다.

"그게 양쪽에 공평하지 않겠어요? 그 사람은 주식 때문에 저와 결혼했고, 전 그 사람을 원했기 때문에 아버님이 물으셨을 때 그 사람 이름을 들먹였죠. 그 사람이 강제로 뭘 어쩌는 것을 극도로 증오한다는 것을 알았어야 하는데. 하지만 알았어도 늦었어요. 전 그 사람을 제 사람으로 만들고 싶었고, 사랑했고, 그래서 그 결정을 후회하진 않아요."

인희가 입술을 깨물었다.

"그 사람은 이 년 동안 원치도 않는 결혼 생활을 필사적으로 유지해 왔던 거예요. 얼마나 우스운 일이에요, 그 유언장 한 장 때문에 관심도 없는 여자와 억지로 삼 년 동안 더 결혼 생활을 하게 되었으니?"

"형수, 그게 아니에요! 형은……."

준우는 필사적으로 사정을 설명하려 했다.

"내가 할 수 있는 최소한의 일은 그 주식을 그에게 돌려주는 것뿐이에요. 그는 회사를 사랑하고, 그에게는 그 주식을 받을 자격이 있으니까."

"형수, 형하고 진지하게 이야기를 해보세요. 형은 결코 그렇게……."

준우는 안타까웠다. 도대체 왜 이렇게 그의 형과 형수는 서로를 이해하지 못하는 걸까? 처음에는 분명 준혁의 실수였다. 그리고 형수가 집을 나간 것도, 그동안 준혁을 보고 싶지 않아했던 것도 이해할 수 있다고 생각했다. 하지만 이건 아니었다. 준혁이 인희에게 자신의 솔직한 마음을 보이려고 해도, 이번에는 인희가 그것을 전면적으로 거부했다.

"그이가 그렇게 생각하지 않는다면, 도대체 무엇 때문에 제게 잘해주는 거죠?"

반쯤은 체념하는 어조로 인희가 툭 내뱉었다.

"그거야……."

"그동안 그에게는 충분한 기회가 있었어요. 전 학교를 그만두지 않았어요. 알아볼 수 있었다면 학교를 통해서 얼마든지 알아볼 수 있었겠죠."

"형수, 사실 형은……."

"주식 배당금이 들어가는 곳만 알아봐도 간단한 일이었어요. 그런데 왜 그렇게 하지 않았을까요? 그리고 왜 지금 제게 관심을 보이는 걸까요?"

"형수."

"그것 말고는 아무 이유도 없어요. 원만히 합의받고 싶었을 거예요, 아마. 미리 말할 걸 그랬죠, 그걸 양도할 생각이라고."

인희가 약간의 부드러움이 담긴 어조로 말했다.

"형수, 그건 사실이 아니……."

뭐라고 말하려던 준우는 인희의 눈에 담긴 어쩔 수 없다는 듯한 체념의 눈빛을, 입가에 띤 묘한 미소를 보고 말을 멈추었다. 그리고 오싹해졌다. 형수는 진심으로 믿고 있는 것이다. 그의 형이 단지 주식 때문에 '갑작스레 그녀를 다시 보기 시작했다'고. 어쩌면 그런 결론에 이른 것도 당연한지도 모른다. 하지만 조금만 생각을 달리하면.

"다음번에 그 사람을 만나는 것은 가정 법원에서겠죠."

인희가 현관을 나서며 집을 주욱 둘러보았다, 서글픈 미소를 띠며.

"그 사람을 부탁드려요."

"예?"

인희가 서글프게 말했다.

"제가 더 이상 그 사람을 남편으로 사랑하지 않는다고 해도, 걱정하지 않는 것은 아니니까."

"형수, 그렇다면 한 번만 더……."

인희는 준우의 말을 듣지 않았다. 그저 집을 다시 한 번 둘러보고 인사를 건넸을 뿐. 그리고 짐 가방을 들어주는 기사를 따라서 그 집을 나섰다.

"갔니?"

"응. 도대체 왜 그런 거야? 그렇게도 찾고 싶어했던 형수잖

아. 그리고 그렇게도 보고 싶어하고, 사랑한다던 형수잖아. 그런데 저대로 보내도 되는 거야?"

"내가 무슨 짓을 했는지 알았으니까."

"형이 무슨 짓을 했는데?"

"알고 있었지, 넌?"

"응?"

"그녀를 제갈 회장 댁의 파티에 데려갔던 것이 너 아니었어?"

준우가 머리를 긁적였다. 딱히 말하자면 형제들 모두가 공모한 것이었지만, 그는 고개를 끄덕였다.

"그날, 인희 사고당했던 거 왜 나에게 이야기 안 했니?"

형이 너무 담담하게 묻자 오히려 놀란 것은 준우 쪽이었다. 그가 헛기침을 하다가 조용히 말했다.

"흠, 흠, 형수가 원하지 않았거든. 이유가 뭔지는 모르지만, 형 이름을 꺼내는 것만으로도 고개를 저을 정도였으니까. 그렇게까지 원하지 않기에 아무도 이야기하지 않기로 한 거야."

"그래. 그럼 노친네는?"

"아버진 그때 병원에 입원해 계셨잖아. 우리가 형수가 감기에 걸려서 집에 누워 있다고 거짓말 좀 했지. 다행인지, 기력이 쇠해지셔서 정신도 오락가락하시는 터라 그냥 믿어주시더라고."

당연히 그의 이름만 들어도 고개를 저었겠지. 왜 아니겠는가. 그가 그녀에게 어떻게 했는데. 그렇게 쓰러진 그녀 곁에 가지도 않지 않았던가? 그 사고 현장에 가장 가까이 있었던 것이 그였는데. 그녀를 그렇게 내버려 두지 않았던가?

준혁은 조용히 눈을 감았다. 자신이 무슨 짓을 했는지 떠올리자 속이 쓰려왔다. 그가 일어나서 재킷을 걸쳤다.

"나가서 형수를 잡을 생각이야?"

준우가 물었다. 하지만 준혁은 고개를 저었다.

"서류 좀 살피려고. 계약은 성사시켰지만 아직 몇 군데의 어음을 막으려면 부족해. 게다가 듣기로는 정치 자금 문제로 한바탕 난리가 날 거라고 하더군."

"형!"

준우가 준혁을 불렀다. 하지만 준혁은 들은 척도 하지 않고 집을 나섰고, 그 이후 근 서너 달 동안 준우가 준혁을 볼 수 있는 곳은 회사뿐이었다.

"이러다가는 형이 죽겠어. 물론 형수가 집에 있었던 초기에도 일하느라 집에 못 들어가긴 했지. 하지만 이 정도는 아니었어. 알겠지만 그때는 사무실 옆에 있는 개인실에서 자기도 했었고, 샤워 시설도 이용했었고. 어쨌든 먹고 자고는 했으니까."

"지금은 어떤데?"

준우는 지금 준휘를 붙잡고 심각한 표정으로 이야기를 하고 있었다. 아무래도 몇 달째 식음을 전폐하다시피 하고 일에만 매달리는 형이 걱정되었기 때문이다.

"어떻긴, 그냥 계속 일만 하지. 협박하다시피 해서 밥을 사 먹이는 것도 어쩌다 한 번이고. 그래도 조금 안심이 되는 것은 술을 퍼마시거나 하지는 않는다는 거야."

"형이 술을 마시겠어? 형 어머니가 알코올 중독자였다는데."

"그건 그렇겠지? 어떻게 말릴 방법 없을까?"

"형수를 설득해서 형 곁으로 돌아가게 하기 전까지는 불가능해. 하지만 이제 와서 설득할 수 있느냐 하는 것이 문제지. 형도 나름대로 애썼지만 결과가 이렇잖아."

"설상가상으로 형이 상당히 심적으로 위축되어 있어. 사실 삼년 전의 그 사고를 알게 되었거든."

준휘는 막 목으로 넘기던 커피가 걸릴 뻔했다.

"어떻게?"

"모르겠어. 형수가 말한 게 아닌가 싶어."

"첩첩산중이군."

준휘가 한숨을 쉬었다. 지금까지 말하지 않았던 것은 형수의 의사를 존중했을 뿐만 아니라, 이미 일이 그렇게 된 마당에 형이 알아서 좋을 것이 하나도 없다는 것을 잘 아는 형제들이 일부러 그 일을 형에게 숨겼기 때문이다.

원래는 형수가 퇴원하면서 자연스럽게 형에게 알리려고 했었다. 하지만 형수가 퇴원하고 며칠 되지 않아 아버지가 돌아가시고, 형의 그 말도 안 되는 비난을 들은 형수가 집을 나가 버리게 되어 그 일이 자연스럽게 흐지부지 되어버렸던 것이다. 준휘는 인상을 찡그렸다.

"솔직히 많이 걱정된다."

준우가 말했다.

"그나마 지난번 형수가 나갔을 때에 형은 일말의 희망이라도 가졌던 것 같아. 형수에게 심한 말을 했다며 형수가 어디 있는지 알면서도 찾지 않던 형이지만 그래도 형수가 무사하다는 사실이, 그리고 형수를 조금이라도 이성적으로 설득해서 이번엔 정말로 행복하게 해줄 수 있을지도 모른다고 생각했던 것 같거든."

"그동안 형이 형수가 어디 있었는지 알고 있었다고?"

"학교를 통해서 형수의 거취를 알아내고는 사람을 붙였지. 조금 더 자세히 알아보라고 할 것을 그랬다며 형은 후회했지."

준우가 커피를 마시며 조용히 말했다.

"형은 형수가 정기적으로 병원을 다닌다는 것은 알고 있었지만, 진료 기록은 손에 넣지 못했거든. 그래서 심장병 때문에 수술을 받았다는 것을 알았을 때 상당히 자책했어."

준휘와 준우는 한동안 말없이 커피를 마셨다. 준휘가 불쑥 물었다.

"형수도 그걸 알아?"

"말을 꺼내기도 전에 달아나 버렸어. 하기사 그 태도로는……."

준우는 너무나 확신에 차 있던 인희의 슬픈 눈동자를 기억했다.

"무슨 말을 하던 먹히지 않았을 거야."

준우가 씁쓸한 어조로 말을 맺었다. 준휘는 커피를 한 모금 마셨다. 오늘따라 커피가 지나치게 썼다.

"그래도 어떻게 해서든 말려봐. 형 말이 맞다면 큰형은 조만간 쓰러질 거야. 하지만 큰형 그 성격에 일하는 것을 그만두지도 않겠지."

준휘가 한숨을 쉬었다. 두 사람 다 답답한 것은 마찬가지였다. 자신의 한순간의 실수 때문에 줬던 상처가 마음 아파서, 아내를 너무나 사랑하면서도 가까이 다가가지 못하고 계속 다른 일로 자신을 학대하는 준혁의 모습과 상처가 커서 상처를 준 준혁을 무조건 멀리하며 뒷걸음치는 인희의 모습은 보는 사람들에게 답답함과 안타까움을 자아내기에 충분했다.

"내가 시간을 내서 형수를 찾아가 볼게. 형을 설득할 수 있는 사람은 형수뿐인 것 같으니까."

"제발 좀 그래 줬으면 좋겠다."

준우가 형의 모습을 떠올리며 쓰게 웃었다.

"어려울 것 없잖아요. 이렇게 머리 싸매고 일만 할 것이 아니라 나가서 그녀에게 사실대로 고백해요."

"이제 와서? 사실 그때는 '아버지에게 복수하느라 바빠서 당신이 상처 입는 줄 몰랐어'라고? 아니면 '고의가 아니었어'라고?"

준혁이 벌컥 화를 냈다. 혜수가 어깨를 으쓱했다. 그래도 몇 달째 일만 해서 반폐인이 되었다는 말을 듣고 걱정이 되어 와봤더니 이제는 되레 화를 내고 있었다.

혜수는 걱정 어린 눈동자로 준혁을 살펴보았다. 머리는 오래 안 감았는지 진득하게 붙어서 떡밭이 된 지 오래였고, 입고 있는 와이셔츠는 땀에 절어 있고, 넥타이는 아무렇게나 풀어헤쳐져 있었다. 텁수룩한 수염과 몇 달 사이에 빠진 살로 움푹 패인 뺨은 그동안 그가 얼마나 정신없이 일했나를 반증해 주고 있었다.

하지만 준혁의 말에도 일리가 있었다. 그때는 어차피 기다렸다 다시 시작하면서 몇 배로 보상해 줄 생각으로 어둡고 우울한 과거에 대한 언급을 피했다지만, 지금 와서 그 일로 상처를 입은 사람에게 직접 찾아가 '사실은 그랬어. 용서해 줘'라고 이야기해 봤자 얼마나 잘 통할 것인가.

아무래도 누군가 설명해야 할 필요성을 느꼈다. 제삼자면 제삼자일수록 더 좋았다.

"오빠, 내가 가서 인희 씨에게 설명해야겠어요."

"뭘?"

그때 회장실 문 쪽에서 차가운 목소리가 들렸다. 혜수가 고개를 돌리자 차가운 눈동자를 하고 서 있는 준우의 모습이 보였다.

"도대체 여기서 뭘 하고 있는 거지?"

"내가 뭘 하든 상관하지 말아요."

준우는 화가 났다. 방금까지 형에게 다정하게 말을 건네더니, 그에게는 금방이라도 찬바람이 일듯 차가운 목소리로 대꾸했다. 게다가 입고 있는 옷은 어찌나 화려한지 눈이 부실 지경이었다.

"지금 그런 옷차림을 하고 형을 유혹하러 온 건가?"

빈정거리느라 바빠 준우는 혜수의 눈동자에 잠시 머물렀다 사라진 체념과 안타까운 표정을 보지 못했다. 혜수가 고개를 꼿꼿이 들었다.

"당신은 믿지 않을 테지만, 난 준혁 오빠가 걱정됐어요. 그래서 오빠를 위해서 뭔가 할 수 있는 것이 없을까 해서 온 거예요."

"그것참, 의심스러운 말이군. 내가 알기론 넌 항상 형 곁을 맴돌았어. 게다가 필요 이상의 친근한 태도를 보여 형수가 형에게 여자가 있다고 의심하게 만들었고."

혜수는 충격으로 눈을 휘둥그렇게 떴다. 설마, 아니겠지.

"형이 그렇게 형수 도시락을 팽개친 날, 난 형수에게 차마 부정할 수 없었어. 아무리 생각해도 내 판단이 옳은 것 같군. 그때 형수를 위해서 부정하지 않았던 것은 결국……."

"그만 해요."

혜수는 눈을 질끈 감았다. 설마 인희가 그녀와 준혁의 관계를 오해하고 있을 줄은 상상도 못했다. 만약 알았더라면 그녀는 준혁과의 사이에 거리를 뒀을 것이다. 이룰 수 없는 사랑이 얼마나 끔찍한지 아는 그녀로서는 누구에게도 그런 고통을 안겨주고 싶지 않았으니까.

"결국 모든 것이 내 탓이군요. 그렇죠? 그때처럼 모든 것이 내 탓이에요."

준우가 혜수를 쏘아보았다.

"네 탓이 아닐 리 없잖아?"

고통 때문에 혜수의 입술이 파들거리며 떨렸지만, 놀랄 정도로 빠르게 자신을 수습하고 준우를 똑바로 쏘아보았다.

"그래요. 하지만 이번에는 내 스스로 해결하죠."

빠르게 회장실을 나가는 혜수를 보던 준혁이 준우를 쏘아보았다.

"혜수 잘못이 아니야. 그렇게 심하게 굴 필요는 없잖아."

"원인 제공자야."

말이 좀 심했다는 것을 속으로 인정하며 준우가 무뚝뚝하게 말했다.

"형이야말로 이제 그만 하고 정신을 차리지 그래? 이렇게 일만 하고 있다가는 죽어."

"차라리 그랬으면 좋겠다."

준혁이 조용히 말했다. 그건 진심이었다. 그녀에게 그런 오해를 하고, 그런 상처를 주고, 그렇게 방치해 놓은 자신이 너무 한심스럽고 증오스러워서 그대로 죽어버렸으면 마음이 편할 것 같았다. 하지만 그는 그 대신 쌓여 있던 서류 중 하나에 시선을 돌렸다.

"형!"

"나가!"

준혁이 눈을 질끈 감고 말했다. 인희의 상처받은 눈빛을 생각하면 괴로웠다. 생각하고 싶지 않았다. 아니, 떠올리고 싶지 않았다. 그리고 오직 일에 파묻혀 있을 때만이 그녀의 눈을 조금이라도 잊을 수 있을 때였다.

준우는 막무가내로 일에 매달리는 형을 물끄러미 바라보다 등을 돌려 나갔다. 엉망이 되어 일에 몰두하는 형의 모습에 가슴이 아팠다.

혜수는 눈을 깜박이며 차를 몰았다. 준우가 그런 식으로 자신을 몰아치는 것이 하루 이틀이 아닌 것을 알고 있음에도 불구하고 항상 거기에 상처를 받았다.

정신 차리자, 최혜수. 이젠 견딜 수 있잖아. 그렇잖아.

열심히 자신을 위로하는데도 상처 입은 감정이 추슬러지지 않자, 그녀는 준우가 했던 말에 정신을 집중했다. 박인희가 자신을 남편의 애인으로 알고 있다는 그 부분.

사실 그녀와 준혁의 관계는 좋은 오누이 사이 그 이상도, 이하도 아니었다. 단지 조금 더 할 말이 있다면 둘 다 지독스럽게도 어리석지만 자신을 사랑하지 않는, 그리고 확실히 사랑할 것 같지도 않은 상대와 열병 같은 사랑에 빠져 있다는 정도였다.
아마 그 누구도, 그들과 같은 상황에 빠지기 전까지는 두 사람
의 우정 아닌 우정을 이해하지 못할 것이다. 하지만 그들은 실
제로 같은 상황에 빠진 서로를 위로했고, 진심으로 걱정했다.
그런데 그런 관계를 준혁의 아내가 알고 오해를 하고 있다니.

만일 알았더라면 준혁과 거리를 만들었을 것이다. 서로 위로
하는 대신에 준혁과 거리를 두고 준혁의 사랑이 이루어지기를
마음으로 빌었을 것이다. 하지만 그녀는 전혀 몰랐고, 때문에
인희에게 본의 아니게 상처를 주게 되었다. 이번만은, 제발 이
번만은 일을 잘 처리할 수 있게 되길 바랐다. 그녀가 정말 좋아
하는 사람을 위해서, 그리고 그녀 자신을 위해서 인희에게 제대
로 설명해서 일을 해결해야 했다.

결심이 선 혜수는 카폰으로 준휘에게 연락을 취해 인희가 머
물고 있는 곳을 물었다. 그리고 차를 일산으로 틀었다.

인희라는 여자가 산다는 아파트 문 앞에 선 혜수는 약간의 망
설임이 몰려오는 것을 느꼈다. 하지만 준혁이 괴로워하는 것을
보는 것도 부담이었다. 자신에게 몇 배로 일이 떨어지는 데다가
지금껏 오빠로서 그녀에게 이것저것 신경 써준 것도 있었다. 그
리고 그녀는 진심으로 준혁이 행복해졌으면 하고 바라고 있었
다.

용기를 내어 초인종을 누른 혜수는 문이 열리기를 초조하게
기다렸다.

"누구시죠?"

"여기가 박인희 씨 댁인가요?"

"맞습니다만 누구시죠?"

"박인희 씨 시동생 친구인데, 그분들의 부탁으로 문병 왔어요."

같이 있는 간병인이 그녀의 말을 얼마나 믿어줬는지는 모르지만, 결국 문을 열어주었다. 혜수가 들고 있는 꽃다발을 받아든 간병인이 부엌으로 보이는 곳으로 향한 것을 보고 혜수는 집 안을 살폈다.

방 두 곳은 문이 닫혀 있었고, 마지막 방의 문이 열려 있었는데, 그곳에는 환자가 누워 있었다. 혜수는 약간 주저하다가 그 방 안으로 들어갔다.

"실례합니다."

"누구시죠?"

"최혜수라고 해요."

혜수가 자신을 다잡으며 말했다. 인희로 추정되는 여자의 눈이 흐려졌다.

"당신을 본 일이 있어요."

"네?"

"서준혁 회장님의 여자 친구죠?"

이게 무슨 소리야?

혜수는 미간을 찡그렸다. 물론 그냥 말 그대로 여자 친구라는 말로 받아들일 수도 있겠지만, 그냥 여자 친구라고 하기에는 너무 감정이 담겨 있었다.

"무슨 말씀이세요? 나와 준혁 오빠는 그냥 어린 시절부터 잘 아는 사이일 뿐이에요."

"하지만 제가 봤는걸요, 온실에서 다정히 이야기를 나누시는 것을."

지독히도 감정이 담겨 있지 않아서 오히려 무서웠다. 어쩐지 오한이 드는 것을 느끼고 혜수가 조용히 말했다.

"나와 준혁 오빠는 가까워질 수밖에 없었어요. 우리 어머니와 준혁 오빠 어머님이 친구였고, 준혁 오빠는 우리 어머니와 나를 통해서만 자기 어머님의 소식을 들을 수 있었거든요. 그리고 전……."

혜수가 약간 서글프게 웃었다.

"다른 사람을 너무 열렬히 사랑하고 있어서요, 준혁 오빠가 남자로 들어올 수 없어요."

인희가 눈을 동그랗게 떴다. 무슨 말인지 알 수 없었다.

"하지만 너무 다정해 보였는데요?"

"그게 맹점이라니까요. 세상에는 남녀 사이에 우정과 형제애와 동지애가 존재하지 않는다고 생각하는 사람들이 너무 많아요. 나와 준혁 오빠의 사이를 굳이 말하자면, 우정과 형제애와 동지애가 적절하게 섞인 관계예요."

혜수가 한숨을 쉬면서 말했다.

"난 말이죠, 평생 날 증오할 사람을 사랑해요. 그 사실은 바꿀 수 없어요. 어느새 정신을 차려보니 그 사람을 사랑하고 있었고, 난 그 사람의 어머니를 죽였거든요. 아니, 그분을 죽이지는 않았지만 그 사람은 그렇게 믿고 있어요. 너무나도 강하게. 그리고 그가 그렇게 믿는 것을 바꿀 수가 없어요."

인희가 숨을 삼켰다.

"오빠는 오빠대로 괴로워하고 있었어요, 당신과 돌아가신 회장님 사이에서. 오빠는 자신의 어머니인 첫 부인을 홀대하고, 알코올 중독자로 만들어 결국 이혼하고, 내치신 회장님을 평생 용서 못했거든요."

인희의 얼굴이 하얗게 질렸다.

"이런 말 사실 누구에게도 하기 힘든 이야기잖아요. 그래서 당신에게도 아무 말 안 했을 거예요, 그 바보가. 물론 당신이 그 바보 아저씨를 사랑한다고 말하기만 했어도 어쩌면 털어놨을지도 모르지만. 그때로서는 당신에게 아무 이야기 안 하는 것이 낫어요. 서씨 집안의 지금 계보는 약간 복잡하거든요."

혜수는 담배를 찾으려 핸드백을 뒤지다가 인희를 의식하고 그만뒀다.

"지금의 태정그룹은 태정 중공업이 모태였어요. 태정 중공업이 두세 개의 계열사를 가질 때쯤, 태정 중공업의 외동따님이 새로 입사한 전도유망한 청년에게 반했죠. 그 외동 따님이 준혁 오빠의 어머니고, 전도유망한 청년이 돌아가신 회장님이세요.

그 이후는 오래전 했던 드라마의 내용대로 흘러가요. 뭐, 결혼 이후에도 예전의 여자를 잊지 못하고 딴살림을 차리신 것은 돌아가신 회장님이 정말 잘못하신 거지만. 회사를 안심하고 능력 있는 사위에게 맡기신 준혁 오빠의 외할아버지는 준혁 오빠와 준영이에게 주식을 남겨주고 세상을 뜨셨고, 몇 년 후 남편의 외도로 정신적으로 만신창이가 된 데다가 알코올 중독까지 된 준혁 오빠의 어머님은 남편에 의해 이혼당하고 요양소에 감금 되다시피 하셨어요. 그 이후로는 자식들과 직접적인 연락이 전부 끊겼고요."

인희는 하얗게 질린 얼굴로 목석처럼 누워 있었다. 몰랐던 일이다, 시아버지가 그렇게 잔인한 사람이었다고는. 준혁이 아버지를 미워하는 것도 당연했다.

"준우 씨와 준휘 오빠는 준혁 오빠와 피가 반만 섞였어요. 그러니까 이복형제인 셈이죠. 하지만 형제들이 사이가 좋아요. 알고 있겠지만 돌아가신 서 회장님은 강압적이신 편이라 아들들에게 요구도 심하셨고, 명령도 심하셨던 데다가 준우 씨와 준휘 오빠도 회장님을 미워할 만한 개인적인 이유가 있었던 것 같아요. 나와 준혁 오빠는 준혁 오빠가 보스턴으로 유학 왔을 때 다시 만났어요. 아버지와 어머니가 이혼한 후 난 어머니와 함께 계부의 도움으로 미국에 있는 학교를 다니고 있었거든요. 그때까지 어머니와 준혁 오빠 어머니 사이는 계속 연락이 되고 있었고, 결국 우리 모녀를 통해 준혁 오빠는 자신의 어머니의 소재를 알았던 거죠. 하지만 너무 늦었어요."

"왜죠?"

인희가 입술을 달싹이며 물었다. 입술은 충격으로 인해 말라 있었다.

"그때는 이미 돌아가신 뒤였기 때문이에요. 착실한 요양소가 못 되었는지, 어디에선가 술을 공급받아 드시고 계셨나 봐요. 돌아가셨을 때도 술병을 쥐고 계셨다고 들은 것 같으니까요. 어쨌든 그 이후로 돌아가신 회장님에 대한 오빠의 증오는 강해졌어요. 그래서 제대로 된 복수를 결심하고는 은밀하게 회사의 주식을 모으기 시작했죠. 그리고 아버지가 죽기 전에 그토록 지배권을 놓지 않던 회사를 빼앗음으로서 복수하겠다는 계획은 당신 때문에 어그러졌어요."

"저요?"

"예, 당신. 결혼 이야기가 나오기 훨씬 전부터 나는 당신의 이야기를 들었어요. 조용하고, 따뜻하고, 연약하고, 언제까지고 품에 안고 남에게 주고 싶지 않다고. 그런데 미성년자니까 아무래도 기다려야 한다고. 가까이 가면 갑자기 이는 욕정 때문에 스스로도 놀랍고 자제하기 힘들다고. 그래서 저에게 많이 놀림 당했죠."

혜수가 피식피식 웃으며 말했다.

"오빠는 계속 기다리고 있었어요. 사실 당신이 졸업할 때까지 기다리면서 거리감만 좁혀놓을 생각이었던 것 같아요. 그런데 겨우 갓 스무 살이 된 당신과 결혼하라고 아버지가 압력을 넣었을 때 오빠가 어떤 심정이었겠어요?"

인희가 고개를 숙였다. 자신을 그렇게 원하고 있었다니.

"오빠의 오랜 계획은 무너졌어요. 어떻게 하든 일은 엉망이 될 것이 분명하니까. 게다가 당신은 너무 어렸고. 그래서 오빤 최대한 무관심하게 굴어 아버지의 분노도 불러일으키고, 당신도 조용히 기다리자고 생각했던 거예요. 하지만 그러면서도 얼마나 나한테 징징대던지. 좋아하는 사람에게 경멸과 조롱을 듣는 데다가 뺨까지 맞는 수모를 당하는 나에게."

혜수가 눈을 깜박거렸다. 인희는 어쩐지 그녀가 안쓰럽게 느껴졌다.

"뭐, 괜찮아요. 하지만 놀랐어요, 오빠가 유언장 공개 때 그런 말을 했을 때에는. 그렇게 모진 말을 하는 사람은 아닌 줄 알고 있었거든요. 게다가 당신이 그렇게 사라져 버려서 당신 찾는 것 말고 모든 일을 포기하고 난리를 쳤을 때도 놀랐죠. 오빠가 그렇게까지 마음이 깊은 줄은 그때 처음 알았거든요."

혜수가 한숨을 지었다.

"그런 오빠가 부럽더군요. 적어도 오빠는 그렇게 겉으로 감정을 드러내도 싫은 소리는 듣지 않았고, 어쨌든 좋아하는 사람과 법적으로는 부부니까요. 뭔가 새로 시작할 여지가 있는 것 같아서 부러웠어요. 전 같은 건물에서 눈만 부딪쳐도 벌레 대하는 시선과 싫은 소리를 듣는데 말이죠. 어쨌든 오빠와 나는 상부상조하는 사이랄까, 그런 사이였죠. 나는 오빠 넋두리를 들어주고, 오빠는 나에게 내가 목매고 사랑하고 있는 그 사람의 이야기를 들려주고. 오빠는 누구보다도 그 사람과 가깝게 있으니까요."

"그 사람이 누군데요?"

"준우 씨는, 내가 준혁 오빠와 불륜을 저질렀다며 내 뺨을 때렸지만."

혜수가 서글프게 웃었다.

"안기고 싶은 사람이 그 사람뿐이라는 것을 알면 질겁하면서 도망갈걸요."

인희는 혜수의 눈을 보았다. 용감하지만 상처가 있는 서글픈 눈이었다. 인희는 한숨을 쉬었다.

"큰 도련님은 그렇게 잔인한 분이 아니에요."

"잔인해요, 당신에게는 묘하게 다정한 모양이지만. 아, 그것도 싫었어요. 당신에 대해서 이러쿵저러쿵 이야기하며 나를 매도할 때, 당신의 이름에 담겨 있는 묘한 애정 어린 어조가요. 나는 여동생도 되지 못하는데 당신은 그 사람에게 존경과 애정이 담긴 말을 들을 수 있다는 것이 싫었죠."

혜수의 말이 점점 젖어들었다.

"그렇군요."

"어쨌든 준혁 오빠가 왜 그래야만 했는지 생각해 보세요."

혜수가 자리에서 일어났다.

"병자에게 쓸데없이 무거운 이야기를 한 것은 아닌지 걱정되긴 하지만, 해줘야 할 이야기를 해줬으니 속은 시원하네요. 잘 쉬시고, 회복이 빨리 되었으면 좋겠어요."

혜수가 자리에서 일어섰다. 인희가 몸을 일으키려 애를 쓰자 혜수가 손짓으로 막았다.

"됐어요, 문이 어디 있는지는 아니까. 무리하면 몸이 안 좋아지잖아요."

혜수가 나가자 인희는 누워서 혜수의 말을 곱씹었다. 묘하게 아버지에 대한 증오를 뿜어대던 준혁의 모습, 결혼을 지나치게 흡족해하던 시아버지의 모습, 장례식장에서 준혁이 한 말을 생각했다.

어쩌면 그 사람도 괴로웠을지 모른다. 혜수의 말이 사실이라면 고뇌했을 수도 있다. 하지만 과연 그녀를 사랑해서 그랬던가 하는 것에는 자꾸 의심이 들었다. 혜수의 말을 사실로 받아들이자면, 그녀가 가진 주식 5%를 노리고 결혼을 했을지도 모른다는 생각도 들었기 때문이다.

머리 속이 혼란스러웠다. 그 어느 것도 진의를 알 수 없었다. 만일 주식을 원한다면 그는 이번 기회에 가지게 되리라. 그녀는 아버지의 주식과 시아버지의 주식 등 그녀가 가지고 있는 태정그룹의 주식을 전부 남편에게 양도할 생각이었기 때문이다. 하지만 정말 혜수의 말이 맞아서 그녀를 사랑한다면 뭐가 어떻게 되는 걸까?

"형?"

준우가 입가에 기묘한 미소를 띠며 말했다.

"형수는 형이 자기와 결혼 생활을 하고, 자기에게 갑자기 잘해주기 시작한 것은 형수가 가지고 있는 주식 때문이라고 생각해."

"헛소리!"

준혁이 어림없는 소리라는 듯 강하게 말했다.

"그 따위 주식, 개나 줘버리라지."

"하지만 실제로 형수가 그렇게 생각한다는 것이 문제지. 형수는 집을 나간 뒤 지금까지 그 아파트에서 꼼짝도 하지 않았을뿐더러, 배당금을 받는 주소를 쫓으면 금방 찾을 수 있었다는 이야기도 했어."

"그 배당금이 최 변호사님을 통해서 도착해서 내가 알아볼 수도 없었다는 것은 모르고 있겠지?"

"그래."

준혁은 씁쓸한 미소를 지었다. 아내가 자신이 해주는 모든 것을 거부하려 했던 몸짓이 이제는 이해가 되었기 때문이다.

"그럼 거기서부터 시작하면 되겠구나."

"뭘 말이야?"

"그녀의 마음을 사로잡는 것."

"내용은 자네가 그때 들었던 그대로야."

"그렇군요."

"그 내용 확인하자고 여기까지 왔나? 원, 싱거운 사람 하고는."

준혁은 뜨거운 차를 한 모금 들이켰다. 작설은 너무 뜨겁고, 또 너무 향이 짙었다. 분명 맛도 있고, 몸 안을 따뜻하고, 청신하게 감싸줄 차인데도 너무 뜨겁고, 너무 향이 짙었다. 입을 델 정도로 말이다.

멍하니 찻잔을 바라보고 있는 동안 최 변호사가 준혁에게 한 마디 건넸다.

"정말 그것 때문에 찾아왔나?"

"예."

"답답한 사람 같으니라고."

자신의 찻물을 한 모금 들이키며 최 변호사가 한마디 툭 던졌다.

"이제 와서 그건 왜 묻는가?"

"궁금해서입니다."

"무에 그리 궁금해서?"

최 변호사가 반문했다. 반평생을 아버지의 변호사로, 회사의 고문 변호사로 있으신 분이다. 아버지의 절친한 친구 분이시다. 가끔 알 수 없는 구석이 보이는 분이지만, 호통을 치고 남의 인생을 조종하려 드는 너구리 같은 아버지보다는 훨씬 더 아버지

같은 분이었고, 그의 어린 시절부터 그를 친구의 아들 이상으로 토닥여 주신 분이었다. 그리고 그가 아는 한 가장 아버지에 가깝고, 가장 현명한 분이다.

준혁은 최 변호사가 가장 두려웠다.

"무에 그리 궁금해서?"

최 변호사가 재차 물었다. 일부러 그러는 것임에 분명했다. 준혁은 그냥 차를 한 모금 더 마셨다.

"바보 같은 사람."

"예, 압니다."

준혁이 제법 시원스럽게 말했다. 최 변호사는 의심 어린 눈으로 준혁을 바라보았다.

"하지만 전 돌아가신 노친네 생각에 동의할 수 없습니다."

"고집 하고는."

최 변호사가 혀를 끌끌 차며 중얼거렸다. 하지만 저런 고집도 이 나이에는 귀엽게 봐줄 수 있는 것 아니던가?

처음부터 그는 자신의 친구가 유언장을 만들 적에 쌍수를 들어 반대했었다. 하지만 친구는 유언장을 고쳤고, 그래서 아들과 며느리 사이의 골을 더 깊게 만들었다. 둘 다 괜찮은 젊은이들이었고 자식이 없는 그에게는 친자식같이 느껴져, 인희가 집을 나갔을 때 준혁을 야단쳤었고, 고생 좀 해보라는 속셈으로 인희가 있는 곳을 알리지 않았었다.

"제 인생이고 제 결혼 생활인데 돌아가신 다음에도 함부로 하시는 것은 지나치신 감이 있으셨습니다. 어쨌든 유언의 내용이 그대로고, 바꿀 수도 없다면 다른 방법을 쓸 수밖에 없는데 도와주시겠습니까?"

"뭘 말인가?"

최 변호사가 그를 뚫어져라 바라보며 물었다. 그리고 잠시의 침묵.

"어떻게 해서든 그녀를 제 곁으로 데려와야 하질 않겠습니까?"

준혁이 굳은 목소리로 말했다.

"도와주십시오."

"뭘 어떻게 해야 할지 말해 보거라."

변호사 사무실에는 정적이 감돌았다. 작은 원탁의 왼편으로는 나이 든 남자 한 사람과 이십 대 후반 정도로 보이는 두 남자가 앉아 있었으며, 오른편은 비어 있었다.

"정말 바보 같구만."

최 변호사가 투덜거리는 목소리로 말하자 준혁은 씁쓸하게 웃었다.

"결국 이혼을 하겠다니 바보 같은 녀석 같으니라고."

최 변호사는 계속 투덜거렸다. 변호사의 투덜거림을 바로 옆에서 듣던 준우는 자리에서 일어섰다.

"그녀가 원하니까요."

"하아! 좀 일찍 좀 그 애가 원하는 대로 해주지 그랬냐? 이제 와서 이혼하면 그 애가 정말 그렇게 좋아할 것 같으냐?"

"두고 보면 알겠지요."

준혁이 여전히 뜻 모를 미소를 지으며 눈앞의 서류를 바라보았다.

"그리고 네가 말한 그 헛소리는 다 뭐냐? 거……."

그때 원탁 맞은편에 있는 문이 열리고, 연한 자줏빛 투피스를 입은 마른 체형의 여자와 장난기있어 보이는 얼굴의 남자가 들어섰다. 원탁에 앉아 있던 두 남자가 자동적으로 일어섰다.

"오랜만에 뵈어요."

인희가 최 변호사에게 인사를 건넸다. 최 변호사는 노골적으로 싫은 표시를 얼굴이 팍팍 내면서 인희를 노려보았다.

"그래, 갈라서니 기분 좋으냐?"

인희는 아무 말도 하지 않았다. 그저 준우에게 미소를 지으며 손을 내밀고, 준혁에게 가볍게 목례를 해 보였을 뿐.

인희의 변호사가 세 남자에게 손을 내밀었다. 손을 그대로 모른 척한 최 변호사는 꼬장꼬장한 목소리로 따졌다.

"자네 같은 젊은이가 이런 괜찮은 부부를 갈라놓는 일에 동참하는 이유를 모르겠구만."

"거야 당연히 의뢰인과 돈 때문이죠."

인희의 젊은 변호사가 빙글거리며 말했다. 최 변호사는 울화통이 터진다는 듯 인희의 젊은 변호사를 한번 노려보더니만 서류를 내밀었다.

"자, 도장만 찍으면 끝이야."

"이건 제 의뢰인의 서류입니다."

"저 애가 무슨 서류가 필요있는가? 그냥 이혼 서류에 도장만 찍으면 되는걸. 게다가 서류는 우리 쪽에서 다 준비했단 말일세."

"글쎄요, 의뢰인께서 이 서류가 꼭 필요하다고 하셔서 만드셨으니 그쪽에서도 도장만 찍으시면 됩니다."

인희의 젊은 변호사가 희미한 미소를 지으며 말했다. 그도 입이 닳도록 말렸지만, 그의 옆에 앉아 있는 이 마르고 연약해 보이는 의뢰인의 고집은 쇠고집이었다.

"이, 이건……."

최 변호사는 그리고 서류를 훑어보고 나더니 경악한 모습으로 인희를 바라보았다.

"이건 네 아버지가, 그리고 서 회장이 너에게 남긴 주식이다. 이걸……."

"전 사업을 할 것도 아니고, 그렇다고 주식에 어떤 미련을 가지고 있는 것도 아니에요."

오히려 지긋지긋했다. 그 주식 때문에 그녀는 결혼 생활을 원치 않는 남편을 결혼으로 끌어들였고, 그래서 그와 함께 지옥에 있지 않았던가?

"그이가 갖는 것이 나아요."

최 변호사는 설득할 양으로 인희를 바라보았지만, 그녀의 검은 눈동자에 담긴 고집스러움에 그저 고개만 설레설레 저을 뿐이었다. 그리고 주식 양도 증서를 준혁에게 밀어놓았다.

준혁은 간단하게 쓰여진 양도 증서를 살펴보았다. 그리고 흔들림없이 자리에 앉아 있는 인희의 얼굴을 오랜 시간 바라보았다.

한참 그녀를 바라보는 준혁의 시선을 받던 인희는 고개를 숙이더니 이혼 서류에 도장을 찍고 일어섰다.

"이만 가보겠어요."

"인희야, 그……."

"다음에 찾아뵐게요, 아저씨."

인희가 그렇게 나가자 제갈민서는 가방을 들더니 준혁에게 한마디 툭 던졌다.

"당신이 그 양도 증서에 서명하지 않는다는 데 돈 오십만 원이라도 걸겠습니다."

그리고 그도 자신의 의뢰인을 따라 총총히 나가 버렸다. 두 사람이 나간 사무실에 앉아 있던 준혁은 이혼 서류를 챙기더니 양도 증서를 흘끗 바라보았다.

최 변호사가 툴툴거렸다.

"그건 그거고, 자네 정말 그렇게 할 텐가, 자네는?"

"상관없습니다."

준혁이 조용히 말했다.

"전 그녀가 더 소중하거든요."

최 변호사는 뭐라고 중얼거리며 이혼 서류 밑에 있던 다른 서류를 꺼내 거칠게 서명했다. 그리고 그 밑에 있던 서류를 꺼냈다.

"자네 아버지가 유언장에서 말한 조건은 충족되었어. 게다가 인희가 자네에게 주식을 양도했으니, 몇 가지 법적인 문제를 처리하면 이제 회사는 온전히 자네 것일세. 그런데?"

"전 원하지 않습니다."

준혁은 인희가 내놓은 양도 증서에 서명했다. 그리고 최 변호사가 꺼낸 또 다른 양도 증서를 바라보았다.

"난 정말 이런 것은 싫은데."

준우가 드물게도 투덜거렸다. 준혁이 싱긋 웃었다.

"하지만 너도 알잖니, 내가 믿고 회사를 맡길 수 있는 인물은 너 하나뿐이라는 걸."

"회장은 싫다고."

"그럼 그냥 대주주가 돼."

준우가 가만 생각하더니 고개를 끄덕였다.

"좋아. 하지만 나도 생각이 있다는 거 잊지 마."

그리고 천천히 주식 양도 증서에 서명을 했다.

그리고 그날 저녁.

"예, 박인희입니다."

「잘 들어간 것 같군.」

인희는 수화기를 움켜쥐었다.

"안…… 녕하세요."

전화기 너머에서 남자의 부드러운 웃음소리가 들려왔다. 인희는 수화기를 든 손에 무의식적으로 힘을 주었다.

「무사히 들어갔다니 다행이야.」

"당신…… 도요."

이 남자, 왜 나에게 전화를 건 거지? 혹시 그 양도 증서에 무슨 문제라도?

"저……."

「응?」

"무슨 문제라도?"

「몸은 어때?」

남자는 그녀가 생각하기에 너무 갑작스러운 질문을 해왔다. 인희는 영문도 모른 채 침을 꿀꺽 삼키며 얼결에 대답했다.

"나쁘지 않아요."

「다행이군.」

잠시 침묵이 흘렀다. 인희는 아직까지도 왜 이 남자가 자신에게 전화를 걸었을까 궁금해하고 있었다.

"무슨 일로……."

「잘 들어갔는지 궁금했어. 몸이 어떤지도 궁금했고.」

그것뿐이라니, 믿어지지 않았다. 인희는 정말이냐고 묻고 싶은 마음을 참았다.

「잘 들어갔고 몸도 나쁘지 않다니 다행이야. 그럼 다음에 보자고.」

"준혁……."

전화가 끊겼다. 인희는 요란한 신호음이 들리는 전화기를 오랫동안 바라보았다.

이상하다는 생각이 들었다. 이미 모든 것이 끝났는데, 그래서 더 이상 두 사람은 아무런 상관 없는 관계가 되어버렸는데 도대체 왜 그가 전화를 해서 그녀를 궁금해하는지. 이런 식으로 전화를 해서 뭘 얻겠다는 건지 궁금했지만, 어쨌든 마지막이었기 때문에 그녀에게 관심을 보였는지도 모른다고 생각한 인희는 그냥 수화기를 내려놓았다.

하지만 그건 틀렸다.

"여보세요?"

사흘이 지났다. 울리는 전화 벨소리에 무심코 전화를 받은 인희는 부드럽고 낯익은 남자의 목소리를 들었다.

「잘 지냈어?」

그였다. 인희는 기대하지 않았던 그의 전화에 놀라 눈을 동그랗게 떴다.

"웬일이세요?"

수화기 너머에서 부드러운 웃음소리가 들렸다. 인희는 수화기를 꼭 잡았다.

「미안해. 하지만 놀라서 새된 목소리로 말하는 당신 목소리가……」

"제 목소리가 어디가 어떻다는 거죠?"

예상치 못한 전화와 그가 왠지 이 상황을 즐기고 있다는 생각이 그녀의 목소리를 경계 어린 날카로움으로 바꾸는 키가 되었다.

「아무것도 아니야.」

인희가 경계 태세로 들어간 것을 알았는지, 상대방이 달래는 듯한 목소리로 어조를 바꿨다.

"무슨 일로 전화하셨어요?"

「오늘 뭐 했지?」

인희는 전화 수화기를 잠깐 귀에서 떼어내 멍하니 바라보았다. 지금 내게 제대로 들은 게 맞을까?

"뭐라고 하셨죠?"

「오늘 뭐 하고 지냈냐고.」

남자의 목소리는 호기심과 부드러움으로 가득 차 있는 것처럼 느껴졌다.

"그러니까, 화실에 갔었고, 교수님을……"

어느새 그녀는 자신이 뭘 하고 지냈는지, 그리고 어떻게 지냈는지 조금씩 그에게 풀어놓고 있었다. 수화기 너머로 어딘지 모르게 따스한 침묵이 느껴졌다.

「좋은 교수님 같군.」

상대편의 대꾸에 인희는 정신을 차렸다.

"지금 좀 바빠서요. 이만 끊을게요."

수화기를 내려놓은 인희는 얼굴을 찡그리며 생각했다.

도대체 내가 그에게 무슨 이야길 한 거지? 그리고 그 사람은 왜 나에게 그런 걸 물은 거지? 함께였을 때에는 신경도 쓰지 않았던 문제들을.

남자는 상대방이 끊어버린 전화 통화를 생각하며 무심하게 전화기를 바라보았다.

당황하고 놀란 목소리. 어쩌면 당연한지도 모른다. 그녀가 손을 뻗을 수 있는 곳에 있을 때에는 이런 일을 하지 않았으니까. 했어야만 했던 일. 하지만 하지 않았기 때문에 상처를 주었던 일. 자신이 무슨 잘못을 지었는지는 알고 있었지만 막상 그녀 목소리에 어린 경계의 기운을 느끼자 힘이 빠지는 것을 느꼈다.

하지만 겨우 두 통의 전화로 포기해서는 말이 되지 않았다. 이제는 그녀도 알아야 할 것이 아닌가, 자신이 그녀를 어느 정도로 생각하고 있는지.

사흘 후, 남자는 다시 인희에게 전화를 걸었고 이번에 인희는 그의 목소리를 확인하자마자 끊어버렸다. 하지만 그는 끈질겼다. 몇 번의 시도 끝에 그녀가 상대를 해줄 때까지 전화를 계속 걸었고, 그녀는 지친 목소리로 그 전화를 받을 수밖에 없었다.

그렇게 남자는 사흘마다 한 번씩 전화를 걸어 다정하고 부드러운 목소리로 그녀의 안부를 묻곤 했다. 그리고 그런 전화가 겨우 익숙해질 무렵,

"편지?"

그녀의 우편함에 들어 있었다. 깔끔한 흰 봉투에는 발신인의 이름이나 주소는 적혀 있지 않았다. 호기심에 집으로 올라가는 엘리베이터 안에서 봉투를 뜯어본 그녀는 확실하고 힘찬 글씨체를 보고 한숨을 쉬었다.

그였다. 그가 그녀에게 편지를 보낸 것이다. 편지는 장문은 아니었지만 간결하고 깔끔한 필체로 그녀가 어떻게 지내는지를 묻고 있었다. 그리고 간단하게 그와 다른 형제들이 어떻게 지냈는지도 쓰여 있었다.

인희는 편지로 인해 가슴이 따스해지는 것을 느끼며 편지를 접어서 봉투에 넣고 그 봉투를 자신의 핸드백에 챙겨 넣었다. 그리고 또다시 궁금해졌다. 그가 도대체 왜 이러는 것인지.

그 뒤로 이 주일마다 한 통씩 그의 편지가 그녀의 우편함에 꽂혀 있었다. 장문의 편지도 아니었고, 그렇게까지 마음 끄는 문구가 있는 것도 아니었지만 그것이 그녀에게 주는 영향력은 엄청났다.

이런 일은 처음이었다. 아내로 그의 옆에 있을 때조차도 그녀는 그에게 이런 지속적인 관심은 받아본 적이 없었다. 단 몇 분의 통화와 길지 않은 편지지만 그래도 그의 관심을 충분히 느낄

수 있었다.

그는 전화나 편지에 그녀의 회복에 대해서 꼬박꼬박 물었다. 그녀가 집에 없을 때는 간병인에게 하나하나 챙겨 물었다고 했다.

"정말인가요?"

"그럼요. 도대체 그 차분한 목소리의 남자 분은 누구예요?"

간병인이 궁금하다는 듯 물었던 처음에는 그 남자가 누군지 감을 잡을 수 없었다. 그저 그녀의 병을 걱정하던 준휘가 아니었나 하는 생각이 들었을 뿐이다. 하지만 그녀의 생각은 여지없이 빗나갔다.

"저는 전화한 일이 없어요."

문병 온 준휘가 미안하다는 듯 말했던 것이다.

"네?"

"요즘 여러 가지 일로 바빠서. 게다가 조만간 보건소로 발령 나가기 때문에 신변 정리하느라고 네 건강을 챙기는 일도 잊었어."

그럼 누가 그렇게 간병인에게 그녀의 회복 상태를 꼬치꼬치 캐물었단 말인가? 준우가 그랬을지 모른다는 생각을 잠시 했지만 그녀는 곧 고개를 저었다. 준우는 그렇게까지 소소하게 챙기는 타입은 아니었기 때문이다.

"아마 형이 하는지도 모르겠어."

준휘가 말했다.

"하여튼 형은 놀라운 사람이니까. 형이 네 그림을 가지고 있다는 거, 알고 있니?"

"준우 오빠가요?"

준휘가 고개를 설레설레 저었다.

"그럼?"

"네 그림을 서재와 방에 걸어놓고 있는 것은 큰형이야. 보진 못했지만 큰형 사무실에도 한 점 걸려 있다고 하더라."

"어째서?"

혼란스러운 표정을 짓는 인희를 보며 준휘는 속으로 혀를 찼다. 형에게 얼마나 상처를 많이 받았으면 저렇게까지 믿기지 않는 표정을 지을 수 있을까?

"어디선가 네가 전시회를 한다는 소식을 들었나 봐. 작은형 말로는 그런 자리에 형이 나가면 네가 분명 상처 입을 거라면서, 대신 그림을 사다 달라고 부탁했다더군."

"어째서……?"

"내내 널 안쓰럽게 여기고 있었지만, 이젠 형도 안됐다는 생각이 들어."

준휘가 먼 산을 바라보며 말했다.

"형은 정말 널 사랑하고 있었던 거야, 아무도 눈치 채진 못했지만."

준우를 통해 모든 사실을 알았을 때, 준휘는 지금껏 큰형을 상당히 오해하고 있었다는 사실을 깨달았다. 그리고 준혁이 보여지는 모습만큼 강하지 않다는 것도.

"형은 지금 일에 푹 파묻혀 살아. 네가 집을 나간 후부터 계속 일만 해서 나와 준우 형은 큰형의 영양실조를 걱정하고 있어."

준휘가 인희를 돌아보았다.

"아마 간병인을 들붂은 것은 큰형일 거야. 확신해."

준휘가 그렇게 확신 어린 어조로 단언했지만 인희는 믿지 않았다. 마음 한구석에서는 어쩌면 그 모든 것이 진실일지도 모른다고 속삭이고 있었지만 인희는 귀를 막고 있었다.

그날 밤, 부드러운 목소리로 그녀의 안부를 묻는 그에게 이렇게 말해 버렸다.

"난 이제 당신이 원하는 것 따위는 가지고 있지 않아요."

그런 그녀에게 그가 쓸쓸하고 부드러운 목소리로 말했다.

「아니, 당신은 내가 원하는 모든 것을 가지고 있어.」

여느 때처럼 간단하게 끊기는 소리를 들으며 준혁은 씁쓰레한 우울함을 삼켰다. 그 냉담함, 자신을 보호하려는 본능은 이해할 수 있었지만 그렇다 하더라도 그렇게 말하는 것은 서글펐다. 마치 그녀가 그에게는 아무것도 아닌 존재였던 것처럼 말하는 인희의 목소리와 말투는 그에게 상처였다.

하지만 해볼 수밖에 없었다. 첫술에 배부를 수는 없는 것이다. 아마 인희도 그에게 자신의 마음을 보이기 위해 몇 번을 실망하며 노력했을 것이다.

"미안해."

조금씩 천천히 접근해야 했다. 또다시 도망가 버리면 안 될 테니까. 게다가 그들 사이를 가로막은 모든 장애물이 없어진 지금 그는 훨씬 더 가벼운 기분으로 그녀를 대할 수 있었다.

수십 번의 삼십 초 통화를 하며 인희가 느낀 것이 있다면, 그가 그녀를 대하는 목소리가 시종일관 차분하고 따뜻했다는 것이다. 그것은 한때 그가 아버지의 장례식장에서 그녀를 대했을 때와 비슷한 따뜻함이어서 그녀는 어리둥절할 수밖에 없었다.

어째서인지 알 수 없었다. 이미 그녀는 자신이 가지고 있던 주식을 포기했다. 그렇게도 가지고 싶었던 어머니의 회사를 장악할 수 있는 힘을 그에게 넘겨주었던 것이다. 이제 그는 그녀에게 볼일이 없어야 했다.

하지만 여전히 그는, 그녀의 짧은 대답과 후닥닥 끊어버리는 짧은 통화에서 느껴지는 거절에도 불구하고 그녀의 집에 끊임없이 전화를 넣었고, 깔끔한 글씨체로 여러 가지 이야기를 편지로 써서 보내곤 했다.

그리고 오늘은 꽃을 보내왔다.

"누가 보냈다고요?"

인희가 눈을 휘둥그렇게 뜨자 간병인이 대답했다.

"카드가 있으니 한번 보세요."

꽃은 심장병 환자에게 좋은 선물이 못 된다더군. 그렇지만 당신에게 꽃을 주고 싶었어.

튤립은 아니지만, 마음에 들길 바라.

누가 보냈는지는 쓰여 있지 않았지만, 그 깔끔하고 단정한 글씨체는 눈에 익었다.

"말도 안 돼."

반투명한 붉은색의 유리는 빛을 받아 그 화려하고 투명한 붉은빛을 거실 가득 내쏘았다. 그리고 섬세하게 잎맥이 그려진 밝고 따뜻한 녹색 유리로 만들어진 잎은 실제와 같아 보였다. 아름다운 유리 장미에는 가시가 없었다. 향기는 나지 않았지만 그 빛깔로도 충분히 그녀를 만족시키고도 남음이 있었다.

하지만 궁금했다. 이런 화려하지만 야하지 않고, 따뜻하지만 가벼워 보이지 않는 섬세한 유리 세공이 그녀의 취향이라는 것을 어떻게 알았는지. 그리고 그녀가 유리 튤립을 좋아한다는 것은 어떻게 알았는지.

"고마워요."

그날 그가 전화했을 때, 그녀가 딱딱하게 말했다.

「마음에 들었어?」

"그런데 튤립은 어떻게 알았어요?"

미처 자신을 자제할 틈도 없이 말이 튀어나왔다. 넉 달의 궁금증이 한꺼번에 튀어나오는 순간이었다. 수화기 너머에서 망설이는 기색이 느껴졌다.

"그건…… 아."

분명 준혁은 튤립에 대해 알고 있다는 느낌이 스쳐갔다. 인희는 조용히 물었다.

"간병인을 캐물은 것도 당신이에요?"

수화기 너머에서 침묵이 흘렀다. 그녀는 수화기를 꼭 쥐었다. 준혁이었던 것이다. 다름 아닌 그 사람이었던 것이다.

"어떻게 한 거예요? 당신이 내가 유리 튤립을 좋아한다는 사실을 어떻게 알고 있는 거죠?"

한참 만에 대답이 흘러나왔다.

「미안해. 하지만 당신의 소식을 듣지 않고는 견딜 수 없었어.」

인희의 손이 부들부들 떨렸다. 준혁의 나지막하고 떨리는 목소리에 담긴 무언가가 가슴을 건드려서 견딜 수 없었다.

"당신, 내 소식을 듣고 있었던 거예요?"

수화기 너머로 긴 침묵이 흘렀다. 인희는 침묵을 견딜 수 없어 수화기를 놓았다. 혼란스러웠다. 온통 혼란스러웠다. 도무지 알 수 없었다. 소식을 듣지 않고는 견딜 수 없었다고 했다. 그것이 뜻하는 바는 명백했다. 어떤 방법을 썼는지, 그가 그녀가 혼자 지냈던 삼 년 가까운 시간을 알고 있다는 것.

주식을 얻기 위해서라면 굳이 그렇게 하지 않아도 됐다. 그저 합의를 볼 때 그녀를 살살 구스를 수도 있다는 것을 누구보다 잘 아는 준혁이다. 준혁 앞에서는 순순한 모습밖에 보인 기억이 없었으니까. 그런데 그는 그녀의 소식을 듣고 있었고, 이제는 간병인을 들볶아 그녀의 몸 상태에 관심을 가지고 있었다. 그리고 매번 전화와 편지를 거르지 않았고.

그녀의 눈에서 천천히 눈물이 떨어졌다. 믿고 싶지 않았던 사실이 눈앞에 드러나고 있었다.

그는 그녀에게 관심을 가지고 있었다. 최소한 이 년 동안의 소식을 챙겨 듣고, 그녀가 그와 완전히 남남이 되어서 더 이상 그가 신경 쓸 필요가 없는데도 계속 그녀의 상태를 챙기고 걱정할 정도는.

보통 사람들은 그렇게 하지 않는다. 아니, 못할지도 모른다.

"흑."

더 이상은 눈물을 주체할 수 없었다. 계속해서 흐르는 눈물을 닦지도 않은 채 인희는 계속 흐느꼈다.

"마, 말도…… 말도 안 돼."

사랑하지 않으면 이렇게까지 관심과 신경을 쓸 순 없었다. 한때 그녀가 했던 일을 그가 하고 있었다. 그것을 깨달은 그녀의 눈에서는 계속해서 눈물이 쏟아지고 있었다.

삼 개월 후.

보통은 늦게까지 화실에서 작업하진 않지만 오늘 작업하던 그림은 많은 관심을 요구했고, 오늘 안에 끝을 보겠다는 오기가 생긴 나머지 완성까지 시간이 많이 걸렸다.

밤길을 걸으며 인희가 조용히 미소를 지었다.

전시회는 성공적이었다. 팔린 그림 값으로 어느 정도 생활의 안정을 찾을 수 있었고, 그녀 자신도 생각보다 전시회에 거부감이 들지 않았던 까닭으로 새 전시회를 기획 중이었다. 물론 유교수가 뛸 듯이 기뻐한 것은 당연했다.

"어머, 자기, 생각 잘했어."

다음 주에는 두 번째 전시회가 있을 예정이었고, 그 생각을 하자 그녀의 마음이 기대감으로 유쾌해지며 발걸음도 빨라졌다. 평소의 그녀답지 않게 마음이 부풀어 있었기 때문일까? 그녀는 아파트 현관 한구석에서 그녀를 지켜보는 눈을 눈치 채지 못했다.

현관으로 들어가 우편함을 흘끔 본 인희의 가슴이 쿵쿵 뛰었다. 그곳에는 어김없이 편지가 꽂혀 있었다.

혜수를 통해서 새 전시회를 기획하고 있다는 말을 들었어.

지난번에는 당신 몸이 받아주질 못해서 전시회를 처음부터 끝까지 맡지 못했다는 것을 알고 있어. 이번 전시회는 즐겼으면 좋겠어.

몸은 어떤지 궁금해. 준우 말로는 당신이 이제는 밤에 무리를 할 수 있을 정도로 회복되었고 더 이상 간병인도 필요없다고 했지만, 그래도 아직까지 당신이 밤을 새워서 그림을 그리는 것은 반대야……

인희는 어느새 소리 내어 편지를 읽는 자신을 발견하고는 얼굴을 붉혔다. 아직 준혁을 믿기에는 마음 한구석이 불안한 것은 사실이었다. 하지만 짧지만 잦은 전화 통화와 이런 소소한 안부를 묻는 이 주에 한 통씩 날아오는 편지를 읽게 되면 마음이 약해지는 것은 사실이었다.

인희는 한숨을 쉬었다. 어떻게 해야 할지 알 수 없었다. 지난번, 그가 삼 년 가까운 기간 동안 자신의 일상을 꿰고 있었다는 것을 깨달았을 때부터 계속된 망설임이었다. 그때 그녀의 가슴 한구석에 자리 잡게 된 '어쩌면……' 이라는 싹은 이미 뿌리를 내리고 커가고 있는 것 같았다.

하지만 두 번 믿을 수는 없었다. 이미 그녀가 알고 있는 그가 그녀에게 원할 만한 요소는 전부 그에게 줘버렸지만, 혹시 그녀도 모르는 그가 원하는 무언가가 아직 그녀에게 있을지도 모르지 않은가?

그녀는 눈을 질끈 감았다. 지긋지긋한 오 년이었다. 상처도 심했고, 그 상처를 극복하는 데는 더 오랜 시간이 걸렸다. 그리고 아직도 극복이 안 되고 있는지도 몰랐다.

편지를 곱게 접어 서랍 한쪽으로 넣으면서, 인희는 지금 그리고 있는 그림의 마무리만을 생각하기로 했다.

'장례식' 이라는 제목의 그림은 처음 준혁을 만났을 때의 혼란한 설레임을 표현한 그림이었다. 간단한 스케치에서부터 기본 색조를 정하고 바탕색을 칠하는 데까지 겨우 두 시간밖에 걸리지 않았다. 그렇게까지 급하게 그림을 그린 적은 한 번도 없었는데, 붓은 정말 그녀가 생각하기에도 신들린 듯 움직였다.

"털어버릴 때가 되어서 그런가 보지."

그녀가 조용히 중얼거렸다. 서준혁을 만나서 지금까지 있었던 모든 상처와 시련들을 그녀 안에서 마무리 지을 때가 된 것 같았다. 회색이 섞인 푸른색조의 마감이 어떨까 생각하는 동안 그녀는 정말 몇 달 만에 편안히 잠들었다.

"두 번이나 신경을 써주시다니 친절하다고 말씀드려야 할지, 아니면 무슨 속셈이 있는지를 물어야 할지 모르겠군요."

유지혜 교수가 딱 부러지게 말했다.

"해야 할 일을 하는 것뿐입니다."

준혁은 유지혜 교수의 교수실에서 유 교수와 마주하고 앉아 있었다. 인희가 두 번째 전시회를 한다는 말을 전해들은 그는 이번에도 어떻게든 인희를 도와주고 싶어 후원금을 희사하기로 했는데, 유 교수는 처음에 쏠쏠한 후원금을 아무 조건 없이 받았던 것과는 달리 이번에는 후원자를 만날 수 없다면 후원금을 받지 않겠다고 했던 것이다.

"정말 그런가요?"

유 교수는 눈앞에 앉아 있는 호리호리한 체격의 남자를 바라보았다. 원래도 약간 마른 체격 같았지만, 지금은 약간 지나치다 싶을 정도로 마른 것이 눈에 보였다. 뭔가 마음고생이 심했는지, 최근에 잡힌 듯한 주름과 약간의 새치는 날카로운 얼굴과 어딘지 모르게 맞지 않았고, 얼굴에는 우울함이 엿보였다.

"예."

"지금껏 예술, 특히 미술 부분에는 전혀 후원이 없었던 것으로 알고 있어요. 그리고 제가 알기로 인희 말고는 그 어떤 미술가에게도 후원이 없더군요."

준혁은 주먹을 쥐었다. 유 교수의 깊게 반짝이는 눈이 그에게 와 닿았다.

"뭘 원하시는 거죠?"

"아무것도 원하지 않습니다."

준혁은 태연스럽게 거짓말을 했다. 유 교수가 고개를 저었다.

"그렇게 말한다면 일단 믿어주겠지만, 그래도 난 제자를 위해서 좀 더 자세히 알아야 할 것 같아서 물은 것뿐이에요. 그 아이는 재능도 출중하지만 상처도 많이 입었고, 모든 일을 혼자 삭이면서 강해진 아이라 그 누구라도 더 이상 상처를 주지 않았으면 하거든요."

상처란 말에 상대방이 눈에 띄게 반응하는 것을 보며 유 교수는 미간을 찡그렸다. 아무래도 이 남자와 제자 사이에는 뭔지 모를 관계가 있는 듯했다.

"이번에 빌릴 갤러리는 둘러보셨는지요."

부드럽고 은근한 질책을 듣고 싶지 않아 준혁이 물었다. 유 교수가 고개를 저었다.

"위치가 좋다는 것은 알고 있는데, 아직까지 돌아보진 못했어요. 근간 한번 돌아볼 예정이에요."

"그럼 다음 주 중에 날짜를 잡으시는 것이 어떻겠습니까? 아직 이층 마감 공사가 끝나지 않아서 손님을 맞을 수 없을 듯싶습니다."

"좋아요."

유 교수가 흔쾌히 승낙했다.

"다음 주 중에 만나서 갤러리를 둘러보고 그림 전시에 대해서도 약간 의논했으면 좋겠어요."

준혁은 교수실을 나오며 안도의 한숨을 쉬었다. 인희의 지도교수였으며, 지금 일하는 작은 미술 학원을 소개시켜 주었다는 유 교수는 인희를 무척이나 아끼는 듯싶었다. 그가 머뭇거리며 그녀의 주변을 맴돌기만 할 때 그런 날카로운 눈을 가진 든든한 사람이 인희를 지켜주었다는 사실은 다행스러웠지만, 그 날카로운 눈과 속을 꿰뚫는 듯한 말은 그를 덜컥하게 만들었다.

다행이야.

그가 속으로 중얼거렸다. 계속 연락을 취하고 있으면서도 그는 사실 불안했다. 그녀가 자신을 챙기지 않고 무리를 할까 봐, 그리고 혼자서 어디 의지할 데도 없이 일어서려 애를 쓰고 있을까 봐. 그런데 생각보다 그녀는 잘 버티고 있었다. 처음 그녀를 보았을 때 느꼈던 그 강인함으로 버티고 있는 것이다.

그런 상처를 주고서, 더 이상 그녀에게 다가가 그의 마음을 전할 수는 없었다. 그냥 이것으로 족했다. 그녀가 필요할 때마다 그녀가 알지 못하게 그녀의 버팀목이 되어주는 것만으로도.

"갤러리를 구경 간다고요?"

"이번 갤러리는 일산에 생긴 신 갤러리야. 갤러리 소유주랑 이야기가 됐는데, 내일 한번 갤러리를 둘러보려고."

"그런 것은 교수님이 하셔도 되잖아요."

유지혜 교수는 제자를 약간 한심하다는 듯 바라보았다.

"전시회 두 번으로 쫑할 생각이야? 그리고 언제까지 내가 챙겨줄 수도 없는 노릇이잖아. 지금부터 차근차근 해 나가야지. 어떻게 진열해야 그림이 돋보일 수 있을지, 그리고 갤러리에 자기 그림이 어울릴지 안 어울릴지."

"그건……."

인희가 우물거렸다. 유 교수의 말이 맞았다. 첫 전시회의 성공으로 그녀는 자신의 그림의 상업성에는 약간 자신이 붙은 터였다. 사람들에게 그림을 내보이는 것을 한 번으로 끝낼 생각은 없었다. 그렇다면 전시회를 위해서 이것저것을 배워야 할 것이다.

"그러니까 나와 함께 가자."

"예."

"결정된 거지? 그럼 요즘 진행되고 있는 그림을 보여줘."

인희는 머뭇머뭇하면서 한쪽에 천을 덮어둔 캔버스 쪽으로 걸어가 천을 걷었다.

"어머!"

유 교수는 탄성을 질렀다. 엷은 푸른색이 섞인 회색 톤이 주조인 그림 속에는 흰옷을 입은 소녀와 그녀를 안고 있는 남자가 한구석에 서 있었다.

"멋지네. 깔끔한 데다가 아련하기도 하고. 언제 그렸어?"

"어제 생각나자마자 그린 거예요."

"주 그림으로 놔도 되겠어. 그런데 제목이 뭐야?"

"장례식이요."

이것으로 끝내는 거야. 처음 그를 만났던 것도. 그를 만나서 겪었던 상처들도, 그리고 그를 사랑했던 마음도. 그런데 과연 내가 끝낼 수 있을까? 이 그림을 시작해서 단숨에 끝을 냈던 것처럼, 그를 향한 마음도 그렇게 단숨에 잘라낼 수 있었으면 좋겠다고 생각했다. 하지만,

"이것도 낼 거지?"

"예. 하지만 팔지는 않을 거예요."

유 교수가 들고 있는, 날카로운 인상의 남자의 그림을 바라보며 인희가 말했다. 처음에는 보이기도 망설였던 그림이지만, 이제는 보여줄 정도로 마음의 정리가 되었다.

"정말? 아쉽네. 당장이라도 살 사람을 알고 있는데."

유 교수가 우물거렸다. 그 초상화의 사람을 본 적이 있는 탓이었다. 초상화보다 몇 배 더 늙어 보이고 우울함도 더했지만, 그 초상화의 주인공이라는 확신이 들었다.

"네?"

"아니야. 그건 그렇고, 액자 견본 사진은 봤지?"

유 교수는 어딘지 모르게 우울해 보이는 제자의 얼굴을 바라보며 말을 딴 데로 돌렸다.

"멋지네요."

넓고 깔끔한 내부를 보고 인희가 탄성을 질렀다.

"채광도 좋고, 이 정도면 어떤 그림을 진열하던 괜찮을 거예요."

"좋지? 정말 용케도 잘 구했다니까."

유 교수가 흐뭇한 미소를 지으며 말했다. 이층까지 올라가 한 바퀴 돌아본 인희는 미소를 지었다.

"이층도 너무 좋아요. 특히 동그란 창 반대 편에 밝은 톤의 그림을 놓으면 멋질 것 같던데요?"

"그래. 하지만 진열이라든지 대체적인 문제는 소유주와 제대로 이야기하는 것이 좋을 것 같은데."

"늦었나요?"

인희는 그대로 굳었다.

낯익은 목소리, 그리고 낯익은 발소리.

"아니에요. 저희도 막 돌아본 참이었으니까요."

"혼자 오신 것이 아닙니까?"

뒤를 돌아보기가 두려웠다. 그가 여기 있다는 사실이 믿기지 않았다.

"인사해, 인희야. 저분 태정그룹의 서준혁 회장님이야. 지난번 전시회도 그렇고, 이번 전시회도 그렇고 백방에서 후원해 주고 계셔. 지난번 갤러리와 이 갤러리의 소유주기도 하시지."

유 교수의 소개말이 굳은 그녀의 귓가에 맴돌았다.

'지난번'에도?

분명히 지난번이라고 했다, 지난번이라고.

"당신……."

인희가 고개를 돌렸다. 당혹스러운 표정을 하고 서 있는 준혁이 보였다.

"어째서……?"

집을 떠나 있을 때 자신을 지켜보고 있다는 사실도 어렴풋이 짐작했다. 하지만 그것은 죄책감 때문일지도 모른다고 생각했다. 하지만 두 번이나 그녀의 꿈의 버팀목이 되어주었다는 것은.

"미안해."

준혁이 조용히 말했다.

"알아차리게 하고 싶지 않았어."

"그런, 그런 걸 묻고 있는 것이 아니에요."

인희가 울음 섞인 목소리로 말했다.

"하지만 이럴 수밖에 없었어. 나는 당신에게 자격이 없으니까."

그런 엄청난 오해를 해놓고, 그리고 그렇게나 상처를 줘놓고는 당신에게 다가갈 자격 따위는 상실해 버렸으니까.

"왜? 어째서?"

"이런 식으로밖에는 할 수 없었거든."

준혁이 깔깔한 목소리로 말했다.

"잊어버려. 다른 사람이 후원하고 있다고 생각해 버려. 내가 불편하다면 난 나갈게."

미동도 않고 당황한 표정으로 서 있는 인희를 바라보며 준혁은 몸을 돌려 갤러리를 빠져나갔다. 한쪽에 세워져 있는 차로 걸어가고 있는 그의 뒤에 그녀의 외침이 들렸다.

"기다려요!"

준혁이 돌아섰다. 인희가 갤러리의 현관 앞에 서서 그를 바라보고 있었다. 그 순간, 두 사람은 서로의 눈을 보았다.

"바보…… 같잖아요."

인희가 조용히 중얼거렸다. 그의 눈에 비친 머뭇거림과 상처가 이제 그녀의 눈에 똑똑히 비쳤다. 그녀만큼이나, 어쩌면 그녀보다도 더 상처를 입었을 그 눈동자. 처음에는 그가 기다리고, 그녀가 다가갔었다. 그리고 이번에는 그가 다가오고, 그녀는 밀어냈다.

그녀가 그를 향해 터벅거리며 걸어가자 그의 눈동자에 믿을 수 없다는 기색이 스쳤다. 하지만 한 걸음 한 걸음 망설임없이 걸어오는 그녀의 모습을 응시하던 그가 천천히 그녀를 향해 걸어가기 시작했다.

중간 지점에서 만난 그들은 한참 그렇게 마주 보며 서 있었다. 한 걸음만 다가서면 포옹할 수 있는 거리에서, 인희가 한 걸음을 내디디자 준혁은 그대로 팔을 벌려 그녀를 안았다.

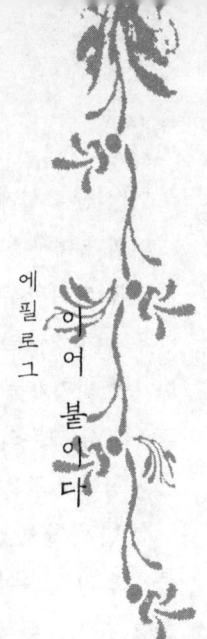

에
필
로
그

이어 붙이다

육 개월 후.

한 쌍의 남녀가 갤러리 안을 걸으며 그림을 바라보고 있었다. 키 차이가 심해 상당히 언밸런스하게 보이는 커플이었지만, 서로를 감싼 손은 단단하고 굳건해 보였다.

"어때?"

"얼떨떨해요."

준혁은 아내의 손을 더 더욱 꼭 쥐었다. 첫 전시회 때는 제대로 보지도 못한 채 병원으로 실려가 버렸기 때문에 인희에게는 사실 이 두 번째 전시회가 첫 전시회나 다를 바 없었다.

"괜찮아. 당신 그림은 멋지거든."

"당신만 그렇게 볼지도 모르잖아요."

인희가 대꾸했다. 준혁이 그녀의 손을 토닥였다.

"괜찮다니까. 이렇게 성황이잖아. 당신은 훌륭한 화가라고."

두 번째 전시회는 중반을 달리고 있었고, 그동안 꽤 유명한 화가와 비평가들이 갤러리를 다녀갔다. 입이 벌어져서 싱글벙글하는 유 교수의 말에 따르면 평단에서 인희의 그림에 대한 평가는 상당히 좋은 편이라고 했다.

몇 년 동안 받았던 불행이 한꺼번에 보상되는 듯, 인희에게는 좋은 일의 연속이었다. 단지 서운했던 것이 있다면 갑작스러운 합병 건으로 바빠져서 아내의 전시회 첫날에도 불참한 남편이었다.

인희는 남편을 올려다보았다. 마치 자신의 일인 양 기뻐하고, 좋아하며 그림을 바라보고, 그림에 관심을 표하는 관람객을 보는 표정을 보니 자신과 자신의 일에 전혀 무관심했던 예전의 일이 다른 세상의 일 같았다.

"왜 그래?"

자신을 바라보는 시선을 느꼈는지 준혁이 인희에게 물었다. 인희는 아무 말 없이 미소 지었다.

한참을 돌아보다 이층의 한 그림 앞에서 멈춘 준혁이 희미한 미소를 지었다.

"그거, 알고 있어?"

"네?"

"나는 이 장례식장에서 당신을 처음 보고, 가슴이 서늘해지는 경험을 했어."

인희는 그림 아래 붙은 명판을 보았다.

장례식.

"그리고 장인어른 장례식 이후, 당신을 찾아갔을 때 당신에게 반했지."

"네?"

준혁이 고개를 숙여 아내를 안았다.

"그때부터 이렇게 해주고 싶었어, 계속. 나만이 당신을 이렇게 해줬으면 좋겠다고 생각했어."

그렇게 강한 마음으로 자신을 다독이던 당신이 내게만은 쉬어갈 수 있게.

"준혁 씨."

"사랑했어, 사랑하고 있어. 그리고 앞으로도 계속 이 마음은 변하지 않을 거야."

준혁이 한 마디 한 마디에 힘을 주어 말했다. 인희의 가슴은 온기로 가득 찼다.

"당신, 그거 알고 있어요?"

"응?"

인희가 그의 품 안에서 고개를 들어 그의 눈에 자신의 눈을 맞추었다.

"나도 장례식장에서 당신이 날 안아준 순간, 당신에게 반했어요."

준혁이 눈을 크게 떴다.

"너무 따뜻해서, 계속 안겨 있으면 했어요."

인희를 안은 준혁의 팔에 힘이 들어가며 그의 입술에 희미한 미소가 깔렸다.

"그럼 언제까지고 계속 이렇게 안고 있으면 되겠군."

작가후기

　이 글은 저에게 있어 파란만장하다는 수식어를 붙여도 부족할 만큼 정말 굴곡이 많았던 작품입니다. 처음에 쓰기 시작했을 때 성격에도 안 맞을뿐더러 지금까지 써왔던 글과는 전혀 다른 분위기의 글을 쓰기 때문에 생기는 스트레스와 압박감, 그리고 졸업시험과 겹쳤던 전자책 원고 수정, 표절인 것 같다는 지적에 받은 상처와 전자책 출간 이후 몇 가지 사정으로 원고의 소식을 전혀 알 수 없었던 것까지 그야말로 한 편의 대하 드라마로 만들어도 될 정도입니다.

　그래서 후기를 쓸 때 그런 구구절절한 스토리를 다 밝히는 것이 좋겠다는 생각을 언뜻 했습니다만, 그렇게 되면 후기가 아니라 넋두리가 될 것 같다는 생각에서 결국 그만두고 다른 이야기를 할까 합니다.

　이 글을 처음 썼을 때 저는 그저 지금껏 제가 써보지 못했고, 앞으로도 전혀 쓸 수 없을 것 같은 이야기를 쓰기 위해서 무모하게 덤벼들었습니다. 저는 워낙 건조한 문체를 쓰는 사람이고 평범하고 어쩌면 지극히도 무미건조해 보이는 이야기를 좋아하기 때문에, 애절하고 소위 말하는 얽히고설킨 끈적끈적한 이야기는 아마도 평생 써보지 못할 거라고 생각했거든요(그리고 사실 그게 맞긴 합니다). 그래서 더 이상 시간이 가서 제 안에 있는 촉촉한 무언가를 쓸 에너지가 떨어지기 전에 그런 글을 하나 써보고 싶었습니다.

그것이 성공했는지 실패했는지 저는 잘 모르겠습니다. 애초에 소재는 충분히 애절할 수 있는 소재이지만, 그것을 얼마만큼 살려냈는지는 알 수 없네요(사실은 '모르는 척' 하고 있다는 말이 맞겠지만요. 그런 것을 정면으로 인정하고 받아내기에는 인간적으로 너무 소심한 것이 저라는 사람이거든요).

하지만 그런 한 편의 글이 전자책이 되고, 어느새 끙끙거리는 또 한 번의 시기를 거쳐 한 권의 책으로 나왔습니다. 거기에 대해서는 솔직히 저 자신에게 '대견하다'라고 한마디 해주고 싶어요. 저라는 사람은 누가 봐도 끈기없고, 근성없고, 쓸모없는 인간이거든요. 어쨌든 못하겠다는 말을 입에 달면서 작업하던 것을 여기까지 올려놨다는 것만 해도 칭찬해 줘야 할 일이 아닐까 싶네요.

　이렇게 제 자신에게 대견해하는 것과는 별도로, 저는 하고 싶은 이야기를 어떤 방법으로 해야 할지 모른다는 것을 발견하고는 쩔쩔 매며 저 자신을 한심스럽게 생각할 수밖에 없었습니다. 이야기와는 별도로, 저는 제가 만든 주인공들과도 교감이 안 되었거든요. 이런 성격의 아이가 이런 상황에서는 어떤 말을 해야 하는지, 어떤 행동을 해야 하는지, 과연 어떻게 해야 다들 고개를 끄덕이며 공감해 줄 것인지. 그런 것을 가지고 고민할 수밖에 없었기 때문이죠.

　이 글은 저에게 한계를 보여줬다 숨겼다 하는 곡예를 펼친 동시에, 수정의 즐거움과 괴로움을 동시에 안겨준 글이기도, 그리고 '글 쓰는 괴로움' 에 대해서도 알려준 글이기도 합니다. 여러 가지 면에서 '첫 경험' 을 해준 글이기에 이 글에 대해서 처음에 가졌던 괴로움도, 이 글로 겪었던 이런저런 사건들로 인한 상처도 그럭저럭 잊을 수 있을지도 모르겠네요.

　마지막으로 저는 이 글을 쓰면서 '할 수 있을지도 모른다' 라는 가능성 비슷한 것을 발견했습니다. 전 이 글로 인한 여러 사건을 거치고, 이 글을 출판하기 위해 이런저런 준비를 하면서 힘들었지만 어떻게든 끝을 냈거든요. 얼마나 힘들었는지, 그리고 제가 얼마나 떼를 쓰며 주변 사람들을 괴롭혔는지는 논외로 치고요.

그래서 읽으시는 분들이 그런 가능성을 함께 읽어주셨으면, 첫 출판 준비를 하면서 여러 가지로 두근거렸던 제 마음을 함께 읽어주셨으면, 그리고 미숙함과 끙끙거렸던 부분까지 함께 받아들여 주셨으면 좋겠습니다.

p.s 후기라는 게 생각 외로 쓰기 힘들군요. 이제는 후기를 잘 쓰시는 분들도 함께 존경해야 할지도 모르겠습니다.

Special Thanks

세상에서 가장 머리 좋고, 가장 냉정하고, 다정한 비판자인 지윤 언니.

언니가 아니었으면 이 글을 수정은 고사하고 연재도 못했을 겁니다. 같이 의논해 주고, 스트레스를 토로하며 투정 부려도 받아주고, 전자책 원고 준비하며 졸업시험 공부의 압박을 받을 때 도와주고, 준혁이의 실질적 모델까지 되어주어서 고마워요(당신은 역시 환타지 소설을 쓸 것이 아니라 로맨스 소설을 써야 한다니까. 음음).

로맨스 월드의 홈지기이신 전주예님.

이분이 아니었으면 저조차도 읽기 민망한 이 글을 상품화하겠다는 생각은 엄두도 못 냈을 겁니다. 용기를 북돋아주시고 어려운 일이 있을 때마다 배려를 아끼지 않으신 데 대해서 정말로 감사드립니다. 항상 건강하셨으면 좋겠어요.

언니처럼 다독여 주신 사계의 식구들.

중간 점검용 리뷰를 해주시고 힘들 때마다 토닥여 주신 사계의 식구분들이신 이지완님, 이세님, 서지원님께 감사드립니다. 특히 이세님께서는 계약 문제에서부터 수정과 수정에 따르는 스트레스 문제까지 여러 가지 조언과 도움을 아끼지 않아주셨지요. 원고 진행하면서 정말 힘들게 해드렸지만 그럼에도 불구하고 싫은 말씀 한마디 안 하시고 다독여 주신 데에 대해서는 정말로 감사드립니다.

의학적 조언에 협조해 준 사촌 동생 박문수 군.

오랜만에 놀러와서 밤새 나한테 심문당하게 만들어서 정말 미안했다. 싫은 소리 한마디 하지 않고 밤새면서 대박 기원해 준 것도 정말 고마워. 중간고사 잘 보고 이번에는 권총 차지 말기를 바란다.

말없는 응원을 보내주셨던 부모님.

한 대뿐인 컴퓨터 때문에 자신의 할 일도 많으신데 항상 저에게 양보의 미덕을 보이실 수밖에 없었던 아버님. 그리고 어마어마한 전기세와 인터넷 요금에도 크게 타박하시지 않았던 어머님. 항상 걱정 끼쳐드려서 죄송해요.

배려를 아끼지 않아준 알바 직장 H 문고의 식구들.

졸아도, 멍하니 수정 생각 하다가 제목을 잘못 입력하거나 카테고리가 틀려도 이해해 주고 큰소리 한번 안 내준 소영 언니, 애화 언니, 민정 씨. 그리고 졸지에 병든 닭이 되어버린 저의 건강을 염려해 주신 정경화 씨. 그리고 그 외의 언니들. ……복 받을 겁니다. ㅠㅠ

묵묵히 응원해 주셨던 어머님과 군대에서도 걱정을 해준 동생. 책을
꼭 사주겠다고 약속한 친우 재은 양, 유나 양. 등장 인물 이름에 도움을
주었던 근돌 군과 형수 오라버니. 인터넷 닉네임 아키라 젠세님과 소라
언니, 네짱. 컴퓨터가 망가졌다는 사실을 캐치해 주고 원고 때문에 밤
늦게 짜증을 내며 MSN에 달라붙어 있을 때 착하게도 누나의 수발을
들어주었던 사촌 박상수 군. 전자책 수정을 담당해 주셨던 라일락님.
전자책 북토피아의 담당자님. 글을 쓰고 싶다고 진심으로 말씀드렸을
때 토닥여 주셨던 두 분의 은사님.
　이분들께도 진심 어린 감사의 말씀을 드립니다.

Special Artist

ALI PROJECT, 上野陽子(우에노 요코), 新居昭乃(아라이 아키노), GARNET CROW, 遊佐未森(유사 미모리), 김진표, 자우림, 빅 마마, 이승환, 롤러 코스터, 유리상자(웃음).

이분들의 음악이 아니었다면 원고 쓸 마음이나 수정할 마음이 정말 손톱만큼도 안 났을지 모릅니다.

ℯhungeoram romance novel

지호

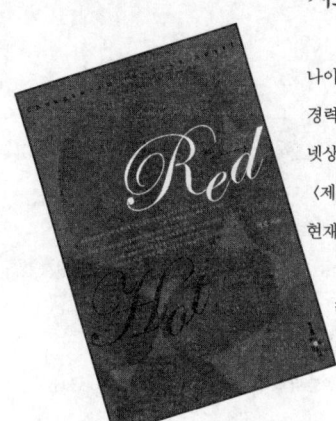

나이 : 34세(女)

경력 :

넷상에서 〈RED HOT〉과 〈화려한 꽃〉 연재, 완결

〈제1회 영언문화사 공모 연재〉 '베스트 유' 상 수상

현재 〈RED FOX〉, 〈검은 옷의 비너스〉 집필 중

러브 이즈 http://www.soloveis.com

『Red Hot』

"미안해, 대헌 씨. 나도 어쩔 수가 없어. 숨이 막혀.

한 사람에게 매인다는 생각만 해도 숨을 쉴 수가 없어.

있지도 않는 사랑타령이나 해대면서 위선을 떨고 싶지도 않아.

자유롭고 싶어. 노력해 봤지만 언제나 실패하고 말았어.

그리고 그때마다 상처받는 건 다른 누구도 아닌 바로 나야."

진진의 말이 끝나기가 무섭게 대헌은 벽을 내려쳤다.

"책임져."

● 지호 지음 값 9,000원

도서출판 청어람

부천시 원미구 심곡1동 350-1 남성빌딩 3층 우420-011 ☎ 032-656-4452 FAX 032-656-4453

E-mail : eoram99@chol.com